KB261442

# 만리웅풍

월인 新무협 판타지 소설

FANTASTIC ORIENTAL HEROES

# 만리웅풍 5

월인 新무협 판타지 소설

초판 1쇄 찍은 날 § 2008년 3월 26일
초판 1쇄 펴낸 날 § 2008년 4월  2일

지은이 § 월인
펴낸이 § 서경석

편집장 § 문혜영
편집책임 § 이재권


펴낸곳 § 도서출판 청어람
등록번호 § 제1081-1-89호
등록일자 § 1999. 5. 31
어람번호 § 제2-1454호

주소 § 경기도 부천시 원미구 심곡1동 350-1 남성B/D 3F (우) 420-011
전화 § 032-656-4452  팩스 § 032-656-4453
http://www.chungeoram.com
E-mail § eoram99@chollian.net

ⓒ 월인, 2007

ISBN 978-89-251-1248-0 04810
ISBN 978-89-251-1006-6 (세트)

# 萬里龍號

## 亂世英雄

월인 新 무협 판타지 소설
FANTASTIC ORIENTAL HEROES

만리옹룽

5

용형호제 (龍兄虎弟)

청어람

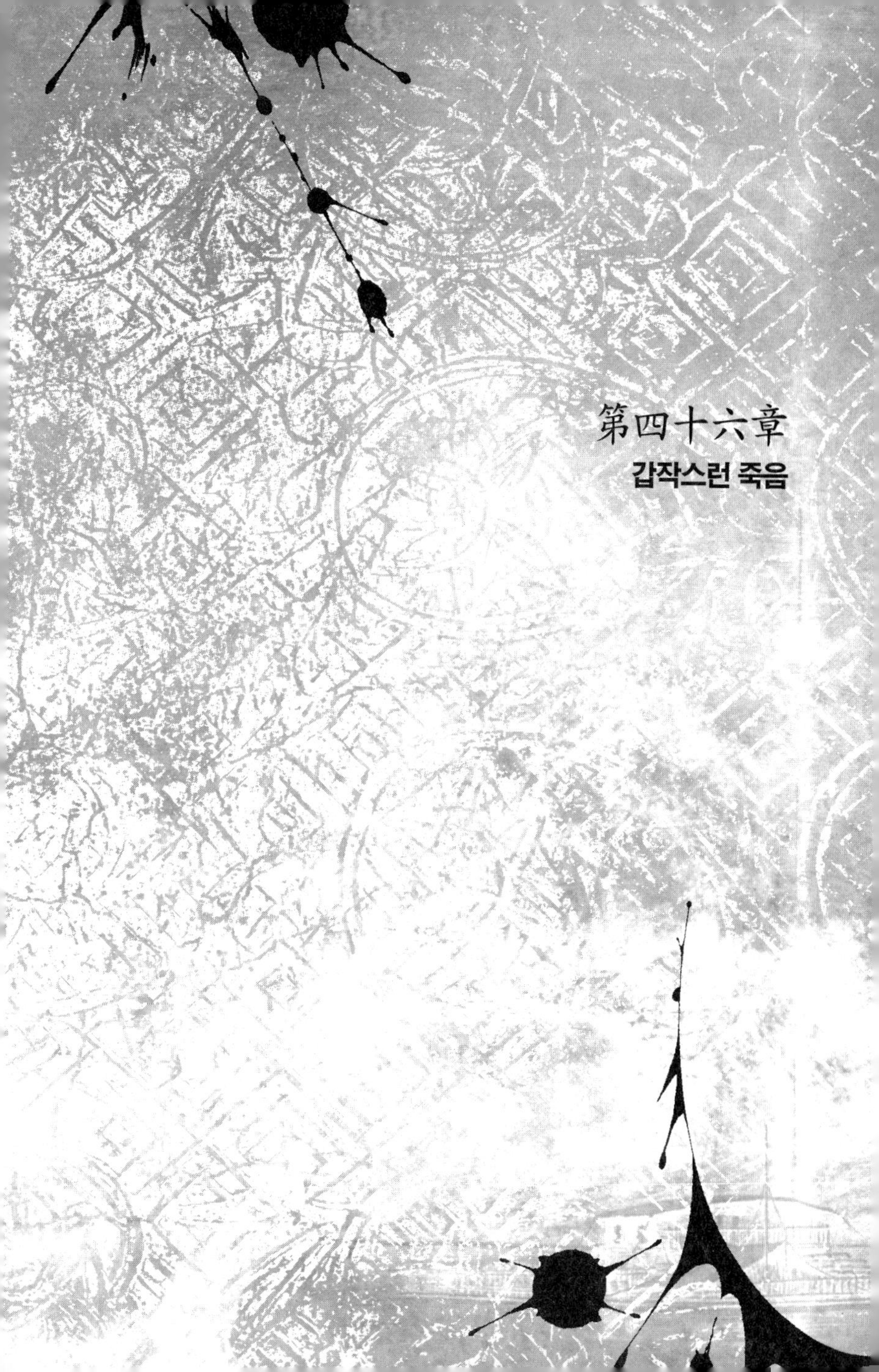

# 第四十六章
## 갑작스런 죽음

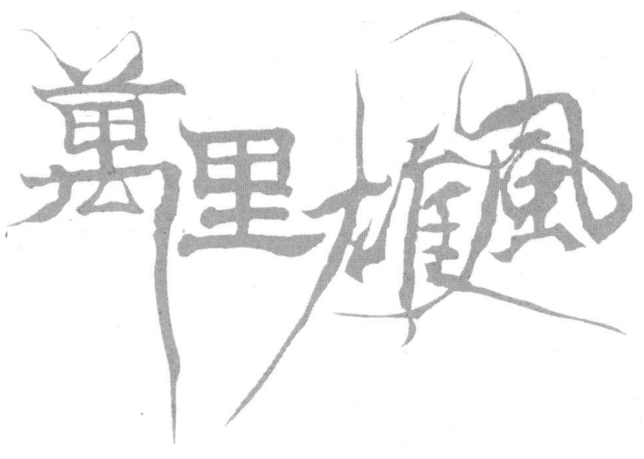

"**어**떻게 됐습니까?"

영화전장의 총주를 추적했다가 돌아온 유진룡은 무당의 종하 진인과 화산의 구진자가 있는 곳으로 달려가 그들이 화운생에게서 무엇을 알아냈는지 물었다.

"여전히 알아낸 것이 없네. 지독한 놈일세."

종하 진인이 고개를 흔들었다.

"제가 몇 가지만 알아보겠습니다."

"자네가?"

구진자가 긴장한 표정을 지었다. 왕왕 혈기왕성한 젊은이들은 그 혈기를 이기지 못하고 무리한 짓을 저지르기도 한다.

도인인 그들로서는 유진룡 또한 그런 짓을 하지 않을까 걱정이 된 것이다.

유진룡은 두 도인들의 걱정을 뒤로하고 화운생에게로 다가갔다.

점혈수법에 의한 고문을 당했는지 화운생은 아무런 외상은 없었지만 온몸과 얼굴에는 땀이 흥건하게 젖어 있었다. 그러면서도 눈을 감고 입은 꾹 다물고 있었다.

"혹시 밀영에 대해서 알고 있소?"

유진룡은 단도직입적으로 물었다.

눈을 질끈 감고 있던 화운생이 번쩍 눈을 떴다. 대체 유진룡이 어떻게 그 이름을 알고 있는지 놀란 표정이었다.

"알고 있군. 그럼 그들에 대해서 말해보시오."

"모른다!"

화운생이 다시 눈을 감았다.

"그럼 혹시 도천극이라는 자는 아시오?"

이번에는 화운생도 단단히 마음을 먹었는지 눈을 뜨지는 않았다. 그러나 눈꺼풀이 여러 번 흔들렸다.

'역시!'

유진룡은 내심 자신의 생각을 확신했다.

자신이 이곳으로 와서 만박노조에게 도천극이 소지한 옥패의 그림을 보여주고 나서 모든 일이 벌어졌다. 그러니 이들은 도천극과 연관이 있는 자들이 분명했다.

밀영과 도천극!

그것을 확인한 것만으로도 큰 수확을 얻은 것이다.

"밀영이라니? 그게 뭐 하는 단체인가? 그리고 자네는 그걸 어떻게 알았나?"

구진자는 어리둥절한 표정으로 유진룡에게 물었다.

"조금 전에 우연히 알게 되었는데 이자들과 관련이 있는 것이 분명합니다. 그러니 두 분 도인들께서는 그것에 대해서도 알아보십시오."

유진룡은 뒤로 물러났다. 자신은 그 정도만 알면 되었다. 더 이상은 두 도인에게 맡기는 것이 나을 것 같았다.

유진룡은 밖으로 나왔다. 그리고는 또 다른 세력들이 얼쩡거리지 않나 살피며 만박노조의 가문인 석대가문(石大家門) 주변을 한 바퀴 둘러보았다.

더 이상은 음습한 기척은 느껴지지 않았다. 대신 머릿속은 온통 헝클어지고 있었다.

*　　　*　　　*

슥―

슥―

붓을 잡은 한 개의 손이 빠르게 움직였다.

붓의 움직임에 따라 한 장의 백지 위에 무수한 선들이 그려졌다.

일필휘지로 뻗어나가던 선은 어느덧 한 개의 형상을 그려내고 있었다.

그것은 승천하는 용의 형상이었다.

한 마리의 용이 웅혼한 기상을 담고 승천을 하고 있었다.

붓의 움직임이 조심스러워짐에 따라 그 그림은 훨씬 더 정교해졌다. 그리고는 승천하는 용의 그림이 완성되었다.

"으음!"

그림을 그린 중년인은 무거운 한숨과 함께 다른 백지 위에 다시 그림을 그리기 시작했다.

이번에도 아까와 마찬가지로 승천하는 한 마리의 용이 그려지는 것 같았다. 그러나 그림이 점차 완성되어지자 조금씩 형상이 달라졌다.

몸통은 비슷했지만 머리와 꼬리 부분이 처음 그렸던 그림과는 사뭇 달랐다.

붓이 몇 번 더 움직이고 그림이 완성되어 가자 그 형상은 용이 아닌, 용이 되지 못한 이무기의 형상을 하고 있었다.

"역시 맞아."

두 장의 그림을 완성시킨 중년인이 탄식처럼 말했다.

"파황도(破荒圖)입니까?"

옆에 있던 다른 사내가 조심스럽게 물었다.

그림을 그린 사내는 무겁게 고개를 끄덕이며 두 장의 그림을 천천히 합쳐 갔다.

그림이 합쳐지자 그것은 천산마존이 유진룡에게 준 용과 이무기가 한 덩어리로 엉킨 채 치열하게 싸우는 그 형상이 되었다.

"이것이 파황도가 맞다면 놈들의 준동이 멀지 않았다는 말이군요."

"이젠 포기했나 했는데 그자들이 또다시 야욕을 드러내는구먼. 대체 언제쯤에나 헛된 꿈을 버릴 것인지……."

"글쎄요. 세상이 끝나지 않는 한 그들의 야욕도 끝나지 않겠지요……."

오랜 싸움이 다시 시작될 조짐이 보였다. 그 싸움은 예전보다 더 치열해질 것이고 그만큼 많은 희생이 따를 것이다.

두 사람은 한동안 말없이 허공만 응시했고 방 안에는 무거운 정적만이 감돌았다.

"준비는?"

무거운 정적이 일순 걸렸다.

"예정대로 되어가고 있습니다."

"서두르게."

"알겠습니다."


*　　　*　　　*

똑!

똑!

규칙적인 낙숫물 소리가 태고의 정적을 일깨우고 있었다.

칠흑 같은 어둠과 정적이 들어찬 동굴은 어디에서 시작되어 어디로 끝나는지 모를 만큼 깊고 음습했다.

어둠이 일렁하고 흔들었다. 곧이어 한 가닥 횃불이 어둠의 장막을 걷어내며 몇 개의 인영이 모습을 드러냈다.

아주 조심스러우면서도 신속히 움직이는 네 개의 인영은 마치 한 덩어리인 듯 서로 똑같은 거리를 유지하며 걸음을 옮기고 있었다.

그들의 그런 움직임은 가운데에 있는 한 개의 물체 때문이었다.

동굴의 어둠만큼이나 짙은 흑색의 칠이 되어 있는 관!

앞뒤 네 모서리에서 관을 든 사내들은 일정한 보폭, 일정한 간격을 유지하며 계속해서 은밀하게 걸음을 옮기고 있었다.

"아직 멀었나?"

뒤쪽의 한 사내가 나직하게 질문을 던졌다.

깨끗한 백의에 문사건을 이마에 두른 사내는 이런 음습한 동굴 속에서 이런 은밀한 움직임과는 전혀 어울리지 않는 학자풍의 용모를 하고 있었다.

"조금만 더 가면 됩니다."

동굴 벽면의 모습을 살피며 답을 한 사내 역시 질문을 한 사내와 같은 모습을 하고 있었다.

그건 나머지 다른 두 사내도 마찬가지였다.

"다 왔습니다."

마침내 한 사내가 약간은 흥분된 목소리로 말했다.

"지금부터는 더욱 신중해야 하네. 그렇지 않으면 그간의 모든 노력이 허사로 돌아가네."

앞선 사내의 목소리에서 긴장의 해이를 느꼈는지 뒤에선 사내가 나직하면서도 엄한 목소리로 단속했다.

다시 침묵이 이어졌다. 그리고 잠시 뒤!

끼이익!

침묵을 깨뜨리며 짙은 묵빛의 관이 조심스럽게 열렸다.

*    *    *

이틀이 지난 뒤에도 만박노조의 집인 석대가문에는 암운이 깊게 내려앉아 있었다.

그 가운데서도 분주한 움직임이 이어졌다.

바깥채는 며칠 전의 변고로 인한 사망자의 처리와 정리로 분주했고, 안채에서는 만박노조의 생환을 위해 급박한 노력들이 이어지고 있었다.

중독되어 의식을 잃은 만박노조는 지금까지 아무런 차도

가 없었다.

유진룡이 건네준 산삼으로 생명을 조금 더 연장시켜 놓았지만 이젠 그것도 효력이 떨어지는지 노인의 얼굴은 처음 중독되었을 때처럼 흑색으로 변해가며 차츰 죽음의 그림자가 번져 가고 있었다.

구진자와 종하 진인은 이틀 동안 화운생을 족쳐 독의 종류나 놈들의 정체에 대해 추궁을 했지만 놈은 조가비처럼 입을 다문 채 토설을 하지 않았다. 어쩌면 도인의 몸으로 더 이상 악랄한 고문을 하지 못해 알아내지 못했을 수도 있었고 놈이 알고 있는 것이 그것뿐일지도 몰랐다. 놈들은 철저히 점조직으로 이루어져 자신들의 임무 외에는 모르고 있다는 느낌도 받았다.

"정말 알 수 없는 독이군요."

의선문(醫仙門)의 문주 봉황신녀(鳳凰神女) 곡미령(曲渼玲)은 독백처럼 중얼거리며 만박노조의 맥문을 잡고 있는 손을 놓았다.

그녀의 탄식 같은 중얼거림은 초조한 표정으로 지켜보고 있던 많은 사람들의 얼굴에 짙은 절망감을 드리우게 했다.

의선문은 이곳 절강성은 물론, 중원에서도 손꼽히는 의가이다. 그리고 그곳의 문주인 봉황신녀 곡미령은 신의라 일컬어지는 중년의 여인으로 웬만한 중환은 열흘 만에 고칠 수 있었고 독물에 의한 중독 역시 며칠이면 해독이 가능했다.

　만박노조가 중독된 다음날 아침 봉황신녀 곡미령은 세 명의 제자들과 함께 칠순 잔치의 하객으로 와서는 자리에 앉지도 못한 채 만박노조의 처소로 달려와 낮과 밤을 꼬박 새워 해독에 매달리고 있었다. 그런 그녀가 이렇게 고개를 흔드는 것은 실로 오랜만의 일이었고 그건 만박노조에게 있어 사형선고나 마찬가지였다.

　"정녕… 정녕 방법이 없으신지요, 신녀?"

　큰아들 석현승이 타들어 가는 심정으로 곡미령을 쳐다보았지만 곡미령은 무거운 한숨만 내쉬었다.

　"대체 어떤 독이기에……?"

　뜬눈으로 밤을 새운 종하 진인도 초조한 표정으로 봉황신녀를 쳐다보았다.

　"치명적인 독을 교묘하게 배합시켜 놓은 것도 문제지만 그것은 시기적절한 응급처치로 해독이 가능합니다."

　"그런데 왜?"

　성마른 모습의 구진자가 더 참지 못하고 나섰다.

　"그중에 있는 한 가지 독은 도저히 정체를 알 수가 없습니다. 이제껏 제가 경험한 독이 아닌 것 같습니다."

　곡미령은 고개를 저으며 눈을 감았다. 그녀의 뇌리에 의혹이 구름처럼 일었다.

　밤새도록 분석을 했지만 여러 가지 독들 중에서 한 가지는 어떤 방법으로도 정체가 드러나지 않았고 해독 역시 되지 않았다. 그것으로 인해 다른 독들도 훨씬 치명적으로 작용했다.

'대체 어디서 이런 독이?'

중원의 독이 아니었다. 아니, 그것보다는 이제껏 중원에서 보지 못한 독이란 말이 더 정확했다.

독이란 것은 중원 한복판보다는 남만(南蠻)이나 운남(雲南), 그리고 변방의 오지에서 훨씬 더 많이 추출된다.

생명력이 왕성한 그곳에는 독초나 독물 역시 왕성한 생명력으로 독성이 강했다. 그런 것들이 중원으로 흘러들어 와 중원의 독이 되었다. 하지만 만박노조의 몸에 스며든 독은 이제까지 알고 있던 독과는 확연히 달랐다.

이제까지 나타나지 않은 정체를 알 수 없는 독!

그것은 암흑처럼 짙고 먹구름처럼 두터웠다. 봉황신녀는 처음으로 절망감을 느꼈다.

이 독에 대해서 의논이나마 할 수 있는 곳은 중원에서 사천당문밖에 없을 것 같았다.

그것 역시도 봉황신녀 곡미령의 막연한 추측일 뿐이었다. 어쩌면 사천당문의 문주라 할지라도 식별이 불가능해 보였다. 그만큼 기이하고 근원 모를 독이었다.

"문주님!"

곡미령의 상념을 깨뜨리며 제자 하나가 고함을 질렀다.

만박노조의 숨결이 급격히 거칠어지고 있었다. 그건 마지막 순간의 단말마처럼 다급했다.

‘이런!’

당혹성을 삼킨 곡미령이 신속하게 손을 움직이며 만박노조의 몸 곳곳에 침을 꽂았다.

바람처럼 빠르면서도 정교한 침술은 그녀를 왜 봉황신녀라 부르는지 알 수 있게 해주었다.

타다닥!

침을 모두 꽂은 곡미령은 이번에는 만박노조의 혈 몇 군데를 빠르게 두드렸다.

침으로는 특정한 혈을 봉하고, 타혈법으로는 혈을 틔우며 진기의 흐름을 제어하는 수법은 무공의 원리와도 다르지 않았다.

그러나 그런 곡미령의 노력에도 불구하고 만박노조의 숨은 더욱 가빠졌다.

근원을 알 수 없는 독 한 가지는 곡미령의 그런 처방을 비웃기라도 하듯 만박노조의 생기를 흐리게 하고 있었다.

“아아!”

봉황신녀의 입에서 절망적인 탄식이 흘러나왔다.

급격히 몇 번 몰아쉬던 만박노조의 숨결이 점차 가늘어졌다.

“아버님!”

“할아버지!”

석대가문의 식구들이 다급하게 고함을 질렀다.

"어서 이걸 다시!"

유진룡은 마지막 한 뿌리의 산삼까지 내밀었다.

곡미령은 고개를 흔들었다. 산삼은 처음 준 것도 남아 있었다. 이제 그것은 더 이상 아무 효력이 없었다. 곡미령은 사력을 다해 혈을 틔우고 침을 꽂았다.

그러나 만박노조의 생명은 더욱 빠르게 육신을 빠져나갔다.

어느 순간 그렇게 만박노조는 숨을 거두고 말았다.

"아버님!"

석현승과 그의 가족들이 아연 실색한 표정으로 만박노조에게 달려들며 비명을 질렀지만 끊어진 만박노조의 숨결은 더 이상 이어지지 않았다.

잠시 후 석현승과 석현우를 비롯한 모든 식구들의 곡소리가 석대가문의 장원 안에 울려 퍼졌다.

만박노조의 비명횡사! 그건 마른하늘의 날벼락 같은 소식이었다.

평생 학문에만 매진하며 중원제일의 석학으로 명성이 높았던 만박노조였기에 그런 비명횡사는 온 세상을 떠들썩하게 만드는 사건이 되기에 충분했다.

모두들 믿을 수 없다고 아우성을 쳤지만 절강성 최고의 신의인 봉황신녀 곡미령이 더없이 침통한 표정과 함께 사망선고를 내렸으니 믿지 않을 수도 없었다.

칠순 잔치의 하객으로 참석했다가 졸지에 조문객이 되어 버린 수많은 사람들은 너무 허망한 심정으로 시신이나마 한 번 보겠다며 만박노조의 처소로 몰려왔지만 그것 역시 먼저 온 기십 명의 사람에게만 허용되었을 뿐이었다.

극독에 중독되어 숨이 끊어진 만박노조의 시신은 하루가 지나기도 전에 급격한 부패의 징후를 드러내어 즉시 장례 절차가 진행되었다.

처음에는 칠일장으로 가족의 공동묘지에 묘를 쓰고자 했지만 그의 시신에서는 악취가 진동을 하여 온 본채를 뒤덮을 지경이었다. 그것은 평소 고인의 인품에 비해 큰 누가 되는 일이기도 했다. 결국 큰아들 석현승의 주장으로 화장을 결정했고, 사망한 지 이틀 만에 화장이 치러졌다.

만박노조는 그렇게 자신의 칠십 회 생일상을 받아보지도 못하고 한 줌의 재가 되어 자신이 사랑하던 서호의 수면 위로 뿌려졌다.

*    *    *

"이렇게 허무한 경우가 있나."

무당의 종하 진인이 공허한 탄식을 터뜨렸다.

모든 것이 자신의 눈앞에서 일어난 일이었지만 도저히 믿을 수가 없었다. 며칠 전만 하더라도 현기 충만한 눈으로 자신과 구진자에게 옥석의 조탁을 부탁하던 노인이었다.

언뜻언뜻 스쳐 가는 눈빛에 뭔지 모를 초조감이 묻어 나오는 듯도 했지만 염두에 둘 만큼 심각하지도 않았고 옥석을 조탁하는 자신들을 보며 그런 초조감은 깨끗이 사라졌었다.

"저 역시 믿어지지가 않는군요. 마치 한 자락 흉몽을 꾼 듯합니다."

구진자도 고개를 흔들었다.

"장례식이라도 며칠 더 여유를 두고 치렀으면 허망함이 좀 덜할 텐데……."

종하 진인은 단 이틀 만에 끝내 버린 만박노조의 장례식에 대해서도 아쉬움을 토로했다.

"그날 저녁부터 악취가 진동하는 것을 진인께서도 느끼지 않았습니까? 평생 학처럼, 송죽(松竹)처럼 고결한 모습으로 살아오신 분의 그런 모습을 후손들이 견딜 수 없었겠지요."

구진자는 혀를 찼다.

마응탁도 멍하니 허공을 쳐다보고 있었다. 그는 계속해서 혼이 빠져나간 듯 공허한 시선을 한곳에만 못 박고 있었다. 유진룡이 그의 어깨를 몇 번 두드렸지만 마응탁은 여전히 정신을 추스르지 못했다.

그건 시간이 해결할 문제였다. 유진룡은 마응탁에게 시선을 돌리고 생각에 잠겼다.

자신이 이곳으로 오자마자 이런 일이 벌어졌기에 모든 것이 자신의 책임 같아 마음이 무거웠다.

처음부터 만박노조는 자신에게 뭔가 기대하는 것이 많은 것 같았다. 안락한 가문에 자신이 폭풍우를 몰고 올 것 같아 부담스러우면서도 그것 때문에 조금 마음이 놓였는데 실제로 변고가 일고 만박노조가 이렇게 허망하게 생을 마쳐 버렸으니 죄책감마저 들 정도였다. 또한 위험을 무릅쓰고 이곳으로 온 목적도 이루지 못했기에 허망한 심정은 몇 배로 더했다.

도천극의 정체와 그가 지닌 옥패의 문양!

거의 손에 잡힐 듯하다가 달아나 버린 격이었다.

'모든 것이 원점으로 돌아가 버렸군.'

유진룡은 복잡한 상념과 죄책감을 한꺼번에 떨쳐 버리며 앞으로의 할 일을 생각해 보았다. 만박노조가 없는 이곳에 더 이상은 있을 이유가 없었다. 이젠 한시바삐 주애청과 철사홍을 만나러 길을 재촉해야 했다.

'내 의도대로 움직여 줄까?'

유진룡은 그들의 움직임을 예측해 보았다.

자신의 전갈이 그들에게 도착하려면 아직 멀었다. 아무리 영화전장의 능력이 뛰어나다 할지라도 거리가 있는 만큼 시간이 걸릴 것이다. 특히 총주라는 사람의 말대로 최근에 상황이 악화되어 그들에게 은밀히 접근하기가 더 힘들다면 시간이 조금 더 걸릴 수도 있었다.

그걸 충분히 감안하며, 그리고 그들이 자신을 사제로 확실히 믿는다는 가정하에서 조우할 수 있는 장소를 생각해 보았다.

빠르게 움직이면 한 달 후에는 만날 수 있을 것 같았다. 물론 그때까지 그들에게 아무런 문제가 없다면 말이다.

"무슨 생각을 그렇게 깊이 하는가?"

종하 진인이 불쑥 말을 걸었다.

"그냥… 앞으로의 할 일에 대해서 생각을 좀 해보았습니다. 그런데 진인께서는 어떡하실 예정인지요?"

유진룡은 대답과 함께 질문도 덧붙였다.

"일이 이렇게 되지 않았더라면 오늘쯤 사문으로 떠났을 터인데… 경황이 없는 사람들을 두고 매정하게 훌쩍 떠날 수도 없는 노릇이고……."

종하 진인은 난처한 기색을 드러냈다.

"며칠만 더 머무르다가 석대가문의 사람들이 안정을 찾으면 떠나도록 하시지요."

구진자도 같은 마음인지 선뜻 떠날 생각을 못했다.

"형은 어떻게 할 생각이야?"

겨우 마음을 추슬렀는지 마웅탁이 질문을 던졌다.

"난 내일쯤 떠날 생각이다."

"어디로?"

이미 짐작이라도 한 듯 마웅탁은 담담하게 반응했다.

"오라는 곳은 없어도 갈 곳은 많은 몸이지."

"그래… 형은 항상 그랬지."

마웅탁은 고개를 끄덕였다.

"자네 같은 고수가 떠나면 이 집 사람들은 큰 불안감을 느낄 텐데……."

구진자는 유진룡과 조금 더 같이 있기를 원하는지 객쩍은 말을 했다.

만박노조의 중독과 그날 저녁에 일어난 변고의 소식을 듣고 인근 무가에서 수많은 무인들을 보냄은 물론이고, 관에서도 군사들을 보내 석대가문 주변에는 철통같은 경비가 펼쳐져 있었다. 그래서 이젠 유진룡뿐만 아니라 종하 진인이나 구진자 일행이 모두 떠난다고 해도 괜찮을 것이었다.

"두 도사님께서 계시는데 무슨 걱정이 있겠습니까?"

대답과 함께 유진룡은 마웅탁에게로 눈을 돌렸다.

"그런데 넌 어쩔 생각이냐?"

마웅탁 역시 만박노조가 없는 이 집에서 더 이상 무슨 할 일이 있을지 의문스러웠다. 그러나 마웅탁은 유진룡의 생각과는 달리 할 일이 더 있는 모양이었다.

"난 읽을 책이 좀 더 있어. 그래서 당분간은 더 머무를 생각이야."

유진룡은 그 책이 무엇인지, 왜 그렇게 읽어야 하는지 하는 질문을 포기한 채 묵묵히 고개만 끄덕였다.

저녁을 먹고 처소에 든 유진룡은 팔베개를 하고 누웠지만 잠이 오지 않았다.

자신의 주변에서 모든 것이 뒤엉켜 마치 폭풍우 속에서 길을 잃고 있는 것 같았다.

한참을 뒤척거리던 유진룡은 침상에서 몸을 일으켜 밖으로 나왔다.

오늘 밤만 보내고 내일 아침에는 작별 인사를 한 후 떠날 참이었지만 뭔지 모를 의구심에 가만히 있을 수가 없었다.

'왜일까?'

유진룡은 후원을 걸으며 얼마 전부터 떠오른 한 가닥 의구심에 신경을 집중했다.

처음 만난 자리에서 사부의 유지라는 말을 들은 만박노조의 표정이 문득 떠올랐다.

사부가 이 세상 사람이 아니라는 말에 만박노조의 표정은 짧은 순간이었지만 급격한 변화를 보였다. 그 당시에는 그것이 도천극의 옥패에 새겨진 그림 때문이라 생각했는데 지금 곰곰이 생각해 보니 만박노조는 그 그림보다는 사부의 죽음에 더 큰 동요를 보인 것 같았다.

세상 사람들보다는 동물들과 더 많이 지낸 사부께서 언젠가 만박노조를 찾아가 보라고 한 것도 우연은 아닐 것이다. 되도록 남의 도움을 지지 않으려는 사부께서 그런 유언을 남긴 것은 그만한 사연이 있을 것 같았다.

"그런데 당사자들이 모두 유명을 달리해 버렸으니……."

유진룡은 거듭 허망한 기분을 느끼며 고개를 들었다.

이것저것 생각하며 걷다 보니 어느새 만학당의 건물 앞까지 오게 되었다. 만박노조가 한창 학문에 매진하던 시절에는 수많은 학자들의 토론으로 가득 찼다던 이 건물도 주인의 죽음을 애도하는지 짙은 정적에 휩싸여 있었다.

문득 백호십이수를 펼치고 싶다는 생각이 들었다.

모든 것을 잊고 백호십이수의 초식 속에 녹아들어 혼란한 기분을 떨치고 싶었다.

유진룡은 천천히 만학당 건물의 문을 열었다.

건물 안은 어둠이 가득 들어차 있었다. 그러나 그 어둠은 수련을 하던 소주 동굴 속의 어둠에 비하면 아무것도 아니었다. 그곳 동굴은 완전한 암흑 그 자체였지만 이곳에는 창문을 통하여 달빛이 스며들고 있었다.

안력을 높이자 건물 내부의 정물들이 훤히 인식이 되었다.

며칠 전 종하 진인, 구진자 일행과 비무를 벌였을 때와 달라진 것이 없는 건물 내부였다. 이곳에서 만박노조는 아무 근심도 없는 표정으로 자신과 무당, 화산파 사람들과의 대결을 지켜보며 미소 지었다.

그 미소의 어느 자락에도 비명횡사의 예감은 묻어 있지 않

있었다.

"한 치 앞도 내다볼 수 없는 것이 사람의 운명이구나."

탄식하듯 중얼거린 유진룡은 백호십이수를 펼칠 자세를 잡았다. 수련동에서처럼 돌기둥은 없었지만 그것들은 머릿속에 각인되듯 세워져 있었다.

발끝에 힘을 준 유진룡은 세차게 주먹을 뻗었다.

퍼엉!

주먹이 멎는 자리에서 공간이 터지는 소리가 사방으로 퍼져 나갔다.

파파팡—

연이어 열두 개의 동작들이 톱니바퀴처럼 맞물려 돌아가며 파공음을 토했다.

계속해서 공격점을 달리하며 열두 가지 기본형에서 파생된 변초들을 펼쳤다.

어둠이 가득 찼던 만학당의 건물 내부에서는 어느덧 날카로운 파공음과 유진룡의 신형이 만들어내는 바람 소리가 난무했다.

마지막 변초까지 모두 펼친 유진룡은 호흡을 가다듬었다.

며칠 동안 혼란했던 심정이 조금 가라앉았다. 그리고 머릿속도 맑아졌다. 이젠 숙소로 돌아가서 잠을 이룰 수 있을 것 같았다. 그리고 날이 새면 이곳을 떠날 것이다.

유진룡은 들어올 때와 마찬가지로 천천히 만학당 건물을

나섰다.

"너는?"

방으로 들어온 유진룡은 뜻밖의 방문객에 두 눈을 크게 떴다. 방문객은 어린아이의 티를 막 벗어나려 하는 소년이었다. 말을 건네거나 인사를 나눈 적은 없었지만 만박노조의 가족들 사이에서 몇 번 본 적이 있는 석군호였다.

"네가 어떻게?"

유진룡은 누가 같이 오지 않았나 주변을 두리번거렸지만 다른 사람의 기척은 느껴지지 않았다.

"여긴 웬일로 왔느냐?"

질문과 함께 유진룡은 석군호의 표정을 유심히 살폈다.

석군호의 얼굴에는 변고로 할아버지를 잃은 슬픔이 숨김없이 나타나 있었다. 그러면서도 뭔가 혼란스러워하는 기색이 엿보였다.

"네 아버님께서 날 불렀느냐?"

유진룡은 차분한 목소리로 다시 물었다.

석군호는 여전히 슬픔을 이기기 못하는 표정과 함께 고개를 흔든 후 작은 봉투 하나를 내밀었다.

"이게 뭐냐?"

엉겁결에 밀봉된 봉투를 받은 유진룡은 짙은 의구심과 함께 석군호를 쳐다보았다.

"저도 무언지는 몰라요. 할아버지께서 중독되기 전에 저에게 은밀히 부탁하셨어요. 무슨 일이 있어도 서두르지 말고 오늘 이걸 공자님께 전해주라고……. 그리고 그 사실은 아무에게도 알리지 말라고… 심지어는 아버지에게도 모르게 하라고 신신당부하셨어요."

할아버지의 유언을 전하게 된 석군호는 반쯤 울먹일 듯한 목소리로 말했다.

유진룡은 급히 봉서를 찢었다.


아무도 모르게 후원 대나무 숲으로 오게.


봉서 속에 든 서찰에는 그렇게 달랑 한 줄만 적혀 있었다.

"이것 외에는 없느냐?"

혼란스런 심정이 된 유진룡은 다그치듯 물었다.

"그것뿐이에요. 그런데 그게 무엇인지……?"

석군호도 의구심에 물든 표정으로 서찰을 향해 고개를 빼었다.

유진룡은 급히 서찰을 말아 감추었다.

"넌 모르는 게 좋다. 그리고 조부님의 유언대로 아무에게도 말하지 말거라."

유진룡은 혹시 모를 일에 대비해 엄하게 단속을 시킨 후 석군호를 안채까지 바래다주었다. 그리고는 그곳에서 무슨 볼 일이 있는 듯 조금 머무른 후 처소로 돌아왔다.

방으로 들어온 유진룡은 은밀히 바깥의 동태를 살폈다. 석군호가 다녀간 것 외에 자신의 처소에서 달라진 것은 아무것도 없었다.

유진룡은 창문을 약간 열고 후원 대나무 숲 쪽을 응시했다.

사시사철 푸른 기운을 잃지 않는 대나무 숲은 깊은 음영을 머금고 있었다. 이곳에 머무르며 몇 번 지나치기도 했지만 그 숲에서 특별한 기운은 느끼지 못했다. 그런데 그곳에 무엇이 있단 말인가?

만박노조의 갑작스런 죽음이 내내 석연치 않았는데 뭔가 대나무 숲과 연결되어 있는 것 같았다.

'가보면 알겠지.'

조금 더 바깥의 동태를 살핀 유진룡은 처소를 나와 은밀하게 대나무 숲에 도달했다.

# 第四十七章
## 회생(回生)

萬里雄風

‘**뭔**가 이건?’

대나무 숲 속에서 발걸음 소리를 최대한 죽이며 이곳저곳
을 살피던 유진룡은 신형을 멈추었다.

누군가 기다리고 있거나, 아니면, 무슨 표식이라도 있어야
하는데 대나무 숲 어느 곳에도 그런 것은 없었다. 그리고 한
참을 기다려도 아무도 나타나지 않았다.

‘대체 왜 이곳으로 오라고 한 것인가?’

만박노조가 죽음을 앞두고 장난을 쳤을 리도 없었다. 그리
고 석군호가 무얼 잘못 전한 것도 아닐 것이다. 그런데도 대
나무 숲에는 아무도 없고 한참을 기다려도 아무도 나타나지

도 않았다.

유진룡은 서찰을 다시 읽어보았지만 이곳 대나무 숲으로 오라는 글귀 외에는 아무것도 적혀 있지 않았다.

'내가 뭘 놓치고 있단 말인가?

유진룡은 안력을 돋우었다. 그리고는 세세하게 대나무 숲 전체를 살폈다.

여전히 평범한 대나무 숲이었다. 어떤 표식도 없고 어떤 이상한 점도 없었다.

도깨비에 홀린 기분이었다.

고개를 흔들며 포기하려던 유진룡의 눈에 문득 몇 개의 대나무가 한꺼번에 들어왔다.

무슨 표식이 있거나 특별한 것은 아니었다. 여러 개의 대나무 중에 조금 더 굵은 대나무들일 뿐이었다. 그리고 그것들은 그 하나만 쳐다보아서는 아무런 특이점을 발견할 수 없었다.

그런데 무언가 눈에 거슬렸다.

"백호십이수!"

어느 순간 유진룡은 자신도 모르게 고함을 지르다가 얼른 손으로 입을 틀어막았다.

한 개, 한 개만으로는 전혀 특이점을 발견할 수 없던 굵은 대나무들은 그것들만 추려서 쳐다보니 동굴에서 수련을 하던 돌기둥의 배열과 똑같이 자리하고 있었다.

대나무들이 빼곡히 들어찬 곳이니 이것저것 억지로 맞추면 그런 배열이 안 될 것도 없지만 유독 굵은 대나무만이 그런 배열을 이루고 있다는 것은 너무 공교로웠다.

유진룡은 그 굵은 대나무들만 집중적으로 살폈다.

"역시!"

우연이 아니었다. 굵은 대나무들은 다른 것들보다 한참 더 높은 곳까지 가지가 없었다. 누군가 가지를 쳐내 버린 표시가 났다. 아니면, 그 상태로 나중에 따로 심어놓은 것일 수도 있었다. 그래서 눈에 잘 들어온 것이다.

그렇다면 이것이 자신을 기다리는 표식이라는 말이다.

많은 궁금증들이 한꺼번에 일었다.

무가도 아닌 문가에서 백호십이수를 익힐 때의 돌기둥과 같은 배열을 보게 되다니!

그리고 이곳으로 자신을 오게 한 것은 누군가가 유진룡이 무한십이수 중에서도 백호십이수를 익혔다는 것을 정확히 알고 있다는 말이었다. 그런 것들도 궁금했지만 이런 대나무의 배열이 무얼 뜻하는지 더욱 궁금했다.

"무슨 장치가 되어 있다는 말인가?"

유진룡은 백호십이수의 첫 번째 기본형 초식을 떠올리며 대나무 한곳에 주먹을 갖다댔다. 그리고 자연스럽게 옆으로 왼쪽 발을 차올리며 다른 대나무에 발바닥을 갖다댔다.

그렇게 열두 개의 대나무를 모두 건드렸지만 아무런 변화가 없었다.

"어디!"

호흡을 끌어올린 유진룡은 조금 더 빠르게 백호십이수의 첫 초식을 펼쳤다. 그러나 여전히 아무런 변화가 없었다.

"정식으로 펼쳐야 한단 말인가?"

유진룡은 대나무 숲 바깥의 동정을 살폈다. 제대로 공력을 끌어올려 펼치면 소음이 일 수도 있었다. 다행히도 근처에는 여전히 인기척이 느껴지지 않았다.

파앗―

발끝에 힘을 준 유진룡은 대나무 사이로 바람처럼 휘돌았다.

바닥에는 떨어진 대나무 잎이 마른 낙엽으로 쌓여 있었지만 미세한 소음밖에 일지 않았고 백호십이수에 가격당한 대나무 역시 거의 흔들리지 않은 채 유진룡의 주먹과 발에서 받은 타격을 나무 안으로 흡수했다.

"이것도 아닌가?"

대나무를 향해 정식으로 백호십이수의 첫 초식을 펼쳤는데도 아무런 변화가 없자 유진룡은 슬쩍 이맛살을 찌푸렸다. 이것도 아니라면 열두 초식을 다 펼쳐야 하는데 첫 초식은 제대로 펼칠 수 있었지만 그 외의 초식은 다른 대나무들에 막혀 제대로 펼칠 수가 없었다. 대나무는 그렇게 교묘하게 위치하고 있었다.

“엇!”

유진룡은 외마디 경호성을 토했다.

아무런 변화가 없는 줄 알았는데 대나무 숲 한쪽 바닥에 작은 틈이 생기고 있었다.

그리고 그 틈은 점점 더 커져서 마침내 사람 하나가 충분히 들어갈 정도가 되었다.

너무도 은밀하게 열렸기에 끝까지 다 열리는 동안 아무런 소리도 나지 않았다. 그래서 처음에는 이 방법도 아닌가 하는 생각이 들 정도였던 것이다.

유진룡은 다시 한 번 주변의 동정을 살피고는 대나무 숲 바닥에 열린 동굴을 향해 다가갔다.

시커멓게 입을 벌린 틈 아래로 계단이 이어져 있었다. 그리고 그 끝은 어둠 속에 파묻혀 있었다.

당대의 석학인 만박노조의 집 한쪽에 이런 은밀한 장소가 있다는 것이 믿기지 않는 듯 유진룡은 얼른 동굴 안으로 들지 못하고 잠시 그곳에 서 있었다.

백호십이수를 펼치자 입구가 드러난 동굴은 마치 자신을 기다리고 만든 것 같았다. 또한 그것은 최대한의 빠르기로 백호십이수를 펼치자 열렸다. 아마 제대로 배우지 못했다면 영원히 열리지 않았을 것이다.

“호랑이를 잡으려면 호랑이 굴로 들어가야겠지?”

유진룡은 마침내 동굴 입구로 발을 들이밀었다.

계단을 스무 개 정도 내려오자 갈라졌던 틈이 자동적으로 닫혔다. 그리하여 사방은 코앞도 보이지 않는 암흑 천지가 되었다.

"젠장! 사람을 초청했으면 불이라고 켜놓고……."

투덜거리던 유진룡은 말을 끝맺지도 못하고 입을 다물었다. 누군가 유진룡의 투덜거리는 소리를 듣기라도 한 듯 불을 켠 것이다.

유진룡은 계단 중간에서 걸음을 멈추고 횃불이 밝혀진 곳을 쳐다보았다.

일렁거리는 횃불 아래로 몇 명의 인영이 흡사 유령처럼 서 있었다.

제일 앞에 서 있는 중년인은 키가 훌쩍 컸다. 그리고 청색 문사건을 머리에 두르고 있었다. 그리고 다른 중년인 세 명은 비슷한 키에 옷도 똑같은 백의였지만 각각 흑, 홍, 갈색의 문사건을 두르고 있었다.

유진룡은 경계심 어린 눈으로 그들의 전신을 훑었다.

그들의 몸 어느 곳에도 무기 같은 것은 없었다.

"어서 오시게!"

제일 앞에 선 중년인이 인사를 건네며 횃불 하나를 더 밝혔고 동굴 안은 훨씬 더 밝아졌다.

유진룡은 긴장을 풀며 잔뜩 끌어올렸던 내력을 아랫배 깊은 곳으로 갈무리했다.

“이리로 오게.”

재차 말한 중년인이 손짓을 했다.

“누구십니까?”

유진룡은 여전히 못 박힌 듯 그 자리에 선 채 중년인들의 정체를 물었다.

“차차 알게 될 걸세. 그리고 적은 아니니 경계할 필요는 없네.”

제일 앞에 선 중년인이 낮고 굵은 음성으로 말하고는 등을 돌렸다.

“누구⋯⋯.”

“우선 급한 일부터 처리함세.”

다시 질문을 하려는 유진룡의 말을 막으며 중년인은 걸음을 옮겼다. 그의 음성과 걸음걸이에 뭔지 모를 다급함이 스며 있었다. 그를 따라 다른 세 명의 백의 중년인도 걸음을 옮겼다.

마지못해 유진룡도 걸음을 옮겼다.

계단을 모두 내려오자 동굴은 인공의 흔적이 사라졌다. 울퉁불퉁한 암석들이 동굴 벽 곳곳에 튀어나와 있었고 그 표면에는 이끼가 두텁게 끼어 있었다. 동굴 천장에서는 물방울들이 떨어지고 있었다.

저벅!

저벅!

　네 명의 중년인은 조심스러우면서도 빠르게 걸음을 옮겼다. 유진룡은 구름처럼 이는 의구심을 뒤로하고 그들을 따랐다.

　갑자기 동굴이 넓어졌다.

　그곳은 지나온 곳과는 달리 인공의 흔적이 엿보였다.

　바닥과 벽 천장이 다듬어져 있었고 중앙에는 무언가 부피 큰 물체도 있었다.

　유진룡은 그 물체를 향해 시선을 모았다.

　관이었다.

　짙은 흑색의 관이 귀기를 머금고 누워 있었다.

　스르릉―

　다 쳐다보기도 전에 중년인 하나가 관 뚜껑을 열었다. 열자마자 지독한 악취가 물씬 풍겨 나왔다.

　유진룡은 절로 인상을 썼다. 그러다가 뭔가를 느끼고는 눈을 크게 떴다.

　그 악취는 만박노조가 죽은 뒤 그의 빈소에서 하루가 지나기도 전에 풍겨 나오던 것이었다. 그 때문에 이틀 만에 서둘러 화장을 해야만 했던 지독한 냄새였다.

　"가까이 오게!"

　뒤로 물러나라고 해도 모자랄 텐데 중년인은 오히려 유진룡을 관 가까이로 불렀다.

　유진룡은 코를 싸매며 움직이지 않았다.

"시체가 썩는 냄새가 아니라 여러 가지 약초를 섞어 우리가 인위적으로 만든 냄새라네. 그러니 꺼려할 것 없네."

키 큰 중년인이 담담한 목소리로 말하며 유진룡을 재촉했다.

유진룡은 지독한 악취 때문에 잠시 멍했던 의식을 일깨웠다.

만박노조의 빈소, 아니, 정확히 말하자면 만박노조의 관에서 나던 악취가 저 관에서 난다면 관속에는 만박노조의 시신이 들어 있다는 말이 아닌가?

그리고 그 악취가 시신이 썩는 냄새가 아니라면 만박노조의 시신은 또 어떻게 되었단 말인가?

그런 궁금증에 유진룡은 서둘러 관 옆으로 다가갔다.

"헛!"

유진룡은 자신도 모르게 헛바람을 들이켰다.

천만 뜻밖으로 관 안에는 만박노조가 누워 있었다. 아니, 만박노조의 시신이 들어 있었다.

봉황신녀 곡미령의 혼신을 다한 치료도 소용없이 숨을 거두던 때와 같이 시커멓게 타들어 간 안색 그대로 누워 있는 것이었다.

이건 대체 무슨 일인가?

만박노조의 시신은 분명히 화장을 했다.

임종 순간에도 옆에 있었고 서둘러 수의를 갈아입히는 순간도 지켜보았다. 그리고 화장을 하는 순간도……

그런데 그의 시신은 여기에 있었다.

'바뀌었다는 말인가?'

잠시 뒤 유진룡은 고개를 끄덕였다.

빈소의 병풍 뒤에 안치되어 있던 이틀 동안 내내 지켜보고 있었던 것은 아니다. 병풍 뒤의 밀폐된 공간에서 시신은 얼마든지 바뀔 수 있는 것이다.

정체는 모르겠지만 약초를 배합하여 꿈에도 떠올리기 싫을 정도의 시신 썩는 냄새를 만들고 대밭에 이런 기상천외한 기관장치를 만들 정도의 사람들이라면 그런 것은 쉬울 것이다.

지금까지 내내 석연찮았던 기분은 이것 때문이었다.

"죽지 않았습니까?"

유진룡은 불쑥 질문을 던졌다.

"가사(假死) 상태일세."

키 큰 중년인이 여전히 담담하게 답했다.

"가사 상태?"

"누가 보더라도 돌아가신 모습이지만 돌아가신 것은 아니네. 우리 곡주(谷主)께선 이런 일을 예상하시고 미리 손을 써두셨네. 이젠 자네가 되살려야 하네."

"곡주? 그리고 제가 되살린다고요?"

유진룡은 벌떡 고개를 들며 키 큰 중년인을 쳐다보았다.

절강성 제일의 의원이라던 봉황신녀 곡미령도 살리지 못한 만박노조였고, 품에 있던 산삼을 썼지만 소용이 없었다. 그런데 어떻게 되살린단 말인가?

"시간이 그리 많지 않네."

그 말과 함께 키 큰 중년인은 눈짓을 했다. 그러자 다른 세 명의 중년인이 빠르게 움직이며 무언가를 준비하기 시작했다.

한 명은 관 옆에 놓아둔 상자에서 여러 가지 물건들을 꺼내 바닥에 진열했고 다른 두 명은 만박노조의 시신, 아니, 가사 상태에 빠진 만박노조를 들어 올려 관 뚜껑 위에 눕혔다.

"팔을 걷게."

준비가 끝났는지 키 큰 중년인이 유진룡을 향해 대뜸 말했다.

유진룡은 움찔하며 뒤로 물러났다. 키 큰 중년인의 손에는 한눈에 보아도 예리하기 짝이 없는 소도 하나가 들려 있었기 때문이었다.

"겁이 많은 친구로군."

키 큰 중년인이 소도를 들지 않은 손으로 유진룡의 팔목을 잡았다. 그리고는 옷소매를 끌어 올렸다.

"뭘 하시려는 겁니까?"

유진룡은 중년인의 손아귀에서 팔을 빼냈다.

"사숙을 살리려는 것이네. 그러니 조금 아프더라도 참게."

"사숙?"

키 큰 중년인은 다시 유진룡의 팔목을 잡았다. 이번에는 유진룡도 팔을 빼내지 않고 지켜만 보았다.

"자네의 피를 한 사발만 뽑을 걸세. 그 정도로는 생명에 아무런 지장을 받지 않으니 걱정 말고 참아주게."

중년인은 소도 끝으로 유진룡의 팔뚝 한곳을 찔렀다.

소도 끝이 살을 파고드는 즉시 굵은 핏줄기가 솟아오르며 국그릇만 한 대접에 고이기 시작했다.

유진룡은 기가 막힌 심정으로 자신의 팔뚝과 자신의 피가 고이는 대접을 번갈아 쳐다보았다.

만약 싸움터에서 어떤 놈이 자신의 피를 이 정도로 흐르게 만들었다면 지옥 끝까지라도 쫓아갈 것이다.

피는 계속해서 굵게 솟아올라 그릇으로 떨어져 내리며 순식간에 반 정도 찼다. 그런데 이상하게도 통증이 느껴지지 않았다. 소도 끝으로 찌르는 순간에도 약간 따끔한 느낌만 있고 더 이상은 아프지 않았다. 아마도 이들은 의술에 조예가 깊어 그렇게 한 모양이었다.

"다 됐네. 정말 고맙네!"

붉은 피가 그릇에 가득 차자 키 큰 중년인은 끈으로 상처 위쪽을 얼른 묶었다. 그리고 상처 부위에 금창약 같은 것을 발랐다.

피는 금방 멎었고 상처 또한 즉시 아무는 듯 보였다. 이들의 금창약은 사부 천산마존이 건네준 소의 침처럼 끈적끈적한 액체 못지않았다.

"이걸로 뭘 한단 말입니까?"

유진룡은 자신의 피를 쳐다보며 질문을 던졌다.

"놈들의 독에 영향을 받지 않는 사람은 이 세상에서 자네가 유일할지 모르네."

중년인은 여전히 뜻 모를 말과 함께 유진룡의 피를 다른 그릇 몇 개에 나누어 담았다.

그것들을 다른 세 중년인이 각각 들고 여러 가지 액체를 섞어 다시 나누는 일련의 작업을 빠르게 반복했다.

유진룡은 멍하니 그들의 하는 양을 지켜보기만 했다.

"역시 곡주님의 예상이 맞았습니다."

잠시 후 흑색 문사건을 쓴 중년인이 자신이 들고 있던 그릇을 흔들어 보이며 환호성처럼 말했다.

"어서 시작하게!"

키 큰 중년인이 고개를 끄덕이며 마주 소리를 질렀다.

흑색 문사건을 쓴 중년인이 손에 든 그릇을 만박노조에게로 가져갔다. 그리고 입속으로 그릇에 든 액체를 흘려 넣었다.

유진룡은 눈도 깜박이지 않고 그들의 움직임을, 아니, 만박노조의 얼굴을 주시했다.

처음 한동안은 아무런 변화도 없었다. 그러나 일각 정도가 지난 어느 순간부터 만박노조의 얼굴에 드리워 있던 죽음 같은 검은 기운이 서서히 걷혀가기 시작했다.

"됐네. 이젠 가사 상태에서 깨어나게 하게."

키 큰 중년인이 다급하게 소리를 지르자 한 명의 중년인이 또 다른 그릇을 가져와서 그 안에 든 것을 만박노조의 입속으로 흘려 넣었다. 그리고는 온몸에 침을 꽂기 시작했다.

어느 순간 만박노조의 몸이 꿈틀하며 흔들렸다. 그리고는 멎었던 숨이 돌아왔다.

숨이 돌아오자 혈색은 더욱 빨리 돌아왔다. 시시각각 흑색의 기운이 사라지고 붉은 기운이 만박노조의 얼굴에 퍼져 나갔다.

"이제 시간이 해결할 걸세. 조금만 기다리면 되네. 정말 고맙네."

키 큰 중년인이 긴 한숨과 함께 미소를 지었다.

"대체 누구십니까?"

유진룡은 처음 하다가 가로막힌 질문을 다시 했다.

"우린 저분의 사질들일세."

중년인이 짤막하게 답했다. 들으나마나한 답변이었다.

"그러니까 그게 누구냔 말입니다!"

유진룡은 마침내 버럭 소리를 질렀다.

잠시 정적이 흘렀다.

"혹시 자네 사부에게서 은자유림곡이란 말을 들어보지 못했나?"

조금 더 뜸을 들이던 키 큰 중년인이 단도직입적으로 말했다.

"은자유림곡?"

머릿속을 온통 헤집었지만 처음 듣는 소리였다. 사부에게서도 들은 적이 없었고 은근히 잘난 체하기 좋아하는 마웅탁에게서도 들어본 적이 없었다.

"그곳이 어떤 곳입니까?"

"섭섭하군."

키 큰 중년인이 장난기 어린 음성으로 말하며 다시 미소를 지었다.

"그곳이 우리가 몸담고 있는 곳이고 사숙께서 수학하신 곳이기도 하지. 그리고 그곳의 곡주님은 사숙의 사형이 되시지. 그분께서 천기를 짚어 오늘의 일을 모두 예견하고 안배를 하셨지. 더 이상은 사숙이 깨어나시거든 직접 듣게."

중년인들은 바쁘게 물건들을 정리했다.

'만박노조 어르신의 사형이 있다는 말인가?'

유진룡은 뜻밖의 심정이 되었다.

중원제일의 석학인 만박노조는 학문에 있어서는 대적할 상대가 없을 정도로 홀로 우뚝 선 사람이었다. 그런 노인에게 사형이 있고, 그 사람이 오늘의 일을 모두 예견하고, 이런 안배를 준비했다면 그는 만박노조보다 한 단계 높은 학식과 지적 능력을 갖추고 있다는 말이다.

하늘 위에 하늘이 있고, 하늘 밖에 하늘이 있다는 구절이 절로 떠올랐다.

어쨌든 만박노조가 죽은 것이 아니고 죽음을 가장하여 이렇게 몸을 숨긴 후 되살아나고 있다는 것이 너무 다행스러웠다. 그가 의식을 되찾으면 그간의 모든 혼란스러웠던 심정이 사라질 것이고 궁금증 역시 풀릴 것 같았다.

'은자유림곡이라 했던가?'

유진룡은 바닥에 흩어놓았던 물건들을 챙기고 다른 무슨 준비들을 하며 분주히 움직이는 중년인들을 바라보았다. 그리고 그들이 속한 곳의 이름을 되뇌어보았다.

그 이름처럼 이들은 세상에 모습을 드러내지 않고 은밀히 움직이는 사람들 같았다.

봉황신녀 곡미령이 깜박 속을 정도로 만박노조를 가사 상태에 들게 한 후 이렇게 시신을 바꿔치기 하고 되살려 낼 만한 능력을 가진 사람들이 왜 세상 깊은 곳에서 숨어 살아야 하는지 선뜻 이해가 되지 않았다.

또한 이들은 이미 자신에 대해 속속들이 알고 있는 것 같았다.

영약을 밥처럼 먹고, 영약에 목욕을 하듯 하며 빠른 시간 내에 고수가 된 자신의 정체를 알고 조금의 주저 없이 자신의 피를 뽑아 그 속에서 무언가를 추출해서 만박노조를 되살리고 있는 모습은, 자신뿐만 아니라 사부 천산마존에 대해서도 잘 알고 있다는 짐작이 갔다.

만박노조와 자신의 사부이신 천산마존!

대체 어떤 관계일까?

"쿨럭!"

만박노조의 기침 소리가 유진룡의 상념을 끊었다.

"사숙!"

중년인 네 명이 급히 만박노조에게로 달려갔다. 유진룡도 그들을 따라 만박노조 곁으로 다가갔다.

만박노조의 안색은 이제 완전히 정상으로 돌아와 있었다. 미미했던 숨결도 건강한 사람들과 마찬가지로 규칙적이었다.

어느 순간, 만박노조의 눈꺼풀이 움직이더니 번쩍 눈을 떴다.

"정신이 드십니까, 사숙?"

키 큰 중년인이 반색을 하며 만박노조를 쳐다보았다.

만박노조가 잠시 어리둥절한 표정을 짓더니 급히 몸을 일으켰다. 그리고는 입을 열었다.

"오늘이……?"

"예정된 날입니다."

중년인 하나가 답했다.

"사형의 예측은 한 점 오차가 없구나."

탄식처럼 말한 만박노조는 천천히 고개를 끄덕였다. 그렇게 만박노조는 멀쩡하게 소생했다.


"자네 사부로부터 시작된 오랜 인연의 고리가 자네 대에서 한 개의 사슬로 연결되고 있다네."

유진룡이 한꺼번에 몇 가지인지도 모를 질문을 던지자 만박노조는 그 말로 답을 대신했다.

그 인연의 고리가 구체적으로 어떤 것인지, 그리고 어떤 사슬로 연결되는지는 조금도 가르쳐 주지 않고 언젠가는 자연히 알게 될 것이라는 짤막한 설명만 했다.

유진룡은 기가 막혔다.

만박노조가 깨어나면 모든 궁금증이 풀릴 줄 알았는데 오히려 증폭되는 것 같았다.

"궁금하더라도 조금만 참게. 인연의 사슬은 질기고 복잡해서 억지로 끊기는 것도 아니고 쉽게 풀리는 것도 아니라네. 내 사형께서 오늘 일을 예견하고 안배를 해둔 것이고 엄히 당부한 일이니 함부로 발설할 수 없다네."

왠지 이들은 자신과 사부에 대해서 잘 알고 있다는 생각은 했지만 그것이 질긴 인연의 끈으로 이어져 있다는 생각까진 하지 않았다. 그런데 만박노조의 말을 듣고 보니 훨씬 복잡한 사연들이 있는 것 같았다.

유진룡은 세세한 궁금증을 접어두기로 했다. 대신 이곳으로 온 애초의 목적 한 가지만 충족시키고자 했다.

"그럼 제가 노사님께 준 그림의 정체는 무엇인가요?"

"그건 한 교파의 신물로 밝혀졌네."

"어떤?"

유진룡은 자신도 모르게 바짝 다가앉았다. 도천극의 배후에는 절대 평범하지 않은 음습한 힘이 도사리고 있다는 짐작을 했는데 역시 예상대로인 것 같았다.

"사라만이라고 일컬어지는 세외의 한 교파이네. 그들은 피를 광적으로 숭상하는 사파로, 피의 제전을 벌이며 교리를 수행하는 모습이 너무 괴이하고 흉측하여 그곳에서도 배척을 받아 사라진 것으로 알려졌네. 그런데 그들이 중원에서 세를 키우고 있었던 모양일세. 더 우려스러운 것은 그들 뒤에는 또 다른 힘이 도사리고 있네. 그들의 뿌리는 우리도 아직 찾지 못했네."

만박노조의 얼굴에 얼핏 먹구름 한 가닥이 스쳐 지나갔다.

"그럼 노사님을 중독시킨 자들이 그들입니까?"

"그렇다고 보아야겠지. 그들은 우리를 자신들의 정체를 캐낼 수 있는 존재로 예상하고 은밀히 감시를 하고 있었던 모양일세. 그런 시기에 마침 자네가 온 것이고……."

"그럼 밀영이란 단체는 어떤 곳인지요?"

유진룡은 영화전장의 총주로부터 들은 그자들 조직의 이름에 대해 물어보았다.

"밀영은 그들이 중원으로 들어와서 위장한 단체일세. 하지만 원래의 정체는 사라만일세. 그런데 자네가 밀영을 어떻게 알고 있는가?"

만박노조는 뜻밖이란 표정으로 유진룡을 쳐다보았다.

"우연히 알게 되었습니다."

유진룡은 얼버무렸다. 그리고 덧붙였다.

"사라만에 대해서 좀 더 자세히 알 수 없습니까? 그들의 힘이 얼마나 되고 목적이 무엇인지?"

"지금으로서는 자세히 아는 게 없다네. 사형께선 뭔가 알고 미리 대비하신 듯했지만 아직 가르쳐 주시지 않았으니 나로서도 알 수가 없네. 하지만 그들의 정체는 파악할 수 있는 증표를 자네가 입수했으니 언젠간 세세히 밝혀질 걸세."

대답을 한 만박노조는 촛불을 쳐다보며 시간의 추이를 어림했다.

"노사님의 사형이란 분은 대체 어떤 분입니까? 노사님보다 더 뛰어나고 학식이 높은 사람이 있다는 사실은 도저히 믿을 수가 없습니다."

유진룡은 정말 궁금한 심정이 되어 질문 하나를 추가했다.

"사형에 비교한다면 난 어린아이 수준이라네. 허허!"

만박노조는 너털웃음을 터뜨렸다.

"그런 분이 왜 세상에 나오시지 않고……?"

"그런 사람들이 어디 한둘이겠나? 세상 곳곳에는 기인이사들이 모래알만큼 많은 것을……."

만박노조는 쓸쓸한 표정으로 말끝을 흘렸다. 아마도 만박노조의 사형이란 기인이 세상 깊은 곳에 은신하고 있는 것은 그만한 사연이 있는 모양이었다.

"이젠 더 지체할 시간이 없네. 자네가 너무 오래 사라지면 의심을 사게 될 걸세. 그러니 이젠 돌아갈 채비를 하게. 더 궁금한 것은 차차 풀릴 것이네."

만박노조는 재촉과 함께 키 큰 중년인을 향해 무언가 지시를 내렸다. 그러자 키 큰 중년인이 상자에서 서책 한 권을 꺼내어 유진룡에게 내밀었다.

"무엇입니까, 이것이?"

서책을 건네받은 유진룡은 어리둥절한 표정으로 만박노조와 중년인을 번갈아 쳐다보았다.

"펼쳐 보게."

중년인은 설명 대신 서책을 향해 턱짓을 했다.

"이건!"

서책을 몇 장 펼쳐 보던 유진룡은 외마디 소리를 지르며 서둘러 몇 장을 더 넘겼다.

여러 모양의 그림들과 그 그림들 옆으로 빽빽이 적혀진 글귀들이 있었는데 그림들은 뜻밖에도 유진룡이 익힌 백호십이수의 초식들이었다.

"이게 어떻게?"

유진룡은 번쩍 고개를 들었다.

글귀들은 살펴보지 않았지만 서책은 백호십이수에 관한 또 다른 비급이 분명했다.

"그게 무한십이수의 진본일세."

중년인이 단도직입적으로 말했다.

"진본? 그럼 제가 익힌 것이 가짜란 말입니까?"

유진룡은 갈수록 혼란스런 심정이 되었다.

"자네가 익힌 무한십이수도 가짜는 아니지만 그건 백호십이수에 국한된 것으로 전반부라 할 수 있네. 그것만으로도 제대로 익히는 사람이 없어서 후반부는 유명무실한 것이었네. 하지만 자네는 주인이 될 자격이 있네. 그래서 이곳의 기관이 열린 것이고."

중년인은 빙그레 미소를 지었다.

"그런데 이것을 어떻게 대협이 가지고 계신 것인지요."

"우리가 주인이니까."

"……?"

"다시 말하자면 그건 어떤 연구를 위해 오래전에 우리 은자유림곡에서 입수한 것이네. 그중 전반부가 어떻게 해서 자네 사부에게로 전해진 모양일세."

중년인은 최소한의 답만을 해주고는 입을 다물었다.

유진룡은 비로소 대나무 숲에 있던 기관장치가 백호십이수의 초식을 펼침으로 작동한 이유를 알 수 있었다. 어떤 것인지는 몰라도 백호십이수의 비급을 가지고 무슨 연구를 했다면 그것에 대해 속속들이 알고 있을 것이었다.

유진룡은 다시 무한십이수의 진본이라고 한 서책을 쳐다보았다.

사부로부터는 백호십이수의 서책을 건네받고 무조건 익히기만 했다. 그래서 제대로 된 설명조차 듣지 못했다. 그때 사부는 이미 생명의 기운이 다해가고 있어 설명해 줄 여력도 없었을 것이다. 그 부족하고 갈증났던 설명들과 후반부라 할 수 있는 또 다른 내용들이 이곳에 있었다.

"우리가 연구한 바에 의하면 그건 전반부를 익히는 것보다 몇 배는 더 어려울 것 같네. 반면 그만한 성취도 있을 것이네. 자네라면 가능할 걸세."

중년인은 미미하게 고개를 끄덕였다.

"어떤 목적으로 이걸 연구하셨는지……."

"그건 지금 말해줄 수 없네. 차차 알게 될 걸세."

중년인이 고개를 흔들었다.

"오늘의 인연은 여기까지일세. 더 이상 지체하면 발각될지도 모르네. 그러니 어서 돌아가게. 그리고 언젠간 우리가 다시 자네를 찾을 걸세. 그때 우리의 인연은 다시 이어질 걸세."

이번에는 만박노조가 재촉했다. 그러면서 그는 작은 호리병을 내밀었다.

"이것은 또 무엇입니까?"

"이건 자네 몸에서 뽑아낸 것으로 날 되살린 해독약일세. 혹시 필요할지 모르니 자네가 소지하게."

만박노조는 몸을 일으켜 떠날 채비를 했다. 그의 움직임으로 보아 이젠 몸속에 미세한 중독의 흔적도 남아 있지 않은 듯했다.

거듭된 그들의 재촉에 유진룡은 오히려 더 부풀려진 궁금증들을 동굴 안에 남겨둔 채 왔던 길을 되돌아 나왔다.

뭐가 어떻게 돌아가는지 들어올 때보다 더 혼란스러웠지만 조만간 다시 만날 것이라 했으니 궁금증은 그때 풀 수밖에 없었다.

잠시 후, 입구인 계단이 나타났다.

배웅을 위해 온 백색 문사건을 쓴 중년인이 위에서 아래로 내려온 대나무 통 속을 유심히 쳐다보았다. 그것으로 바깥의 동정을 살피는 것 같았다.

"나가도 될 것 같네."

백색 문사건의 중년인은 고개를 끄덕인 후 대나무 통 옆에 있는 쇠줄 몇 개를 잡아당겼다.

스르릉—

미세한 기계음이 들렸다. 너무 미세해서 흡사 바람 소리가 아닌가 싶을 정도였다.

이윽고 계단 위에 있는 입구가 열리며 바깥바람이 스며들었다.

“어서 가보게. 그리고 다음에 만날 때는 술이나 한잔함
세.”

백색 문사건을 두른 중년인은 강호인들의 말투를 흉내내
며 작별 인사를 했다.

“그러지요. 주량이 좀 센 편이라 많이 준비해야 할 겁니
다.”

고개를 끄덕인 유진룡은 조심스럽게 계단을 올랐다.

계단을 다 올라오자 입구는 다시 닫히기 시작했다. 동굴 안
에서는 다른 소음이 없어 미세하나마 기관음이 들렸는데 밖
으로 나오니 대나무 숲이 울어대는 소리에 묻혀 동굴 입구가
닫히는 소리는 전혀 들리지 않았다.

동굴 입구가 모두 닫히자 그곳은 감쪽같이 바닥으로 변해
버렸다. 대나무 낙엽마저 그대로 덮여 전혀 다른 흔적이 남아
있지 않았다. 유진룡은 그 위로 대나무 잎을 흩뿌려 더욱 자
연스럽게 만들었다.

“도깨비에 홀렸나?”

동굴 입구마저 사라지자 그런 생각이 들었다.

유진룡은 품속을 더듬었다. 그들에게서 얻은 무한십이수
의 진본과 호리병이 만져지며 현실을 일깨웠다.

가슴이 두근거렸다.

지금보다 또 한 단계 도약할 수 있는 발판을 얻었다는 생각

에 호흡마저 거칠어졌다.

그것으로 인해 지금까지의 모든 궁금증과 혼란함이 까마득히 멀어져 갔다. 그런 것들은 뒤로 밀쳐 두고 당장 백호십이수의 후반부이자 무한십이수의 진본인 이 비급에 몰입할 생각이었다.

"이럴 때일수록 침착해야겠지."

긴 한숨과 함께 중얼거린 유진룡은 대나무 숲 밖의 동정을 살폈다.

숲 바깥은 여전히 깊은 정적에 휩싸여 있었다. 어떤 움직임이나 소리도 느껴지지 않았다.

조금 더 동정을 살핀 유진룡은 어둠의 장막을 따라 신형을 움직였다.

# 第四十八章
## 도약(跳躍)의 발판

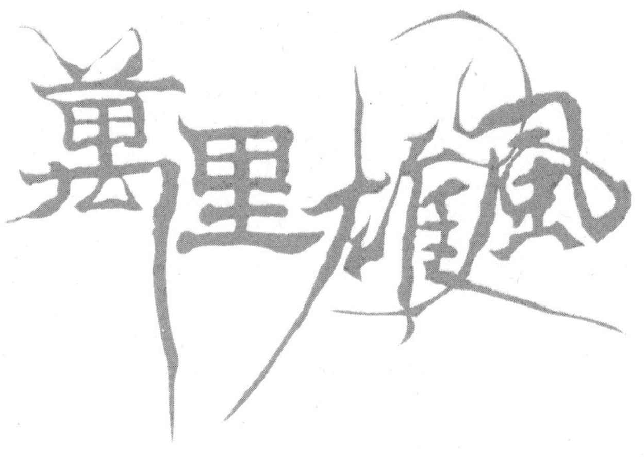
萬里雄風

急히 처소로 돌아온 유진룡은 은자유림곡
사람들에게서 얻은 무한십이수의 진본을 펼쳤다.

시간은 깊은 밤이었지만 날아갈 듯한 마음이 된 유진룡은
조금도 피로함을 느끼지 못했다.

처음에는 백호십이수와 거의 같았다. 다른 것이 있다면 초
식의 그림 옆에 세세한 설명이 깨알같이 적혀 있다는 것이었
다. 그것들은 백호십이수의 기본형과 변초들에 대한 세세한
설명들이었다. 그리고 그곳에는 허초와 변초의 또 다른 응용
에 대한 것들이 세세히 적혀 있었다.

그것들을 읽어본 유진룡은 왜 이것이 진본이라고 하는지

알 수 있을 것 같았다. 그리고 자신이 배운 백호십이수의 비급에는 왜 이런 세세한 설명이 없었는지도 짐작할 수 있었다. 기본형을 제대로 익히지 못한 상태에서는 이것은 아무 소용이 없었다.

유진룡은 계속 책장을 넘겼다. 중간 부분부터는 백호십이수와 무언가 달랐다.

돌기둥의 배치나 그것들에 따른 기본 초식은 백호십이수와 같았다. 그런데 운기의 방법들이 조금 달라져 있었다. 기본적인 것은 역시 같았지만 가격을 하는 마지막 순간에 그것이 달랐다.

유진룡은 무심결에 서책에 있는 운기의 방법대로 내력을 끌어올리며 주먹을 내질러 보았다.

퍼엉—

벽 저쪽에서 폭음이 울렸다.

유진룡은 멍한 눈으로 그곳을 쳐다보았다.

저만치 반대쪽 벽에 주먹 자국이 선명하게 찍혀 있었다.

"이건?"

유진룡은 와락 서책을 눈앞으로 당겼다. 그리고 운기의 구절을 다시 읽었다.

읽음과 동시에 주먹 끝으로 그 기운이 다시 일어났다. 그러나 이번에는 주먹을 뻗지 않고 주먹 끝에 모인 기운을 단전으로 끌어내렸다. 한 번 더 같은 식으로 주먹을 내질렀다가는 벽에 구멍이 나버릴 것이다.

중간 부분에 적힌 내용은 격공의 묘리에 관한 것이었다.

며칠 전 종하 진인과 구진자로부터 수박 겉 핥기 식이나마 배운 그것이 무한십이수의 진본 후반부에 자세히 적혀 있었다.

'설마 이것을 예측하고……?

유진룡은 믿을 수 없다는 표정으로 대나무 숲 쪽을 쳐다보았다.

마웅탁의 손님으로 온 자신을 만나자마자 무리한 요구를 하며 무당, 화산파 사람들과 손을 섞게 한 것 역시 이런 일을 예상한 때문이라는 생각이 들었다.

유진룡은 첫 부분으로 책을 되넘겨 격공의 묘리가 상세히 적혀 있는 곳을 펼쳤다.

종하 진인으로부터 기본적인 묘리는 배웠지만 문파가 다르기에 그 이상은 어려웠다. 그래서 화운생이 끌어들인 놈들과 싸울 때 처음에는 제대로 펼쳤지만 두 번째는 실패했다. 그러나 이곳에 적힌 묘리는 그것을 완벽하게 해주고 있었다.

만박노조가 종하 진인과 구진자를 자신과 만나게 한 것은 단순한 우연이 아니라 이 서책을 전해주기 전에 사전 준비를 시킨 것이었다.

제대로 글을 배운 적이 없었기에 이 서책만 보았다면 그 묘리를 쉽게 이해하지도 못하고 구절만 읽고 곧바로 격공을 펼치지도 못했을 것이다. 종하 진인과 구진자에게서 몸으로 그것을 먼저 깨우쳤기에 몸이 먼저 펼치게 되었고, 구절의 뜻을 완벽히 이해하기도 전에 격공의 원리임을 알게 되었다.

유진룡은 급히 다음 몇 장도 넘겨보았다.

그곳에는 열두 가지 운기법을 이용한 한 단계 더 발전한 보법과 경공술의 묘리도 적혀 있었다.

만리추영보(萬里追影步)!

보법의 이름이었다.

사부께서 주신 백호십이수의 비급에서는 특별한 보법의 가르침은 없었다.

열두 개의 돌기둥 사이를 휘돌고 뛰어넘으며 자연스럽게 익혔을 뿐이다. 그것으로도 동굴이 있는 절벽을 날아내릴 정도는 펼칠 수 있었다.

그런데 무한십이수의 진본에는 정식으로 배울 수 있는 보법이 적혀 있었다.

그건 또 한 차례 성장할 수 있는 발판이었다.

유진룡은 계속해서 다음 장들도 넘겨보았다. 종하 진인 등에게서 배우지 않은, 그래서 아직은 무언지 확실히 모를 내용들도 많았지만 두 도인들에게 배운 내용이 상당 부분 겹치고 있었다.

전반부는 동작이나 초식 위주라면 후반부는 오의나 심득에 관한 것들이 주를 이루고 있었다.

유진룡은 긴 한숨을 내쉬었다. 마음 같아서는 당장 동굴로 되돌아가서 후반부에 빠져들고 싶었다. 그러나 지금은 그런 호사를 누릴 수가 없었다. 이것들은 세상을 활보하며 틈틈이 익힐 수밖에 없었다. 어쩌면 이것들은 그렇게 실전 경험과 함께 병행하면서 익혀야 제대로 익힐 수 있을 것인지도 몰랐다.

초식이나 내력을 다지는 것은 얼마나 많은 시간과 씨름을 하며 갈고닦았느냐에 달려 있겠지만 여기에 있는 이런 깨우침은 무작정 시간을 쏟아 붓는다고 성취할 수 있는 것이 아니었다. 죽도록 매진할 때는 떠오르지 않다가 포기하고 주저앉는 순간 불현듯 떠오를 수도 있었고 잠을 자다가도 떠오를 수 있는 것이었다.

사부로부터 받은 전반부는 그야말로 가장 기본적인 것이었다.

그것들은 집을 짓기 위한 튼튼한 목재를 마련하는 것과 같았다. 그리고 이 후반부는 그 목재들을 가지고 집을 짓는 방법을 적어놓은 셈이었다.

유진룡은 끝까지 넘겨보았다. 그러다가 서책의 거의 마지막 부분 한곳에서 손을 멈추었다.

마지막 부분에는 앞에서 배운 열두 가지와는 전혀 다른 운기법 한 가지가 적혀 있었다.

우주무한(宇宙無限)이란 이름의 그 운기법은 너무 복잡해서 당장은, 또 실내인 이곳에서는 운기해 볼 엄두를 내지 못할 정도였다.

"그들의 정체가 점점 더 궁금해지는군."

서책을 덮은 유진룡은 벌떡 일어섰다.

도저히 방 안에 가만히 있을 수 없었다.

방에서 나온 유진룡은 곧바로 석대가문을 나와 뒤쪽 야산으로 경공을 펼쳤다. 좀이 쑤셔서 무한십이수의 비급을 가만히 들여다보고만 있을 수 없었다. 아무도 없는 곳에서 실제로 펼쳐 보고 싶었다.

특히 우주무한의 운기법이 어떤 것인지 너무 궁금했다.

석대가문에서 얼마 떨어지지 않은 곳에 야산이 있었고 순식간에 그곳에 도착한 유진룡은 무한십이수의 진본 비급을 꺼냈다.

달이 밝아 안력을 조금만 돋우자 불을 밝히지 않고도 내용을 읽을 수 있었다.

굵은 나무 앞에 선 유진룡은 무한십이수의 앞쪽에 적힌 대로 내력을 끌었다.

우우웅—

단전에서 솟아오른 뜨거운 기운이 사지백해로 흘러들었다.

처음에는 동굴에서 익혔던 것과 똑같은 방식으로 진기를 이끌다가 마지막 부분에서 무한십이수의 진본에 적혀 있는 경로로 이끌며 주먹을 뻗었다.

우우웅—

주먹 끝에서 무거운 진동음과 함께 권경이 쏟아졌다. 아무런 제약 없는 이곳에서는 방 안에서 책을 읽자마자 자신도 모르게 끌어올렸던 것과는 비교도 안 되는 위력이었다.

퍼엉—

파열음이 터지며 권경이 작렬한 나무둥치에서 먼지가 피어올랐다. 권경에 나무껍질이 가루가 되어 피어오르는 먼지였다.

유진룡은 얼른 나무쪽으로 다가갔다. 허벅다리만 한 나무 한가운데 주먹 자국이 선명히 찍혀 있었다. 유진룡은 주먹 자국의 깊이를 헤아려 보았다. 손가락 한 마디 정도의 깊이로 주먹 자국이 찍혀 들어 있었다.

유진룡은 손가락을 뻗어 주먹 자국을 만져 보았다.

푸스스—

주먹 자국이 먼지로 흘러내리며 나무둥치에 구멍이 뻥 뚫렸다. 그리고는 기우뚱 넘어졌다.

우지끈—

마침내 통나무 한 그루가 완전히 허리를 꺾었다.

백호십이수의 후반부에 적힌 구결대로 권경을 펼치니 그 위력은 종하 진인이나 구진자에게 배운 방식대로 펼치는 것과 비교가 되지 않았다.

꺾어진 통나무를 한동안 쳐다보던 유진룡은 다시 내력을

끌어올렸다.

"하앗—"

이번에는 손바닥을 활짝 펼쳐 쓰러진 통나무 옆에 있는 작은 바위에다 장력을 뿌려보았다.

직접 맞닿아 두드린다면 가루로 만들 수 있었다. 동굴에서는 훨씬 큰 바위 열두 개를 부수고 나서야 초식 수련을 시작했었다. 마지막 열두 번째 바위는 모래알만 한 가루로 만들어 무너져 내리게 했다.

그리고 그 바위 밑에는 엄청난 양의 폭약이 설치되어 있는 것을 발견했다. 만약 그때 바위를 가루로 만들어 흘러내리게 하지 못했다면 폭약이 터져 동굴 속에서 생매장되었을 것이다.

퍼엉—

바위에서는 나무둥치에서보다 큰 폭음이 터졌다. 거듭할수록 그 위력이 늘어나는 것이다.

쩌억—

바위가 금이 가며 두 개로 쪼개졌다. 그러나 직접 주먹이나 손바닥 등을 갖다대며 두드릴 때처럼 가루가 되어 무너져 내리지는 않았다. 그것이 직접 두드리는 것과 공간을 격하며 경력을 뿌리는 것과의 차이였다.

"첫술에 배부를 수는 없는 법이지."

유진룡은 고개를 흔들어 실망감을 날려 버렸다.

이제 겨우 세 번을 뿌려보고 직접 두드리는 것과 같은 위력을 바라는 것은 도둑놈 심보나 마찬가지다. 동굴에서 수련하던 것보다 몇 배는 더 노력을 해서 오의를 터득해야 제대로 된 능력을 발휘할 수 있는 것이다. 그리고 그 끝은 무한할 것이다.

유진룡은 바위와 쓰러진 통나무 옆으로 걸어나와 달빛이 드는 곳에서 무한십이수의 뒤쪽을 펼쳤다.

마지막 부분에 있는 우주무한도 시험 삼아 한번 펼쳐 볼 생각이었다. 그래서 그것이 어떤 힘을 내포하고 있는지 알고 싶었다.

유진룡은 마지막 장에 적혀 있는 심법대로 내력을 이끌었다. 다른 열두 가지 심법은 전반부와 같은 방법으로 이끌다가 마지막 순간에 바뀌며 격공을 펼치게 되는데 우주무한의 심법은 처음부터 완전히 그 궤를 달리했다.

우우웅—

단전에서 큰 바위가 구르는 느낌이 들었다. 그리고 그 바위는 거대한 물줄기가 되어 혈도를 타고 흘렀다.

유진룡은 눈을 감고 정신을 집중하며 우주무한의 복잡한 심법대로 내력을 이끌었다.

"엇!"

유진룡은 자신도 모르게 눈을 번쩍 떴다.

단전에서 흘러나오던 거대한 물줄기가 어느 순간 소멸되

어 버렸다.

"대체 이게 무슨 조홧속인가?"

유진룡은 믿을 수 없는 심정으로 자신의 팔다리를 흔들어 보았다. 사지로 이끌었던 기운은 어느 곳에도 남아 있지 않았다. 참으로 귀신이 곡할 노릇이었다.

그 거대한 물줄기가 대체 어디로 사라졌단 말인가?

유진룡은 다시 눈을 감고 정신을 집중했다. 그리고 기해혈에 있는 내력을 모두 이끌었다.

우우웅—

단전에서 용암 같은 기운이 용솟음쳤다. 그 기운을 더욱 신중하게 심법대로 운기시켰다.

역시 마찬가지였다.

그 기운은 어느 정도 흘러가다가 소멸되어 버렸다.

유진룡은 어이없는 심정으로 비급 속의 심법 구절과 우주무한의 도해에 시선을 못박았다.

이제껏 내력이 부족하다는 느낌은 받지 못했다.

생사를 넘나들며 말도 안 되는 양의 내력부터 먼저 몸에 축적하고 그것을 바탕으로 단시간에 지금 수준의 무공을 습득했다. 그래서 내력에 비해 숙련과 경험이 부족해서 본신의 내력을 모두 사용하지 못한다고 줄곧 생각했다.

그런데 지금은 정반대의 현상이었다.

단전 깊은 곳의 내력을 모조리 끌어올렸지만 우주무한의

심법대로 그 내력을 이끌자 어느 순간 거짓말같이 사라져 버렸다.

그것은 마치 작은 개울물로 넓고 복잡하게 얽힌 밭고랑에 물을 대려 하자 넓은 밭고랑을 충족시키지 못한 개울물이 흔적도 없이 사라지는 것과 같은 느낌이었다.

"배움의 길은 끝이 없다더니……."

유진룡은 여전히 믿을 수 없는 심정으로 중얼거렸다. 완벽히 수련했다고 자부하며 출도한 지 단 몇 달 만에 자신의 생각이 얼마나 우물 안 개구리 같았는지 자각한 것이다.

문득 갈증이 솟구쳤다.

어떻게 하면 우주무한의 심법을 제대로 터득하고 우주무한을 펼칠 수 있을 것인가?

"만년석정수라면 가능할까?"

유진룡은 사부께서 도천극의 옥패에 그려진 그림과 같이 준 천산의 한 동굴이 그려진 지도를 떠올렸다.

그 그림의 반은 사부의 딸 주애청이 소지한 야명주를 넣어 둔 주머니 속에 있어 지금으로서는 그 동굴이 어디 있는지 짐작이 가지 않았다.

그것으로 내력을 한 단계 더 끌어올리면 우주무한을 펼칠 수 있을까?

그렇다면 한시바삐 주애청을 만나고 싶었다. 그녀가 도천극의 마수에 걸려들면 사부와의 약속도 지키지 못할뿐더러 자신은 완전한 무한십이수를 익힐 수 없는 것이다.

"길을 떠날 시간이 멀지 않았군!"

어느새 동녘이 희뿌옇게 밝아오고 있었다.

아침이 되면 이곳 사람들과 작별을 고하고 주애청과 철사홍을 만나러 떠나야 할 것이다.

"영화전장의 사람들이 내 청부를 완벽히 수행해 준다면 일이 훨씬 수월할 것인데……."

소원을 빌 듯 중얼거린 유진룡은 산 아래를 향해 걸음을 옮겼다.


유진룡이 야산 깊은 곳에서 밤을 꼬박 새운 시간, 석대가문의 후원 별채에서는 만권공자 마웅탁도 꼬박 밤을 새우며 책을 읽고 있었다. 책에 몰두하는 지금 그의 모습은 마치 치열한 싸움을 하고 있는 무인과 같았다.

눈도 제대로 깜박이지 않고 책에 집중하는 그 모습은 단순히 학문을 위해 책에 빠져드는 유생의 모습과는 달리 뭔지 모를 광기 같은 것이 느껴졌다.

유진룡이 문을 열고 들어왔을 때도 마웅탁은 기척을 느끼지 못하고 광기를 불태우고 있었다.

'아예 넋이 나갔군!'

등 뒤에까지 다가가도 아무것도 모른 채 책의 내용에 몰두하고 있는 마웅탁을 보며 유진룡은 내심 혀를 찼다.

'대체 무슨 내용이기에……?'

유진룡은 마웅탁의 어깨너머로 책의 내용을 훔쳐보았다.


아주 오랜 옛날에 태양의 가문이 있었다.

대대로 현기막측한 오성을 타고난 그들은 한눈에 세상만사를 꿰뚫어 볼만한 지혜를 갖추게 되었다.

이른바 태양천가(太陽天家)라 일컬어지던 그들은 세상의 가장 깊은 곳에 은둔하며 그들의 능력을 키워갔다.

그러나 양이 있으면 필연적으로 음이 생겨나는 법!

그들의 탄생과 동시에 잉태된 상반의 기운을 타고난 가문이 있었으니, 그들을 일컬어 구유묵가(九幽墨家)라 불렀다. 그들은 세상의 가장 얕은 곳에서 은신하며 오랜 세월 암흑의 기운을 축적하며 태양을 가릴 능력을 지니게 되었다.

태양과 암흑은 아무도 모르는 곳에서 충돌을 일으켰다.

그리고 그들은 동시에 소멸했다.

하지만 그들의 잔가지 하나 정도는 세상의 어느 곳에 뿌리를 내리고 제각각의 꿈에 젖어 있을 것이다.


별 시답지 않은 내용의 얘기책이었다.

저런 얘기책이면 예닐곱 살짜리 아이들에게나 어울릴 것 같았는데 마웅탁은 광기를 표출하며 빠져들고 있었다.

탁!

한참 후에 마응탁은 너절해져서 떨어져 나갈 것 같은 얘기책을 덮고 상체를 폈다.

"어! 언제 왔어, 형?"

비로소 유진룡을 발견한 마응탁은 퀭한 눈으로 유진룡을 쳐다보았다.

"자시가 조금 지나왔잖아? 네가 책 읽는데 정신이 팔려 사람이 오는지 가는지도 몰랐을 뿐이지."

유진룡은 거짓말을 하며 슬쩍 떠보았다.

마응탁의 몰골을 보아하니 그때부터 지금까지 눈 한 번 돌리지 않고 책에만 몰두하고 있었을 것 같았다.

"그, 그랬나? 그럼 밤새도록 모른 채하고 있었단 말이야?"

마응탁은 유진룡의 말을 곧이곧대로 들으며 허둥거렸다.

'이럴 땐 멍충이가 따로 없군.'

유진룡은 속으로 혀를 차며 마응탁의 책상 앞으로 다가갔다.

"대체 이 책이 뭐가 재미있다고 그렇게 열심이냐?"

유진룡은 방금 마응탁이 빠져들고 있던 너절한 얘기책 쪽으로 손을 내밀었다.

"만지지 마!"

마응탁이 화들짝 놀라며 금방이라도 조각조각 흘러내릴 것 같은 얘기책을 잡아챘다.

'이 녀석이?

유진룡은 내심 놀라는 기분이 되어 마웅탁을 바라보았다.

언제나 느물거리며 소주의 뒷골목을 탈출하던 그 순간에도 여유를 잃지 않던 마웅탁이 지금은 마치 실성한 사람 같았다.

"미, 미안해 형! 책이 워낙 낡아서 형같이 조심성 없는 사람 손에 들어가면 남아날 것 같지가 않기에……."

마웅탁도 자신의 도에 넘치는 행동을 의식했는지 서둘러 변명을 했다.

"대체 네놈은 왜 그렇게 책을 읽는 것이냐?"

유진룡은 하나마나한 질문을 던졌다.

"그러는 형은 왜 그렇게 무공에 매진하는 거야?"

마웅탁도 똑같이 응수했다.

"열심히 익혀서 네 녀석들 보살피려고……."

유진룡은 피식 웃으며 농담 아닌 농담을 던졌다.

"나도 마찬가지야. 배워서 남 주려고."

마웅탁이 이번에도 똑같이 응수했다.

"이 녀석이!"

유진룡은 슬쩍 주먹을 들어 올렸다. 제정신이 돌아오니 마웅탁은 예전 그 모습대로 약을 올리고 있었다.

"누가 알아? 내가 열심히 공부해서 그 모든 걸 단순 무식한 형에게 넘겨줄지."

마웅탁은 더욱 느물거리며 상체를 뒤로 뺐다.

"말을 말지!"

유진룡은 끄응 신음을 흘리며 침상에 주저앉았다.

절세의 무공비급이라면 또 모를까 녀석의 골치 아픈 공부는 금덩이를 묶어주지 않는 한 받고 싶지 않았다.

"난 오늘 떠날 테다."

잠시 후 유진룡이 불쑥 말했다.

"알고 있어. 바람은 머무르지 않는 법이니까."

마웅탁은 고개를 끄덕거렸다.

"바람?"

"노 학사님께서 형보고 웅풍이라고 했잖아."

만박노조를 떠올리는 마웅탁의 눈에 짙은 슬픔이 어렸다. 자신은 만박노조의 제자가 아니라 문객이라고 항변했지만 속으로는 사부 이상으로 생각하고 있는 모습이었다.

'다시 만나게 될까?'

마웅탁의 비애에 젖은 모습을 보며 만박노조와 마웅탁이 다시 만날 수 있을지 생각해 보았다.

죽음을 가장하고 세상에서 사라져 은자유림곡으로 스며든 만박노조가 다시 만인 앞에 모습을 드러낼지 말지는 미지수였다. 그때까지 마웅탁은 저렇게 가슴 아파할 것이다.

"그런데 형은 노사님과 무슨 관계야?"

갑자기 마웅탁이 질문을 던졌다.

"무슨 관계라니? 난 네 녀석 만나러와서 주인어른께 인사드리려다 알게 된 관계잖아?"

유진룡은 내심 당황했지만 시치미를 떼고 답했다.

"내내 조급해하시던 노사께서 형이 오고 나서 편안해지셨어. 그리고 어딘 가로 사라졌다가 이틀 만에 돌아와서는 변고를 당하셨지."

마웅탁은 그게 우연이라고 생각하느냐는 눈빛으로 유진룡을 빤히 쳐다보았다.

"남의 속사정까지야 내가 어찌 알겠느냐. 무슨 곡절이 있는 모양이지. 난 널 보러온 게 맞다. 안 그러면 책이나 학문하고는 인연이 없는 놈이 왜 중원제일의 석학의 집으로 왔겠느냐, 무림고수의 가문이라면 또 모를까."

유진룡은 한층 더 강하게 시치미를 떼며 말했다.

"그러기는 한데… 아무래도 석연찮아."

마웅탁은 여전히 의심스러운 표정을 했다.

"쓸데없는 생각 그만 하고 눈이나 좀 붙여라. 퀭하고 기미가 낀 게 강시의 몰골이 따로 없다."

유진룡은 마웅탁을 억지로 끌고 와 침상에 눕혔다.

"그럼 한 시진만 눈을 붙일 테니 그때 깨워줘."

마웅탁은 너절한 얘기책을 가슴 깊숙이 갈무리하며 눈을 감았다.

"알았다. 이 책벌레 같은 놈아."

유진룡은 이불을 끌어 올려주며 자신도 방바닥에 가부좌

를 틀고 앉아 운기조식에 빠져들었다.

*　　　*　　　*

　"이렇게 헤어지게 되니 너무 섭섭하구먼."
　그날 아침 석대가문의 가주 석현승이 유진룡의 손을 맞잡고 아쉬운 표정을 지었다.
　그의 뒤로 석대가문의 모든 식구들이 떠나는 유진룡을 배웅하고 있었다.
　짧은 만남이었지만 환란을 같이 겪고 그 환란 속에서 가족들을 구한 유진룡이었기에 그들은 가족이 떠나는 것처럼 아쉬워했다.
　"언젠가는 또 만나게 되겠지요."
　유진룡은 만박노조의 회생 사실을 알려주지 못하는 것이 죄스러워 짤막하게 답했다.
　"이제 어디로 갈 생각인가?"
　무당의 종하 진인도 깊은 눈빛을 하며 유진룡을 쳐다보았다. 그의 눈에는 이별의 아쉬움보다는 무인 특유의 날카로움이 더 짙게 배어 있었다. 전혀 알 수 없는 유진룡의 정체에 대한 궁금증이 큰 것이기 때문이었다.
　"꼭 만나야 할 사람들이 있습니다."
　유진룡은 그렇게 세세한 설명을 피했다.

“누군지 궁금하구먼.”

구진자도 앞으로 나서며 유진룡의 손을 잡았다.

“우리 역시 곧 다시 만나게 될 것도 같습니다.”

유진룡은 의미심장한 답변을 했다.

“그런가? 화산으로 올 일이 있는 건가?”

구진자가 반색을 했다.

“사해가 동도라 했는데 강호행을 하다 보면 필시 다시 만나게 되지 않겠습니까?”

유진룡은 문자까지 써가며 미소를 지었다.

“하하! 그렇긴 하지. 그럼 언젠가 다시 만날 날을 기다리겠네.”

구진자는 호탕한 웃음과 함께 손을 놓았다.

“유 형 같은 사람을 알게 되어 기뻤습니다. 그리고 제가 얼마나 우물 안의 개구리인지 알게 되었습니다.”

만학당에서 제일 첫 번째 대결 상대로 나서 검도 한 번 뽑아보지 못하고 패배를 당한 화산의 홍연욱이 포권을 쥐며 인사를 했다. 그의 뒤를 따라 무당과 화산의 후기지수들이 모두 포권을 쥐었고 유진룡도 마주 포권을 쥐며 답례를 했다.

“잘 가, 형! 그리고 다음에 만나면 내 가르침을 받을 준비를 단단히 하고 있어.”

마웅탁이 다시 느물거렸다.

“네놈 공부는 질색이다. 차라리 얘기책이나 읽어주면 모를까.”

유진룡은 피식 웃으며 빈정거렸다.

“무릎 꿇고 애걸하지나 마.”

마웅탁도 지지 않고 대꾸했다.

“조심해 가게. 그리고 언제든 다시 들르게.”

“잘 가세요, 공자님!”

마웅탁과 석대가문 사람들의 작별 인사를 뒤로하고 유진룡은 걸음을 옮겼다.

그의 마음은 벌써 주애청과 철사홍을 따라잡고 있었다.

# 第四十九章
## 청부(請負)의 완수

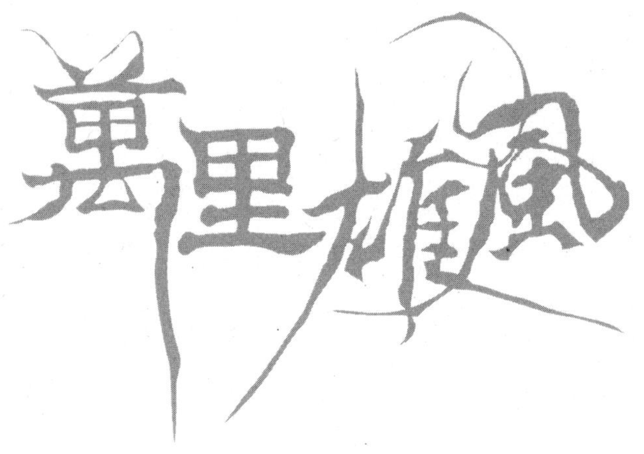
萬里雄風

**짧**은 봄은 지나가고 어느덧 초여름으로 치닫고 있었다. 신록은 훨씬 더 두터워졌고 날씨 역시 무더워져 조금만 격하게 움직이면 비지땀을 흘릴 정도가 되었다.

더운 기운이 곳곳에 스며든 두터운 신록 사이로 한 인영이 조심스럽게 움직이고 있었다.

갈색장포를 걸치고 허리에 검을 찬 인영은 초로의 노인이었다. 노인은 허공을 올려다보며 흰 천을 꺼내 바닥에 펼쳐 놓았다. 그리고는 무언가를 기다리는 듯 미동도 않고 신록 속에 몸을 숨기고 있었다.

"오늘은 좀 늦는군."

뒤쪽에서 메마른 목소리가 들려왔다. 갈색장포를 걸친 노인밖에 없는 줄 알았는데 신록 속에는 몇 명의 노인들이 더 숨어 있었다.

"혹시 우리를 놓친 것이 아닐까? 그동안 꽤 멀리 왔으니……."

대머리 노인이 약간 걱정스러운 음성으로 말했다.

"그렇지는 않을 걸세. 그동안 일정한 방향으로 움직였고 가는 곳마다 표식을 해놓았으니 천리신응(千里新鷹)이 우릴 놓칠 리 없어."

갈색장포의 노인이 고개를 저은 후 다시 허공을 쳐다보았다.

삐익―

허공에서 한줄기 날카로운 소성이 들려왔다.

"왔군."

갈색장포의 노인, 혈루검(血淚劍) 척진양(尺晉楊)은 신록 속에서 몸을 드러내며 팔을 뻗었다. 그 팔을 향해 한 마리 매가 쏜살같이 떨어져 내렸다.

작은 체구에 몸 전체가 까만 깃털로 뒤덮인 매는 목덜미의 털 색만 아니라면 유진룡과 함께 다니는 흑응이 아닐까 착각을 할 정도였다.

푸드득―

어느새 매는 혈루검 척진양의 팔에 내려앉았다. 매의 발목에는 작은 대롱이 묶여 있었다.

척진양은 빠르게 대롱을 열고는 그 안에서 쪽지를 꺼냈다.

쪽지에는 깨알 같은 글자들이 두서없이 나열되어 있었다. 척진양은 품에서 책자를 꺼내 그 글자들은 대조해 나갔다. 비문으로 된 글자를 해독하는 것이다.

"드디어 놈들을 잡아들이라는 지시가 내려졌네."

척진양은 약간은 상기된 목소리로 말했다.

"대략 짐작은 했지. 언제까지나 이렇게 내버려 둘 수는 없는 일이니까. 살수문 놈들의 추적술도 위태위태하고……."

다른 한 노인이 허리에서 무언가를 꺼내며 말했다. 그것은 한 자 정도 길이의 두툼한 쇳덩이 같아 보였다.

끼릭―

끼리릭―

노인이 손을 움직이자 두툼한 쇳덩이는 한 조각씩 풀려 나가며 아홉 조각이 이어진 채찍 모양으로 변했다.

그것은 이른 바 구절편(九折鞭)이라는 무기로 한때는 감숙성에서 명성을 떨치던 구절염왕편(九折閻王鞭) 복모동(卜摹同)의 독문병기였다. 그렇다면 이 노인은 바로 복모동이라는 말이었다.

"다 됐군."

복모동은 입가에 만족한 미소를 지었다.

"정말 오랜만에 이놈이 피 맛을 보겠구만."

복모동은 자신의 애병을 시험하고 싶어 몸이 근질근질하다는 표정을 지었다.

"구절염왕편에 그놈 피가 묻게 될지. 그놈 검에 자네 피가 묻게 될지는 가봐야 알겠지."

대머리 노인이 비꼬듯 응수하며 기형의 도를 뽑았다. 도끝이 두 개로 갈라진 귀두도였다. 그 역시 요동땅에서 악명을 날리던 요동귀도(遼東鬼刀) 역사염(亦乍染)이었다.

복모동과 역사염, 그리고 척진양은 절대로 어울릴 수 없는 사람들이었다. 모두 사파의 인물들이었지만 서로의 영역과 생각이 너무 달라 우연히 한곳에 모이게 된다면 일각 이내에 싸움이 일어날 것이었다. 그런데 그들 세 사람이 지금 한곳에 모여 있었다.

그들 뒤로도 세 명의 인영이 더 있었는데 그들은 각각 양인도(兩刃刀) 염도치(染到値), 백사설검(白蛇舌劍) 인종우(仁宗于) 묵혈창(墨血槍) 위지종(尉遲種)이었다.

그들 역시 절대로 어울리지 않는, 어울려서는 안 되는 마두들이었다. 그런 그들이 사이좋게 무언가를 의논하는 광경을 누군가 보았다면 두 눈을 의심할 것이다.

"네놈이나 조심해라. 그 대머리는 넓적하고 반짝거려서 놈의 검이 제일 먼저 노릴 것이다."

복모동이 당장 싸울 듯한 자세로 응수했다.

"객쩍은 소리들 그만 하고 이제 움직일 준비나 하자."

묵혈창 위지종이 자신의 창을 지팡이 삼아 일어섰다.

"이젠 이것으로 우리는 자유의 몸이 되는 것인가?"

양인도 염도치가 번뜩거리는 눈으로 앞을 내다보았다.

누구도 함부로 상대하기 힘든 이들이 어딘가에 예속되어 있다는 사실은 더욱 놀랄 만했다.

"그런데 저놈들은?"

백사설검 인종우가 신형을 멈추며 골짜기 아래를 쳐다보았다.

그곳에는 세 명의 청년이 노인들 못지않게 은밀한 모습으로 움직이고 있었다.

"살수문 놈들인가?"

혈루검 척진양이 물었다.

"아닌 것 같네."

백사설검 인종우가 고개를 흔들었다.

"허락도 없이 우리 밥그릇에 수저를 들이대려는 놈들 같군. 며칠 전부터 기색이 느껴졌었어. 그때는 살수문 놈들인 줄 알았는데. 저놈들이었군."

양인도 염도치가 도를 들어 올렸다.

"우선 저놈들부터 잡아야겠네."

혈루검 척진양이 신형을 움직였다.


*　　　　*　　　　*

우우우―

적막을 깨며 늑대 울음소리가 숲을 가로질렀다. 그 소리에 두 개의 인영이 작살에라도 맞은 듯 몸을 일으켰다.

한 명은 텁석부리 거한이고 다른 한 명은 훤칠한 키의 여인이었다.

“저놈이 아침부터 왜?”

텁석부리 거한 철사홍이 눈살을 찌푸렸다.

“침입자가 있나 봐요!”

주애청이 사방을 두리번거리며 경계했다.

“아니야. 추적자가 있다면 저런 식으로 소리를 지르지 않아. 우리들에게만 들리도록 낮게 신호를 보냈을 것이야.”

철사홍은 고개를 갸웃거리며 적아의 울부짖음 소리가 난 곳으로 쳐다보았다.

우우우―

다시 울부짖음 소리가 들렸다. 이번에는 좀 더 깊고 음색이 높았다.

“저건?”

주애청이 급살을 맞은 듯 몸을 떨었다.

“왜 그래, 사매?”

“아버지, 아버지를 찾았어요!”

주애청의 목소리가 적아의 부르짖음 소리보다 더 높게 울려 퍼졌다.

"그게 무슨 소리야?"

"적아의 저 울음소리는 백호를 만났을 때 내는 소리예요. 적아가 드디어 백호의 냄새를 맡았어요."

주애청은 고함과 함께 땅을 박차며 몸을 날렸다.

"같이 가, 사매!"

철사홍도 깜짝 놀라며 주애청이 날아간 방향으로 신속히 신형을 날렸다.

"저곳이에요!"

두 사람이 따라오는 것을 보며 붉은빛이 도는 털의 늑대가 속도를 내어 달리기 시작했다. 늑대의 꼬리가 옛 주인을 만난 듯 요동치고 있었다.

"틀림없어요. 백호가 왔어요."

적아의 꼬리를 보며 땅을 박차는 주애청의 목소리가 한층 더 높아졌다.

'근처에 있는 것이 아닌가?'

주애청을 따라 철사홍도 땅을 박차며 눈을 좁게 떴다. 냄새를 맡을 정도로 백호가 가까이 왔다면 포효를 터뜨리거나 낮게 으르렁거리는 소리라도 냈을 것이다. 그런 소리는 들리지 않았다. 그런데도 적아의 반응은 백호를 만날 때와 똑같았다.

'근처에 없고 흔적만 찾은 모양이군.'

마침 맞바람이 불어오는 지금으로서는 그 가능성이 더 높

왔다. 그것만으로도 백호를 찾은 것이나 마찬가지다. 한 개의
흔적을 따라가다 보면 또 다른 흔적이 나올 것이고 결국은 만
날 수 있을 것이다.

'사부…….'

철사홍은 쉴새없이 경공을 펼치며 사부의 모습을 떠올렸
다.

너무 매정하기만 했던 사부!

자신에게는 물론, 딸 주애청에게 더욱 냉정했기에 반감이
곱으로 솟구쳤었다.

하지만 그건 딸을 살리기 위해 피를 삼키는 심정으로 행한
고육책이라는 것을 알았으니 잊어줄 수 있다.

그건 잊어줄 수 있는데 도천극 그 반도 놈을 더 좋아한 것
은 절대 못 잊는다.

이제 다시 만나면 사흘 밤낮을 쉬지 않고 불평을 털어놓으
며 그때의 서운함을 보상받을 것이다.

휘익—

철사홍의 신형이 서서히 주애청을 앞지르기 시작했다.

"가만!"

철사홍이 급히 속도를 늦추며 손을 들어 올렸다. 그의 제지
에 주애청도 급격히 신형을 멈추었다.

쨍—

쨍—

산모퉁이 뒤에서 병장기 부딪치는 소리가 날카롭게 들려
왔다. 그 소리에 경계심을 느꼈는지 적아도 달리기를 멈추고
불안한 몸짓으로 서성거렸다.

"저쪽이니?"

적아 곁으로 다가선 주애청이 낮게 묻자 적아가 꼬리를 흔
들었다.

"가 봐요."

주애청이 다시 땅을 박찼다. 철사홍도 검갑을 앞으로 돌리
며 몸을 날렸다.

파앗―

모퉁이를 돌기도 전에 한 자루의 검이 벼락 치듯 떨어져 내
렸다. 급한 마음에 앞서 쏘아지던 주애청이 쾌속하게 몸을 비
틀었지만 떨어져 내리는 검이 너무 빨랐다.

파바박―

주애청은 정상적인 대결의 자세를 포기하고 바닥으로 몸
을 굴렸다. 혼자라면 자살 행위나 마찬가지겠지만 뒤에는 추
풍신검 철사홍이 있는 것이다.

번쩍!

철사홍의 철검이 새벽 햇살을 반사시키며 사내의 검을 향
해 짓쳐들었다. 그러나 철검에는 아무것도 걸리지 않고 빈 허
공만이 찢겨 나갔다.

'고수?'

철사홍은 순간적으로 큰 경각심을 느끼며 눈을 부릅떴다.

순식간에 뿌린 쾌검이었으니 상대의 검이 잘리거나 하다 못해 부딪치기라도 해야 하는데 빈 허공만 갈랐다는 것은 상대의 반응이 예상을 뛰어넘었다는 것이다.

취리릭—

그 예상을 증명이라도 하듯 사내의 검이 영활하게 날아들었다.

철사홍은 다시 쾌검을 뿌렸다.

까앙—

이번에는 제대로 부딪쳤다. 그러나 이것 역시 예상을 벗어난 것이었다.

검에서 밀려드는 내력이 만만치 않았다. 자신과 버금가는 수준이었다.

후욱 하고 더운 호흡을 내쉬며 뒤로 물러난 철사홍은 비로소 상대를 제대로 쳐다보았다.

반백의 노인이었다.

체격은 그리 크지도 작지도 않고 평범했지만 눈빛이 깊고 형형했다.

철사홍은 다시 한 번 가슴이 철렁하는 기분을 느꼈다.

이제껏 자신들을 집요하게 추적하던 자들은 제대로 실력을 갖춘 자들이 아니었다.

추적술에는 일가견이 있었지만 무공은 철사홍 자신에 비

하면 조족지혈의 수준이었다. 그래서 마주치는 대로 죽여 버렸다.

그런데 이번에는 달랐다. 제대로 된 고수였다.

문득 최근의 상황이 반추되었다.

최근 들어 추적자들의 기색이 옅어졌다는 것을 느꼈다. 처음에는 놈들이 미행을 포기하고 물러난 것이 아닌가 하는 의심까지 하게 되었다. 그러나 그건 아니었다. 사라진 듯하다가 이따금씩 그 기운이 느껴졌다. 그리고 그 기운은 훨씬 은밀하면서도 예전보다 더 집요한 것 같았다.

추적의 강도가 옅어진 것이 아니라 예전보다 더 고수들이 투입되었다는 증거였다.

그래서 이제까지의 행동 방식을 버리고 예측 불허한 방향으로 움직여 추적을 따돌릴까도 생각해 보았다.

그렇게 신속히 움직여 어느 곳에 은신하면 놈들이 아무리 고수라도 미행 정도는 뿌리칠 수 있을 것이라 생각했다. 하나 그건 이제까지의 노력을 수포로 돌리는 일이었다. 사부 천산 마존이 돌아가셨다는 증거가 없는 한 계속 찾아야 하는 것이다.

그때까지는 도천극 그놈도 미행만 할 것이고 사부의 흔적을 찾는 순간 신속히 미행을 떨치고 사라질 생각이었다.

이젠 사부의 흔적을 찾은 것 같았다. 그런데 그 길목을 이놈들이 지키고 있었다.

‘함정이란 말인가?’

철사홍은 초로인의 행동을 놓치지 않으며 또 다른 싸움이 일고 있는 곳으로 시선을 주었다.

그곳 역시 앞에 선 자와 비슷한 초로인 다섯 명이 회의무복의 젊은이 세 명을 상대로 검을 섞고 있었다. 숫자도 초로인들이 더 많았고 실력도 더 나았다. 이렇게 조금 더 지나면 세 청년은 곧 쓰러질 것 같았다.

‘그런데?’

짧은 순간 세 청년과 다섯 초로인의 싸움을 쳐다보던 철사홍의 눈빛이 이채를 띠었다.

백호의 냄새를 맡은 듯 달려가던 적아 녀석이 청년들을 바라보며 안절부절못하고 있었다. 꼬리를 흔들다가도 주춤거리며 뒤로 물러섰고 그러다가 다시 청년들을 향해 달려갈 듯한 움직임을 반복하고 있었다. 그건 마치 냄새의 근원지가 청년들인 것 같은 행동이었다.

그러나 그 생각은 더 이상 이어지지 못했다. 앞을 막은 초로인이 성큼 한발 내디뎠고 그와 함께 묵직한 압력이 커다란 바위가 굴러오듯 몰려왔다.

“뉘신대 앞을 막는 것이오?”

검을 치켜든 철사홍이 눈을 사납게 부릅떴다. 그러잖아도 퉁방울 같은 호목이 두 배는 더 커지며 호랑이라도 움찔하고 주눅이 들 만한 안광이 쏘아졌다.

“명불허전이군!”

혈루검 척진양이 흐릿한 미소를 지었다.

“누구냐고 물었을 텐데?”

살기 어린 철사홍의 목소리가 사방을 울렸다.

“잡아들이라는 명령이 떨어졌으니… 잡혀가 보면 자연히 알게 될 것이야.”

혈루검 척진양은 한 걸음 더 다가섰다. 그와 함께 밀려오는 압력도 그만큼 더 무거워졌다.

“도천극, 이 개자식!”

철사홍은 이를 빠드득 갈았다. 놈이 드디어 마각을 드러낸 것이다.

철사홍은 사매 주애청을 쳐다보았다. 이자들을 처치하지 못하면 자신과 함께 이젠 사매도 잡혀갈 운명이었다. 그러나 주애청은 자신 쪽을 쳐다보지 않고 오로지 한곳에만 시선을 고정하고 있었다.

“저들을 좀 도와주어야겠어요. 저들의 몸에서 백호의 냄새가 흘러나오고 있는 것이 틀림없어요.”

적아의 이상한 행동에서 무언가를 읽은 주애청은 말이 끝남과 동시에 몸을 날렸다.

“조심해, 사매!”

철사홍은 주의를 환기시킴과 동시에 초로인을 향해 쾌검을 뿌렸다.

이들의 의도가 드러났으니 이젠 무조건 처치해야 했다. 그리고 적아가 이리로 달려온 연유를 캐내야 할 것이다.

째앵—

철사홍의 검에서 귀곡성이 터져 나왔다.

번쩍!

척진양의 검도 빛살을 갈랐다.

두 사람의 검이 마주친 곳에서 콰앙 하는 폭음이 터지며 불똥이 튀어 올랐다.

척진양의 검 역시 쾌검으로 철사홍의 검에 조금도 밀리지 않았던 것이다.

철사홍은 다시 한 번 노인의 내력이 만만치 않다는 것을 느끼며 초식을 변형시켰다.

퍼엉—

주애청의 주먹에서도 파공음이 터졌다. 그 파공음은 그만한 파괴력을 동반한 채 흑의청년 중 한 명을 공격해 가던 노인의 등을 향해 쏟아졌다.

"헛!"

경호성을 터뜨린 대머리 노인 요동귀도 역사염이 신속히 몸을 피했다.

콰앙—

애꿎은 바위가 경력에 적중되며 비명을 토했다.

주애청은 다시 주먹을 뻗었다. 아직은 정체를 알 수 없었지만 세 명의 청년들 중 한 명의 몸에서 백호의 냄새가 풍겨 나오고 있었다. 적아의 몸짓으로 봐서 그건 틀림없었다. 그렇다면 우선은 청년들을 구하고 봐야 했다.

우웅—

이번에는 폭음도 동반하지 않은 경력이 백사설검 인종우의 가슴을 향해 몰아쳤다.

치이잉—

기괴한 검명이 울리며 주애청의 주먹에서 뻗어나간 경력이 씻은 듯이 허공중에 사라졌다.

'보통 고수들이 아니야.'

주애청 역시 철사홍이 느꼈던 경각심을 느끼며 자세를 달리했다.

자신의 공격을 이렇게 간단히 흘리는 것으로 보아 절대로 만만치 않았다. 개개인이 철사홍에 버금갔다.

사형 철사홍은 칠웅의 한 사람으로 무림 서열로 따지자면 못해도 오십 위 안에 드는 사람이다.

물론 그건 현재 강호를 활보하는 사람들 중에서, 그것도 호사가들이 마음대로 매긴 서열이지만 절대로 경시할 수 없는 정도이다. 그런데 이들은 철사홍에 비해 아래가 아니었다. 그건 도천극의 배경이 생각보다 훨씬 거대하다는 뜻이었다.

휘이잉—

사념을 접은 주애청은 다시 주먹을 휘둘렀다.

세 명의 청년 중 마지막 남은 청년 한 명은 아직도 수세에서 벗어나지 못하고 있었기 때문이다.

퍼엉—

땅 거죽이 터지며 비로소 위기에 몰렸던 세 명의 청년이 모두 수세에서 벗어났다.

"누구죠, 당신들은?"

주애청은 적아가 내내 주시하던 청년 하나를 보며 대뜸 질문을 던졌다. 그의 가슴 옷자락이 길게 잘려 나가 너덜거리고 있었다. 아마도 이 노인들의 검에 의한 것인 모양인데 한 뼘만 더 깊었으면 심장이 갈라졌을 것이다.

"그러는 소저는?"

가쁜 숨을 토한 청년이 여러 가지 감정이 교차하는 표정으로 되물었다.

갑자기 나타나 위기에서 구해준 것에 감사하기도 전에 누구냐는 질문을 먼저 던졌다.

그렇다면 정체도 모르는 사람을 목숨 걸고 구해준 것이란 말이다. 그것이 우선 혼란스러웠다. 그러다 청년은 문득 눈을 빛냈다.

생명이 경각에 달린 상황에서 누가 누구인지 생각할 겨를도 없었는데 이제 보니 이 여인은 자신들이 각고의 노력으로 찾으려 했던 사람 중의 한 사람이었다.

뒤이어 한 노인과 싸우고 있는 추풍신검 철사홍의 모습도 보였다.

용모파기에서 본 모습 그대로였다.

"난……."

청년의 되물음에 답을 하려던 주애청은 입을 다물었다. 양인도 염도치가 살기등등한 기세로 도를 휘둘러 오고 있었기 때문이다.

휘익—

마주쳐 주먹을 휘두른 주애청이 도의 옆면을 때려갔다. 그 순간 염도치의 도가 각도를 바꾸었다. 도의 옆면이 있던 자리에 칼날이 놓였고 자연히 주애청의 주먹이 칼날을 때려가는 형국이 되었다.

"훙!"

콧방귀를 뀐 주애청 역시 주먹을 흔들었다.

따앙—

도가 허공으로 튕겨 나갔다.

"허어!"

염도치가 어이없다는 표정으로 주애청의 주먹을 쳐다보았다. 체격은 보통 여인에 비해 좀 컸지만 주먹은 보통 여인의 그것처럼 작았다. 그런 주먹에 자신의 도가 튕겨 나온 것이 믿을 수 없다는 표정이었다.

그러거나 말거나 주애청은 가슴 옷이 길게 갈라진 청년을 보고 다시 입술을 움직였다.

그러나 청년이 한발 앞서 말했다.

"철사홍 대협과 같이 다니는 분이시오?"

주애청이 잠시 눈만 깜박거렸다. 그러다 표정이 밝아졌다.

자신들의 정체를 아는 사람이라면 백호의 냄새와도 관련이 있을 것이고 아버지의 행방과도 관련이 있을 것이기 때문이다.

"아버지, 제 아버지를 아시나요?"

주애청은 급하게 물었다.

"모르오. 우린 부탁을 받고 철사홍 대협께 물건을 전하러 왔을 뿐이오. 그러다 이들을 만났고 다짜고짜 공격을 당했소!"

청년이 급하게 답하자 주애청의 표정이 혼란스러워졌다. 관련이 있기는 한 것 같은데 어떻게 관련이 있는지 감이 잡히지 않았다.

"저놈이 철사홍이라면 이 어린 계집은 주좌기(周佐其) 그놈의 딸이겠군. 그러잖아도 찾으러 가는 길이었는데 잘됐어."

묵혈창 위지종이 싸늘한 음성으로 말했다.

"그래서 혈루검이 저놈을 향해 다짜고짜 검을 휘둘렀군."

철사홍을 쳐다보며 구절염왕편 복모동도 고개를 끄덕였다.

"어쨌든 수고를 덜게 되었군. 이놈들 역시 우리 짐작대로 이 두 애송이에게 목적이 있었군. 같이 잡으면 되겠어."

대머리 노인 역사염이 세 명의 청년을 쳐다보며 차가운 미소를 지었다.

"도천극, 이 개자식!"

노인들의 대화를 들으며 주애청도 철사홍과 똑같은 욕설을 터뜨렸다.

이 노괴들은 도천극이 마침내 자신들을 잡기 위해 보낸 자들이 분명했다. 그리고 이 청년들은 또 다른 목적으로 자신들을 만나러 왔다가 이들의 촉수에 걸려 공격을 당하고 있었다.

그런데 이 청년들의 몸에서, 정확히 말하자면 가슴의 옷 부분이 길게 잘려 나간 청년의 몸에서 어떻게 백호의 냄새가 풍겨 난단 말인가? 그 의문은 나중의 일이었다. 우선은 이 노괴들을 처치하거나 이 노괴들의 손아귀에서 벗어나야 하는 것이다.

생각이 거기까지 이어진 주애청은 진득한 살기를 머금었다.

"쳐라!"

역사염이 고함을 질렀다. 그와 동시에 다섯 명의 노인이 주애청과 세 명의 청년을 향해 한꺼번에 달려들었다. 그러는 사이 철사홍과 척진양의 검이 부딪치는 소리가 더 가까이 울렸다. 아무래도 주애청이 걱정된 철사홍이 척진양과 대결을 하며 주애청 쪽으로 신형을 이동시킨 때문이었다.

퍼엉—

주애청의 주먹에서도 다시 폭음이 터졌다.

"사매, 조심해!"

이젠 거의 근처까지 다가온 철사홍이 주애청을 향해 고함을 질렀다.

두 명의 노인이 주애청을 향해 동시에 공격을 하고 있었다. 주애청을 궁지에 몰리게 하여 추풍신검 철사홍의 주위를 흐트리게 하고자 함이었다. 혈루검 척진양의 무위를 믿고 있었지만 칠웅의 한 사람인 철사홍의 이름도 무시할 수 없었다. 특히 거구의 팔에서 펼쳐지는 쾌검술은 섬뜩한 두려움을 느끼게 했다.

까앙—

깡—

도검이 부딪치는 소리가 사방으로 난무했다.

"망할!"

철사홍은 와락 역정을 토했다. 아직까지 상대하고 있는 노인에게 우위를 점하지 못한 때문이었다. 실력도 실력이지만 노인의 검이 보통의 검이 아니었다. 그래서 쉽게 우위를 점할 수 없었다.

이제껏 그는 병장기의 효용에 크게 의존하지 않았다. 오히려 신검이니 보검이니 하며 신병이기를 탐내는 인간들을 경멸했다.

본신의 무공을 높이기보다는 신병이기의 효용으로 이득을

보려는 자들은 진정한 무인이 아니라 생각하며 평범한 철검을 애용했다.

타고난 신력과 사부가 주신 영약으로 축적된 내력은 평범한 철검으로도 충분했다. 그것만으로도 웬만한 검들은 무 베듯 베어버릴 수가 있었다. 하지만 지금 이 순간 철사홍은 그게 얼마나 건방진 생각이었는지 뼈저리게 느끼고 있었다.

자신의 평범한 철검은 이가 뭉턱뭉턱 빠져서 갈수록 불리한 지경으로 치닫고 있었다.

자신과 버금가는 내력의 상대를 만나게 되자 철검은 그 본연의 강도밖에 능력을 발휘하지 못하고 있었다. 이대로 조금 더 지나면 뚝 부러져 나가거나 싹둑 잘릴 것이다. 그럼 반 토막난 검으로 싸워야 한다. 그건 반쯤 목숨을 내어놓고 싸우는 것이다.

째앵—

다시 철검이 비명을 지르며 빠진 이가 더 빠졌다.

혈루검 척진양은 그 점을 노리며 계속해서 몰아치고 있었다.

쨍—

다시 검명이 울렸다. 검이 부러지기 직전이었다. 설상가상으로 주애청도 두 명의 노인에게 합공을 받아 위기에 몰리고 있었다.

"사매!"

철사홍은 고함을 지르며 어지럽게 검을 휘둘렀다. 절단되기 일보 직전인 검의 약점을 초식으로 만회할 심산이었다. 그러나 척진양은 여전히 무겁게 검을 내려치고 있었다.

"악!"

주애청이 비명을 질렀다.

백사설검 인종우가 휘두른 검이 어깨를 스친 것이다.

쨍—

잠시 신경이 흐트러진 사이 척진양의 검이 또 한 번 부딪쳤다. 그리고는 철사홍의 검을 두 동강 내고 말았다. 그 와중에 청년 한 명이 몸을 날려 바위 뒤로 도망가고 있었다. 상황이 불리해지자 제 살길을 찾는 모양이었다.

철사홍의 얼굴이 악귀처럼 일그러졌다.

당장 주애청을 도와주러 가도 모자랄 판에 검마저 동강났다. 이젠 반 토막난 검으로 싸울 수밖에 없었다.

"악!"

다시 주애청의 비명이 들렸다. 구절염왕편이 주애청의 허리를 스치고 있었다.

휘익—

철사홍은 반 토막난 검을 구절염왕편 복모동을 향해 던졌다. 그리고 자신 역시 몸을 날렸다. 적수공권이 되었지만 더 이상 주애청의 위기를 보고 있을 수 없었다.

"대협!"

빈손으로 육탄 돌격하는 철사홍을 향해 한 명의 청년이 고함을 질렀다. 그는 철사홍의 검이 동강나자 바위 뒤로 도망을 쳤던 자였다. 그런 그가 긴 상자 하나를 들고 다시 날아오고 있었다.

"이건 필시 병장기가 분명하오. 누가 대협께 이걸 전하라고 했습니다."

청년은 긴 나무 상자 하나를 다짜고짜 철사홍에게 던져 주고는 다시 전권으로 뛰어들어 검을 휘둘렀다.

젊은이는 도망친 게 아니었다. 이 노괴들을 만나 숨겨두었던 상자를 가지러 간 것이었다. 그로 인해 주애청은 생사의 기로에서 조금 물러나게 되었다.

'병장기라고?'

철사홍은 그 짧은 생각 한 가지만 뇌리에 떠올린 후 상자째 척진양의 검을 향해 휘둘렀다.

누가 이걸 보내왔고, 필사적으로 이걸 전하는 저 젊은이들은 또 누군지를 모두 떠올리기에는 날아드는 검이 너무 빨랐다.

퍼억—

쨍—

먼저 나무 상자가 부서지는 소리가 나고 뒤이어 쇳소리가 흘러나왔다. 젊은이의 말대로 상자 안에는 병장기가 들어 있는 모양이었다.

와짝!

철사홍은 양손으로 나무 상자를 일그러뜨렸다. 그리고 그 안에 든 헝겊으로 둘둘 말린 병장기를 손에 들었다.

휘익—

다시 검이 날아들었다.

철사홍은 호수구의 둥근 윤곽이 드러나 검병으로 짐작되는 곳을 잡은 채 날아오는 검을 향해 휘둘렀다.

쨍!

쨍—

헝겊이 잘려 나가며 검집이 드러났다.

# 第五十章

## 청룡검(靑龍劍)

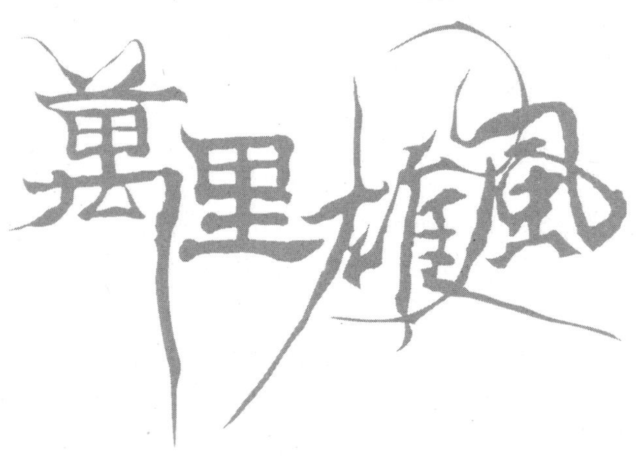
萬里雄風

검 집만 보아도 그것이 어떤 검인지는 알
수 있었다.

철사홍은 숨이 멎는 기분이었다.

"청룡검?"

마침내 외마디 비명을 지른 철사홍은 두 눈을 크게 떴다.

언젠가 사부가 구해온 청룡검이었다. 한번도 신병이기의
효용을 탐탁해하지 않았고 사부에 대한 감정이 좋지 않았기
에 탐내지도 않았지만 어떤 것인지는 알고 있었다.

처음에는 그것을 둘째 사형에게 주려고 구해온 것인 줄 알
았다. 하지만 한참이 지나도 둘째 사형에게 주지 않았다. 지

금 보니 둘째 사형에겐 너무 무거워 어울리지 않았다.

이것은 자신을 위한 것이었다. 사부는 경황 중에 이것을 자신에게 전해주지도 못하고 영약들과 함께 챙겨간 것이었다. 그것이 이제야 자신에게 돌아왔다.

찌이익—

검병 부분에 둘러싸인 헝겊을 찢으며, 아니, 그냥 잡아 뜯으며 철사홍은 청룡검을 뽑아 들었다.

번쩍—

시리디시린 검광이 잠시 동안 사위를 얼리는 듯했다. 그 시린 검광에 노인들은 물론이고 세 명의 청년도 잠시 움직임을 멈추었다.

'사부⋯⋯.'

철사홍은 청룡검에서 사부의 숨결을 느끼고는 감회 어린 표정을 지었다. 주애청의 간절한 소망대로 사부는 돌아가시지 않고 어느 곳에선가 자신들을 위한 만반의 준비를 하고 있는 모양이다. 그리고 이런 절체절명의 순간에 그 위기를 단번에 잘라낼 수 있는 검을 보내왔다.

우우웅—

내력을 주입하자 청룡검이 한가닥 진동음을 토해냈다. 그 진동음은 여느 검에서 흘러나오는 것과는 사뭇 달랐다. 무거운 듯하면서도 차가웠고, 웅장한 듯하면서도 섬뜩한 예기를 내포하고 있었다.

"아버지……."

주애청도 흠뻑 젖은 눈으로 청룡검을 쳐다보았다. 백호의 냄새는 저것에서 흘러나왔을지도 몰랐다.

"이젠 부딪쳐서 잘려질 염려는 없겠군. 그럼 마음껏 휘둘러야겠지. 으하하하!"

쩌렁쩌렁한 광소가 흡사 폭음 같았다. 철사홍은 그렇게 한 개의 포탄처럼 움직이며 주애청과 가장 가까이에 있는 요동귀도 역사염에게 제일 먼저 검을 휘둘렀다.

"어헛! 이놈이!"

역사염이 기겁을 하며 뒤로 물러섰다. 그러지 않아도 거한의 철사홍이 검기를 거침없이 뿌리며 검을 휘두르자 사방이 검영으로 가득 차는 것 같았다.

휘익—

다시 한 번 청룡검이 떨어져 내리자 역사염은 더 이상 피하기만 할 수 없었는지 도를 마주 쳐올렸다.

찡—

도가 잘려 나가는 소리가 들렸다. 철사홍은 여세를 몰아 역사염의 정수리를 같이 잘라갔다.

역사염이 대경한 표정으로 급히 신형을 틀었다. 그 필사의 노력으로 대머리가 두 쪽 나는 사태는 모면했지만 한쪽 어깨가 속절없이 잘려 나갔다.

"크아악!"

역사염이 비명과 함께 나가떨어졌다. 철사홍은 더 이상 역사염은 쳐다보지도 않고 다른 노인에게로 쏘아졌다. 역사염은 가만 두어도 죽을 정도였다.

"육시랄 놈!"

묵혈창 위지종이 야차같이 부르짖으며 철사홍에게 창을 휘둘렀다. 그의 창날은 두텁고 폭이 넓었다. 그래서 철사홍이 든 청룡검도 개의치 않는 것 같았다.

까앙―

위지종의 예상대로 단번에 창날이 잘려 나가지는 않았다. 그러나 반쯤 잘려져 두 번 다시 휘두를 수 있을지 의심스러웠다. 철사홍은 이번에는 기필코 잘라 버리겠다는 듯 무지막지한 쾌검을 펼쳤다.

"물러나게!"

혈루검 척진양이 고함과 함께 뛰어들었다. 그러나 철사홍의 쾌검이 한발 빨랐다. 위지종의 목이 그의 병기과 함께 잘리며 땅으로 떨어져 내리고 있었다.

채앵―

뒤이어 척진양의 검과 청룡검이 부딪치며 파열음을 터뜨렸다.

퍼엉―

어깨와 허리에 부상을 입고 주춤했던 주애청도 주먹을 뻗었다. 바위를 쪼갤 만한 경력이 척진양과 함께 달려들던 양인도 염도치의 가슴을 때려갔다.

염도치가 도를 휘둘렀다. 이번에도 주애청의 경력은 그의 도에 의에서 속절없이 흩어졌다.

그러나 주애청의 표정은 득의에 차 있었다.

지금 터뜨린 권경은 소리만 요란했지 큰 힘이 실리지 않았다. 갑자기 뒤바뀐 상황을 이용한 허장성세였던 것이다.

파앗—

주애청이 한 마리 표범처럼 염도치의 가슴으로 뛰어들며 쌍권을 한꺼번에 내밀었다.

허초나 마찬가지인 첫 번째 공격에 속아 검로가 흐트러진 염도치의 얼굴에 낭패감이 번져 갔다. 한 개의 권경은 막았지만 우권에서 뻗어 나온 권경은 속수무책이었다.

"죽엇—"

주애청이 날카로운 고함과 함께 염도치의 가슴으로 오른쪽 주먹을 쭈욱 뻗었다.

염도치의 가슴에서 퍼억 하고 가죽 북이 터지는 소리가 울려 퍼지며 그의 신형이 삼 장가량 뒤로 날아갔다.

"사매!"

철사홍이 고함을 질렀다.

악에 받친 공격으로 인해 염도치를 날려 버리긴 했지만 과도한 진기의 운용으로 주애청의 어깨 상처에서도 피분수가 터져 나오고 있었다.

"나머지는 사형이 모두 처리하세요."

주애청은 사내들처럼 옷자락을 찢어 어깨를 감쌌다.

"여자 어깨 살 처음 봐요! 그럴 시간이 있으면 검이나 한 번 더 휘둘러요!"

멍하니 쳐다보는 청년 하나를 보고 주애청이 고함을 질렀고 움찔한 청년은 쓴웃음과 함께 이젠 세 명만 남은 노인을 향해 검을 겨누었다.

조금 전까지는 생사의 기로에 놓여 있었지만 이젠 고소를 흘릴 여유마저 생긴 것이다.

'너무 얕보았군!'

혈루검 척진양은 쓴 입맛을 다셨다. 다된 밥에 콧물을 빠뜨린다는 말은 이럴 때를 두고 하는 말이었다. 철사홍이 아무리 강하다 하더라도 철검이 반 토막난 상황에서는 이빨 빠진 호랑이 신세였다. 계속 놈을 몰아붙인 후 저 어린 계집을 먼저 잡으면 놈도 별수없이 잡힐 판이었다. 하지만 정체 모를 젊은 놈이 던저 준 보검 한 자루가 상황을 백팔십도로 바꾸어놓았다. 이젠 잡기는커녕 잡힐 판이었다.

"내가 저놈을 상대하겠네. 그사이 자네들은 저 계집을 무조건 생포하게."

척진양은 옆에 있는 구절염왕편 복모동과 백사설검 인종우에게 전음을 날린 후 불끈 내력을 끌어올렸다. 저 청동거인 같은 놈을 제압하기 위해서는 계집을 생포하는 것이 필수였다.

"타앗!"

척진양은 강하게 땅을 박차며 어지러운 검초를 펼쳤다. 그것은 당장 철사홍을 요절내겠다기보다는 시간을 끌며 구절염왕편 복모동 등이 주애청을 잡을 기회를 주겠다는 의도된 공격이었다.

따다당—

철사홍의 검에서 콩을 볶는 것 같은 소리가 터져 나왔다.

"사매, 조심해!"

철사홍은 복모동과 백사설검 인종우가 주애청에게 몰려가는 것을 보고 척진양의 의도를 파악했다.

"약은 노물들!"

철사홍의 팔뚝 근육에 힘줄이 불끈 돋아나고 있었다. 그 힘줄을 통해 내력이 흘러든 청룡검이 낮은 포효를 토해냈다.

"타앗!"

고함과 함께 철사홍의 신형이 허공으로 떠올랐다. 단번에 승부를 보려는 심산이었다.

거한의 몸통에 일순 해가 가려지는 것 같았다.

척진양도 철사홍을 따라 발끝으로 땅을 박찼다.

휘리릭!

허공에서 빛의 폭죽이 터졌다. 척진양의 혈루검에서 뻗어 나온 검기의 가닥이었다.

그 가닥이 철사홍의 온몸을 벌집으로 만들듯 쏘아져 나갔다.

치이잉—

청룡검에서 쇠줄을 튕기는 소리가 흘러나왔다. 그 소리와 함께 청룡검은 시퍼런 검광을 토해냈다.

"크윽!"

척진양의 얼굴이 일순 일그러졌다. 청룡검이 포효하며 뿜어낸 푸른 빛줄기에 막혀 그가 뿌린 검기는 순식간에 소멸되어 버렸다. 더 나아가 푸른 빛줄기 한 조각이 가슴 혈맥 속으로 스며들었다.

울컥!

내부를 휘저은 그 기운이 마침내 혈맥 한 가닥을 끊고 선혈을 역류하게 만들었다. 그로 인해 척진양의 검초가 눈에 띄게 흐트러졌다.

"하앗—"

허공중에서 비룡번신의 수법으로 몸을 한번 뒤집은 철사홍이 혼신의 힘을 다해 청룡검을 내리그었다.

일체의 군더더기가 없는 일도양단의 수법이었다.

파앗—

무언가 갈라지는 소리가 났다.

뒤이어 척진양의 이마엔 위에서부터 아래로 가느다란 혈선이 그어졌다. 그 혈선은 대나무를 쪼개듯 점점 아래로 이어져 내려갔고 마침내 폭발하듯 선혈이 터져 나왔다.

"이, 이놈!"

주애청과 세 명의 청년을 향해 구절편을 휘두르던 구절염 왕편 복모동이 악에 받힌 소리와 함께 그 구절편을 철사홍에게 세차게 뿌렸다.

강철 조각으로 된 구절편이 갈매기 울음 같은 소리를 내며 철사홍의 목을 향해 날아들었다.

청룡검에서 다시 푸르고 시린 검광이 작렬했다.

두두둑—

세 가닥으로 잘라진 구절편 조각이 바닥으로 나뒹굴었다. 그 위로 철사홍의 신형이 들소처럼 돌진했다.

파앗—

터지는 선혈과 함께 복모동의 몸통이 구절편 조각처럼 동강났다.

철사홍은 피를 뒤집어쓴 채 남은 인종우를 향해 질풍같이 검을 휘둘렀다.

휘익—

인종우가 대결을 포기하고 몸을 날렸다. 그를 향해 주애청의 우장이 뻗어나갔다.

퍼엉—

인종우의 등에서 폭음이 터지며 상의 자락이 너덜너덜하게 흩날렸다. 거리가 있어 치명상은 아니더라도 몇 달은 요양

해야 할 만한 내상을 입었을 터였다.

"두고 보자, 이 죽일 놈들!"

인종우는 순식간에 시야에서 사라져 버렸다.

"괜찮아, 사매?"

철사홍은 제일 먼저 주애청의 안위부터 살폈다.

"괜찮아요."

주애청은 고개를 끄덕이면서 인상을 썼다. 허리와 어깨의 상처에서 전해지는 고통 때문이기도 했지만 그것보다는 선혈을 뒤집어쓴 철사홍의 몸에서 풍겨 나오는 피비린내 때문이었다. 그는 마치 혈인 같았다.

"뉘신지 모르지만 고맙소!"

뒤이어 철사홍은 세 명이 청년을 향해서 포권을 쥐었다. 처음에는 자신들이 그들의 목숨을 구했지만 나중에 그들이 던져준 청룡검이 아니었으면 꼼짝없이 노괴들에게 당했을 것이다. 척진양의 보검에 자신의 철검이 잘려 나간 상태에서는 노괴 여섯을 당해낼 수가 없었다.

"우린 맡은 일을 했을 뿐이오. 대협 덕분에 청부를 완료하고 목숨까지 구하게 되어 오히려 고맙소이다."

앞섶이 길게 갈라진 사내가 씨익 웃으며 품에서 작은 보자기 하나를 꺼냈다. 그 보자기 역시 앞섶과 마찬가지로 갈라져 있었다.

"우린 영화전장의 사람들이오. 누군가로부터 대협께 두 가지 물건을 전하라는 청부를 받았소. 하나는 그 검이고, 다른 한 가지는 이 보따리요."

사내는 보따리를 철사홍에게 내밀었다.

끼잉―

끼잉―

철사홍이 보따리를 받기도 전에 적아가 머리와 꼬리를 동시에 흔들며 어지러운 몸짓을 했다. 백호의 냄새가 그곳에서 풍기고 있기 때문이었다.

철사홍은 서둘러 보자기를 풀었다. 보자기 안에는 피 묻은 헝겊 한 조각과 서찰 한 장이 들어 있었다.

"이젠 임무를 마쳤으니 우린 그만 가보겠소."

철사홍의 손에 서찰이 쥐어지는 것을 보며 영화전장의 사내들은 고개를 한 번 끄덕이고는 등을 돌렸다.

그들의 임무를 이제 완벽히 끝난 것이다.

"잘 가시오. 인연이 있으면 또 만나겠지요."

철사홍의 인사가 끝나자마자 세 명의 사내는 숲 속으로 자취를 감추었다.

차르륵―

철사홍은 얼른 서찰을 펼쳤다. 그 옆으로 주애청이 침을 꼴깍 삼키며 다가와 앉았다.


사형이라고 불러야 되겠군요.

서찰의 첫 구절은 서투른 글씨로 그렇게 시작하고 있었다.

"사형?"

철사홍과 주애청은 서로를 한 번 쳐다보고는 다시 서찰의 내용을 읽어갔다.


전 유진룡이라 합니다. 몇 년 전에 사부의 제자가 되었지요. 얼결에 제자가 되긴 했지만 사부에 대해서 아는 것은 얼마 되지 않습니다. 사부께서는 저에게 혹독한 수련을 시키기에 바빠 마주앉아 대화를 나눈 적은 채 몇 시진이 되지 않았으니까요. 그래서 제가 알고 있는 사실은 사부의 별호가 천산마존이라는 것, 그리고 저 이전에 세 명의 제자를 더 두었다는 것, 아니, 따님까지 합하면 네 명이겠군요. 그중 큰 제자인 도천극이 배반을 하여 사부께서는 부상을 입고 세상 깊은 곳에 은신을 하셨고, 둘째 제자는 죽고 셋째 제자인 사형은 사저와 적아라는 늑대와 함께 있을 거라는 정도입니다. 사부께서는 운명하시는 그 순간에 그걸 알려주며 사형과 사저께서 도천극의 마수에 해를 입지 않기를 성심으로 기원하셨습니다.


"아, 아버지!"

"사부!"

서찰에서 운명이란 단어를 읽은 두 사람은 동시에 비명을 터뜨렸다.

"아버지! 흐흐흑!"

잠시 후 주애청은 두 손으로 얼굴을 감싸며 바닥에 주저앉았다. 철사홍도 망연한 표정을 한 채 허공을 응시했다. 그의 어깨가 숨 죽은 솜이불처럼 아래로 쳐졌다.

탈출할 당시 큰 부상을 입어 생사를 장담할 수 없었지만 백호와 흑웅의 흔적이 보이지 않아 어디에 깊이 숨어계신 것으로 생각하고 한가닥 기대를 걸고 있었는데 결국은 유명을 달리한 것이다.

"밥상 한번 내 손으로 차려 드리지 못했는데……. 아버지, 으흑흑!"

주애청은 이젠 통곡을 했다. 철사홍은 그런 주애청을 말리지 않고 실컷 울게 내버려 두었다. 너무 큰 슬픔은 어느 정도 토해내고 추슬러야 한다. 처음부터 틀어막으면 병이 되는 법이다.

근 이각이 지난 후 주애청의 통곡이 조금 잦아들었을 때 철사홍은 솥뚜껑만 한 손으로 주애청의 등을 두드리며 위로를 했다.

"이젠 그만 울어, 사매. 사부께선 운명하시면서까지 우리를 걱정하고, 이렇게 우리를 구했잖아. 사매를 만나지는 못했지만 마지막 순간을 막내 제자와 함께했으니 그렇게 쓸쓸하지는 않았을 거야. 그리고… 사부께서 무슨 당부를 하셨는지 어서 읽어보아야지."

철사홍의 위로에 주애청은 울음을 억지로 멈추며 눈물을 닦아냈다.

철사홍은 다시 서찰을 펼쳤다.


사부께서는 그런 걱정으로 제게 사형과 사저를 부탁하며 사부의 모든 것을 전해주려 하셨지만 워낙 아둔한 놈이라 제대로 배운 게 없습니다. 그래서 어찌해야 할지 모르겠습니다. 그래도 우선은 사형과 사저를 만나봐야겠다는 생각이 듭니다. 마음 같아서는 당장 달려가고 싶지만 사부께서 지시한 일을 한 가지 처리할 게 있어 우선 제 존재만 알려 드립니다. 청룡검은 사부께서 사형께 전해주라고 한 것입니다. 그것만으로는 제 존재를 믿지 않을 것 같아 백호의 피와 침이 묻은 헝겊을 같이 보냅니다. 일전에 녀석이 뭘 잘못 먹어 입천장에 뼈다귀가 박혔을 때 소도로 그걸 뽑으며 피를 닦은 헝겊입니다. 사부께서 말씀하시길, 사형과 사저를 찾으려면 백호의 냄새를 이용하는 것이 가장 빠를 거라고 했습니다. 적아가 같이 있다면 백 리 안에서는 찾을 수 있다고 하더군요.

이 서찰이 도착할 즈음에는 저는 사형과 사저를 향해 달려가고 있을 것입니다. 그러니 사형과 사저께서도 더 이상의 위험한 행보는 중단하시고 뒷장에 적어놓은 장소로 은밀하게 오셨으면 합니다. 그럼 그때까지 편안하시길 빕니다.

첫 장의 서찰은 그렇게 끝났다. 철사홍은 급히 다음 장을 펼쳤다. 그 장에는 몇 가지 계획과 함께 서로 만날 장소가 적혀 있었다.

서찰을 다 읽은 철사홍은 절로 가슴이 뛰는 것을 느꼈다. 사부께서 운명하신 것은 땅을 치고 통곡을 할 일이었지만 사부는 마지막 순간에 분신을 남겨놓았다. 그 분신을 통해 사부의 체취를 다시 맡아볼 수 있다는 생각에 마음까지 급해졌다.

주애청도 그런 심정인지 호흡이 가빠지고 있었다.

"이놈… 갈피를 잡을 수 없는 놈이다."

서찰을 빠르게 한 번 더 읽어본 철사홍이 주애청을 보며 말했다.

"무슨 말인가요?"

주애청이 눈물이 마르지 않은 눈을 조금 크게 떴다.

"필체나 글귀를 보면 엉망진창이다. 괴발개발에 두서도 없어서 글을 안다는 것이 신기할 정도이다. 그런데……."

"그런데요?"

"그런데도 자기 할 말은 다 하고, 글귀 구석구석에서 용의주도함이 느껴진다. 또한 여우 같은 구석도 있는 것 같고……."

철사홍은 서찰의 뒷장을 쳐다보며 눈을 가늘게 떴다.

"혹시 도천극의 속임수는……."

주애청은 말끝을 흐렸다. 그동안 몸에 밴 조심성과 의심으

로 그런 생각이 자신도 모르게 떠올랐지만 그건 아닌 것 같았
다. 도천극은 여섯 명이나 되는 노괴들을 보내 곧장 잡으려
했다. 그리고 청룡검과 백호의 냄새를 보면 아버지의 전인이
틀림없었다.

"그건 아닐 것이다!"

철사홍이 강하게 고개를 저었다. 그런 의심을 하기엔 증거
들이 충실했다. 주애청도 철사홍의 말에 동조하며 고개를 끄
덕였다.

"그런데 백호 놈이 아가리 속에 누군가의 손을 넣게 가만
놔뒀다고? 그것도 소도를 든 놈을……?"

철사홍은 눈을 가늘게 떴다.

함정은 아닐 것이라는 확신은 들었지만 그건 도저히 믿을
수가 없었다.

자존심 강하기가 하늘을 찌르는 백호 놈은 굶어 죽을지언
정 누군가에게 도움을 청하며 아가리를 벌려 손을 넣게 하지
않았을 것이다. 또한 소도를 든 놈에게 무방비로 입을 벌리며
그것을 입속으로 넣게 하는 짓은 절대로 하지 않을 놈이다.
그건 사부 앞에서라도 마찬가지였다.

"안 그랬다면 어떻게 피를 닦았겠어요? 설마 싸워서 피를
뽑은 건 아닐 테고."

"그렇긴 한데… 좌우간 갈피를 잡을 수 없는 놈이다."

철사홍이 고개를 저었다.

"어서 만나보고 싶어요. 그래서 아버지의 마지막 모습을 듣고 싶어요."

주애청의 눈에서 눈물이 다시 쏟아졌다.

"사부께서 우리를 지켜주시는 것 같다. 그래서 오늘 청룡검을 보내주시고, 또 시기적절한 때에 전인을 보내 더 이상은 예측이 가능한 행보를 하지 않아도 되게 해주셨어. 도천극 그 놈이 마수를 드러낸 이상 계속 이렇게 움직이는 것은 자살 행위나 마찬가지니까 말이야."

"그래요. 하지만 이젠 그런 걱정할 필요없어요. 예측 못하게 움직인다면 놈들쯤은 얼마든지 따돌릴 수 있으니까요. 어서 가요, 사형!"

주애청이 벌떡 몸을 일으켰다.

"일단 여기에 적힌 곳으로 가야 하겠지? 그런데… 하필 왜 냄새나는 그곳인가?"

철사홍은 얼굴을 찡그리며 고개를 갸웃거렸다.

*      *      *

은자유림곡 사람들을 만난 다음날 석대가문 사람들과 작별을 한 유진룡은 근 보름에 걸쳐 빠르게 이동하고 있었다.

그간 주로 산길을 이용하여 경공을 펼쳤고 노숙을 했다.

여비가 부족한 것은 아니었다.

단리하연이 준 돈은 당장이라도 고래 등만 한 집을 몇 채는 살 수 있을 정도였다.

그런데도 노숙을 고집한 이유는 이동 중간에 틈틈이 아무도 없는 깊은 숲 속에서 수련을 하기 위해서이다.

은자유림곡 사람들에게서 받은 백호십이수의 후반부라 할 수 있는 무한십이수 진본은 그렇게 수련을 하며 하나하나 자신의 것으로 만들어갔다.

처음의 예상대로 후반부는 무조건 수련을 한다고 되는 것은 아니었다. 깊은 성찰과 함께 깨달음이 있어야 성취를 이룰 수 있는 것들이 대부분이었다. 그리고 전반부를 완벽히 익히지 않으면 절대로 불가능한 것이었다. 전반부를 익히는 사람조차 거의 없기에 후반부는 세상에 나오지 못하고 은자유림곡에 있었던 모양이다.

우주무한의 운기법은 그동안 아무리 해도 되지 않았다. 처음과 마찬가지로 내력을 모두 끌어올려도 작은 강물로 밭고랑에 물을 대듯 사라져 버렸다. 그건 포기하고 그 외의 것은 틈틈이 수련했다.

만리추영보는 내력을 훨씬 적게 사용하면서 훨씬 더 빠르고 현란하게 움직일 수 있게 해주었다. 또한 공간을 격하고 펼치는 권경과 장력은 하루하루 그 위력이 강해졌다. 이젠 작은 바위 정도는 한번에 여러 조각으로 박살을 낼 수 있었다. 그리고 격공의 거리 또한 점점 늘어났다.

그렇게 산길로 이동하며 무한십이수의 무공을 빠르게 흡수하고 있었다.

산길을 걷다가 강을 건널 때는 강폭이 가장 좁은 나루를 택해 건넜다. 그건 백호 녀석을 위해서였다.

녀석이 수영을 하는 모습은 보지 못했지만 호랑이는 고양이보다는 물을 좋아하고 헤엄도 칠 수 있다고 들었으니 밤을 틈타 재주껏 건널 것이다. 강을 건넌 후에는 곳곳에 천 조각 등을 떨어뜨려 놓아 흔적을 찾기 쉽게 했다.

"이제 소식을 좀 알아보아야겠다."

성시가 내려다보이는 고갯마루에서 유진룡은 더 이상 산 속으로 길을 잡지 않고 성시를 향해 곧장 몸을 날렸다.

성시로 들어온 유진룡은 영화전장의 지부를 찾았다. 이곳에서도 그리 크지 않은 모습으로 존재하는지 여러 사람에게 물어본 후 겨우 찾을 수 있었다.

"정말 이상한 곳이군."

영화전장 지부에 들어선 유진룡은 이곳 역시 먼저 들렀던 두 곳과 마찬가지로 내부가 똑같이 닮았다는 것을 확인하고 절로 고개를 저었다.

"어떻게 오셨는지요?"

한 중년인이 안쪽에서 나타났다. 그건 조금 달랐다. 항주에서는 중년인이 노인으로 변장을 하고 있었는데 이곳은 아니었다.

"항주지부에서 물건을 전해달라는 청부를 맡겼는데 그 성
사 여부를 알고 싶습니다."

항주에서 청룡검과 백호의 피와 침이 묻은 수건을 맡긴 지
가 스무날이 다 되어가니 지금쯤 도착했을 것이란 생각이 들
었다.

"성함이……?"

"유룡!"

유진룡은 맡길 때 썼던 가명을 불러주었다.

유진룡의 가명을 들은 중년인이 잠시 안광을 빛냈다.

"총주님의 특별 부탁이 있은 분이군요."

중년인의 목소리가 훨씬 부드러워졌다. 이곳까지도 그 이
상한 총주의 지시가 있었던 모양이었다.

"잠시 기다리시오."

중년인은 안으로 들어갔다가 잠시 후에 장부 하나를 들고
나타났다.

"귀하의 청부에 대한 성사 여부는 아직 확인되지 않았소.
내일 아침에 총단에서 정기적으로 소식이 전해지는데 그때는
알 수 있을 것 같소."

중년인은 약간을 조심스런 음성으로 답했다.

"그때도 연락이 오지 않는다면?"

"그땐 아직 성사되지 않았다고 봐야겠지요. 내일 아침에
다시 오겠소?"

유진룡은 잠시 망설였다. 다음 지부까지 가서 다시 소식을
물으려면 닷새는 더 걸릴 것이다. 그것보다는 여기서 하루 머
물렀다가 소식을 듣고 가는 것이 나을 것 같았다. 무사히 전했
다면 그들이 무사하다는 말이다. 무엇보다 그것이 궁금했다.

"알겠소. 내일 다시 오겠소."

유진룡은 영화전장 지부를 나와 객점으로 향했다. 오랜만
에 제대로 된 음식을 먹고 싶었고, 사람 냄새도 맡고 싶었다.
아울러 그들의 입에서 아무렇게나 흘러나오는 세상 소식도
듣고 싶었다.

죽립을 눌러쓴 유진룡은 걸음을 빨리했다.


만박노조의 비명횡사와 공동파의 봉문!

음식을 시키고 기다리는 동안 유진룡이 가장 먼저 듣게 된
소문이었다.

만박노조에 대한 소문은 계속해서 비명횡사로 알려지고
있는 이상 신경 쓸 것이 없었다. 비명횡사가 아니라는 소문이
라면 바짝 신경이 쓰일 일이다.

반면 공동파에 대한 소문은 적이 놀라운 것이었다.

공동파라면 현재 구대문파에는 속하지 못해도 한때 그들
에 거의 버금가는 힘을 지니고 있던 문파였다. 그런데 그곳이
흑사련의 공격을 받고 단 하루만에 무너지고 봉문을 당해 버
렸다는 것이다.

흑사련이라는 소리를 듣는 순간 유진룡은 도천극이라는 이름을 같이 떠올렸다.

그간 들은 소문에 의하면 흑사련은 이제(二帝)의 한 사람이자 사파 제일의 고수인 구천마검 목채군을 련주로 추대하고 사파를 하나하나 잠식하며 그 세를 불리고 있었다.

도천극은 그곳에서 중추적인 한자리를 차지하고 사파일통을 가장 강력하게 주도해 나가고 있다고 했다.

그 생각을 확인해 주기라도 하듯 공동파의 봉문에 가장 선봉을 선 사람은 탈백마수 도천극이라 했다.

'놈의 목적이 무엇일까?'

그런 생각을 하던 차에 사내들의 목소리가 다시 들려왔다.

그 내용은 공동파의 몰락을 계기로 정파무림에서도 비로소 경각심을 느끼고 정도맹이 재결성을 추진하고 있다는 말이었다. 그렇게 되면 강호에는 조만간 피바람이 불 수 있다는 우려 섞인 목소리들도 흘러나오고 있었다.

유진룡은 짙은 궁금증을 느꼈다.

아직까지는 정사대결은 펼쳐지지 않았다. 다만 백도무림은 우려 섞인 눈으로 흑사련의 행보에 촉각을 곤두세우고 있었다.

그런 차에 도천극은 공동파를 쳐서 멸문이나 마찬가지인 봉문을 시켜 버렸다.

그건 분명히 무리수를 두었다는 느낌이 들었다. 그 무리수로 인해 백도는 큰 경각심을 느끼며 정도맹의 재결성을 서두르고 있었다.

그렇게 무리수를 두면서까지 도천극이 공동파를 친 것은 무슨 이유에서일까?

아직까지는 공동파를 치는 것보다는 다른 사파를 더 복속시키는 것이 훨씬 나을 일이었다.

거듭 생각해 보았지만 답은 나오지 않았다. 하긴, 무림의 정세에 대해서 초보나 마찬가지인 유진룡에게 얼른 그 답이 나온다면 그것이 더 이상할 것이리라.

'소향상회는 괜찮을까?'

계속되는 사내들의 목소리를 들으며 유진룡은 그런 걱정을 했다.

무석에 있는 정가장이 무사하니 혈우마령대 같은 놈들이 다시 들이닥치지 않는다면 소향상회는 괜찮을 것 같았다. 또한 개방의 칠결장로 백엽동도 이젠 흑사련의 위험성을 직접 체험했으니 개방에서도 본격적으로 신경을 쓰면 더 안전할 것이다.

그래도 걱정이 가시지 않아 사내들의 이야기에서 소주 소식이 흘러나오지 않나 귀를 기울였지만 그건 허사였다. 대신 다른 목소리 하나가 유진룡의 주의를 갑자기 일깨웠다.

第五十一章
귀곡오마(鬼谷五魔)

"소협!"

자신의 귓전으로 곧장 날아드는 소리에 유진룡은 자신을 아는 사람이 없을 거라는 생각에 긴가민가하며 고개를 돌렸다.

그 소리는 자신을 부르는 소리가 맞았다. 유진룡을 부른 중년 여인은 만박노조의 마지막 순간을 지키며 온갖 노력을 마지않았던 봉황신녀 곡미령이었다.

그녀가 제자 세 명과 함께 객점을 들어서 다가오고 있었다.

"유 소협이 맞군요."

곡미령은 천만뜻밖이라는 표정으로 유진룡이 앉아 있는

자리로 왔고 자연스레 합석을 하게 되었다.

"여긴 어쩐 일이십니까? 이미 귀가하신 줄 알았는데."

유진룡도 뜻밖의 표정으로 물었다.

이들은 만박노조의 장례가 다 끝나기 전에 길을 떠났다.

구진자나 종하 진인과 마찬가지로 더 머무르고 싶은 심정이야 다르지 않았지만 의가를 오래 비울 수 없어 서둘러 떠난 것이다.

"피치 못할 사정이 있어서 운하를 타고 귀가하는 도중 잠시 내렸어요."

왠지 석연찮은 모습으로 곡미령은 유진룡의 궁금증에 답하고는 음식을 시켰다.

"그런데 유 공자님은 어떻게 여기에……?"

음식을 기다리는 중 곡미령의 제자 중 한 사람이 질문을 던졌다.

그녀는 열일곱 정도의 소녀로 이름은 오홍영(吳弘影)이고 석대가문에 있을 때 얼굴을 익힌 터였다. 그때도 좀 맹랑해 보였는데 제자들 중에서 유진룡에게 제일 먼저 말을 걸어왔다.

"전 이곳 전장에 부탁해 놓은 것이 있어서 기다리는 중입니다."

"그럼 언제까지 기다릴 것인가요?"

오홍영은 다시 질문을 던졌다. 반짝이는 눈빛이 사뭇 도전적으로 보일 정도였다.

"내일 아침까지는 기다려야 할 것 같습니다."

유진룡은 약간 뒤로 물러나 앉으며 답했다.

"그럼 오늘은 여기서 묵을 수도 있겠네요?"

오홍영이 반색을 했다.

"영 매!"

곡미령의 왼쪽에 앉아 있는 여인이 책망하듯 소리를 높였다. 그녀의 목소리에 오홍영이 자라목처럼 목을 움츠렸다.

방금 고함을 친 여인은 차가운 인상에 눈매가 날카로운 외모로 이름은 모운정(毛芸幀)으로 불렸고 곡미령이 대동한 세명의 제자 중 두 번째였다.

"유 공자님은 석대가문의 위기를 구한 고수라고 들었어요. 그런 분이라면 도와줄 수……."

오홍영이 기어들어 가는 목소리로 말했다.

"아무리 그렇더라도 어떤 바쁜 일이 있는지도 모르는 공자님을 언제 봤다고……."

이번에는 맏이의 위치를 차지하고 있는 제자인 사영화(司影花)가 조용한 목소리로 책망을 했다. 온화한 얼굴의 그녀는 사려 깊은 눈빛을 하고 있었는데 그러면서도 그 눈빛은 깊고 지혜로워 보였다.

"무슨 일이 있으신지요?"

세 명의 여인이 한 말에서 뭔가 사정이 있음을 눈치 챈 유진룡은 조심스럽게 곡미령을 쳐다보았다.

"아직 확실한 것은 아닙니다."

곡미령 역시 조심스럽게 고개를 저었다.

"확실한 거나 마찬가지 아닌가요? 벌써 여러 날째……."

"영 매!"

이번에도 날카로운 눈매의 모운정이 목소리를 높였다. 자세히 말하기에는 뭔가 자존심이 상하는 모양이었다.

"무슨 일인지 말씀해 보십시오. 옷깃만 스쳐도 인연이라고 했는데."

유진룡은 최대한 편하게 대화를 유도했다.

"누군가 우리를 미행하고 있는 것 같아요."

눈치를 보던 오홍영이 작정한 듯 말했다. 그녀를 향해 모운정이 도끼눈을 떴지만 그녀는 내친김이라는 듯 입술을 움직였다.

"처음에는 그냥 우연히 같은 길을 가는 줄 알았어요. 그런데 며칠 전부터는 그게 아니라는 걸 의심하게 되었어요. 그래서 배에서 내렸는데 그때는 안 보였다가 다시 미행의 낌새가 느껴졌어요. 그래서 놈들의 정체가 무엇인지 유인해서 알아보기 위해 한적한 이곳으로 왔어요. 어쩌면 지금도 우리를 지켜보고 있을지 모르겠어요."

오홍영은 경계심 어린 눈으로 사방을 두리번거렸다. 유진룡도 오홍영을 따라 객점 안을 둘러보았지만 특별히 의심이 가는 사람들은 보이지 않았다.

"누군지 짐작 가는 데라도……?"

"전혀 모르겠어요. 지금 와서 생각하니 그자들은 우리를 석대가문에서부터 미행한 것 같아요."

두 번째 제자인 모운정이 눈을 가늘게 뜨며 말했다.

"석대가문에서부터란 말입니까?"

유진룡은 그들이 만박노조의 집에서부터 미행을 한 것 같다는 모운정의 말에 바짝 신경을 곤두세우게 되었다. 석대가문에서부터 따라붙은 놈들이라면 만박노조를 독살하려고 했던 밀영이란 단체와도 무관하지 않을 것이기 때문이다.

"그런 것 같아요. 그때는 주의 깊게 살피지 않았지만 왠지 그놈들 같았어요. 그리고……."

모운정은 말끝을 흐렸다.

"보통 고수는 아닌 것 같았어요."

곡미령이 대신 말하며 약간 근심스런 눈빛을 했다.

제자들은 자신의 무공을 믿고 오히려 한적한 이곳으로 유인하자고 왔지만 그녀는 조심스러울 수밖에 없었다.

인원이 자주 바뀌어 처음에는 전혀 눈치 채지 못했다.

무공에 있어서도 고수인 자신의 이목을 그렇게 혼란시킬 수 있다면 보통 고수들은 아니라는 말이었다.

그래서 운하를 타고 가던 배에서 내렸는데 그 당시에는 아무 낌새도 느끼지 못했다. 그리고 다른 배를 탔을 때 다시 그

느낌을 받았다. 결국 또 한 번 하선을 하게 되었고 이곳에서 보표라도 구해야 하나 하는 생각까지 한 것이다.

그것도 궁여지책의 한 방법이지만 우선은 그들의 정체부터 알고 싶었다.

"의선문은 어디에 있습니까?"

잠시 생각에 잠겼던 유진룡은 곡미령을 향해 물었다.

"가흥(伽興)에 있어요. 같은 방향인가요? 그렇다면 동행도 가능할 텐데……."

여전히 오홍영이 먼저 나섰다. 그녀를 향해 이번에는 큰언니 격인 사영화가 눈을 엄하게 떴다.

"글쎄요……. 어쨌든 오늘은 여기서 묵을 생각입니다."

유진룡은 일단은 그렇게 답했다. 그러면서 당분간은 이들과 같이 행동하며 석대가문에서부터 이곳까지 미행하고 있는 인간들이 누군지 알아볼까 하는 생각도 했다. 그곳에서부터 미행을 했다면 석대가문의 변고와 연관이 있거나 만박노조의 가장된 죽음에 무슨 냄새를 맡았을지도 모를 일이다.

"그럼 오늘 저녁은 안심하고 푹 잘 수 있겠군요. 유 공자님 같은 분이 여기 있다면 그런 놈들쯤은……."

"시끄러! 우리 몸은 우리도 지킬 수 있어!"

둘째인 모운정이 자존심이 극도로 상하는지 버럭 고함을 질렀다. 그때 마침 음식이 날라져 왔고 서먹해지려던 분위기는 음식을 들면서 누그러졌다.

“그런데 좀 이상한 점이 있어요.”

음식을 들며 곡미령이 말했다.

“무슨……?”

유진룡은 고개를 들었다.

“그때는 경황 중이라 몰랐는데 지금 생각하니 만박노조 어르신의 죽음이 뭔가 석연치 않아요.”

곡미령이 유진룡으로서는 가슴이 뜨끔한 얘기를 꺼냈다.

“어떤 점이 그렇습니까?”

유진룡은 표정을 바꾸지 않고 무심한 척 물었다.

“너무 갑자기 돌아가신 것도 그렇고… 맥은 끊어졌는데 이질적인 기운 한 가닥은 남아 있었어요. 그건 무림인들이 쓰는 귀식대법이나…….”

“만박노조 어르신이 무림인이었단 말입니까?”

유진룡은 얼른 말꼬리를 자르며 물었다.

“아니에요. 전혀 그렇지 않아요. 내공은 한 점도 없었어요. 그런데 그런 기운은……?”

곡미령은 고개를 갸웃거렸다.

유진룡은 문득 걱정스러운 기분이 들었다.

절강성 제일의 신의인 그녀는 우려스럽게도 만박노조의 죽음에서 뭔가 이질적인 단서 하나를 찾고 있는 모양이었다. 그건 만박노조에게나 곡미령에게도 위험한 일이었다.

만약 미행을 하는 놈들도 그것을 감지하고 곡미령에게서

무언가를 알아내려고 하고 있다면 그 위험은 현실로 도래할 것이었다.

유진룡은 당분간 이들과 동행해야 할 것 같다는 생각을 굳혔다. 그러면서 곡미령의 그런 생각을 사전에 차단하고자 입술을 움직였다.

"무림인도 아닌 사람이 어찌 귀식대법이니 하는 것을 펼치겠습니까? 워낙 학식이 높은 분이니 보통 사람에게는 없는 정신력이나 뭐 그런 것이 몸에 축적되었겠지요. 고승의 몸에 사리가 생기듯이 말입니다."

"그런 것일까요?"

곡미령은 고개를 주억거렸다. 그리고는 일단 의심을 접었다.

"만권공자인 마웅탁 공자와 친구라고요?"

젓가락이 몇 번 움직인 후 곡미령이 다시 질문을 던졌다.

"그렇습니다. 어린 시절 같이 자랐습니다."

유진룡은 담담히 답했다.

"같이 자랐다면 같은 스승님 아래서 동문수학했다는 말인가요?"

이번에는 큰언니인 사영화가 약간 의문스런 표정으로 물었다.

그녀를 따라 모운정과 오홍영도 눈을 반짝였다.

유진룡과 마웅탁의 어린 시절에 관해서 전혀 모르는 그녀들로서는 두 사람이 같은 스승 밑에서 자랐다면 둘 다 글공부를 했거나 무공을 수련했을 터인데 한 사람은 학문에 있어서 나이를 초월했고, 다른 한 사람은 무공 실력이 그 나이를 초월한 것이 이상하다는 생각을 한 것이다.

"같이 자란 건 그런 곳이 아니라… 소주의 한 뒷골목이었습니다. 그곳에서 들쥐들처럼 살다가 헤어져서 얼마 전에 그 녀석은 석대가문으로 왔고 난 다른 스승님을 만나 무공을 배웠습니다."

"뒷골목?"

"들쥐?"

오홍영과 모운정이 언뜻 그 말뜻을 알아듣지 못하고 반문했다.

"그렇군요. 미안해요."

두 동생들과 달리 유진룡의 말뜻을 바로 알아들은 사영화가 고개를 숙였다.

"소저께서 미안해할 것이 없지요. 내가 타고난 운명이 그런 것뿐이지요."

피식 웃으면서 유진룡은 오리 고기 한 점을 크게 찢어 입에 넣고는 맛있게 씹었다.

그 모습 어디에도 과장을 하거나 의기소침해지는 기색은 털끝만큼도 보이지 않았다. 그냥 있는 그대로의 사실을 가감 없이 말한 모습이었다.

사영화의 눈이 더 깊어졌다.

"미안해요."

오홍영도 입술을 깨물었다.

"그랬군요. 그럼 사문은?"

사영화가 유진룡의 사문에 대해 관심을 드러냈다.

"사문은 없고, 사부님께 홀로 가르침을 받았습니다. 그리고 사부님 함자는 당분간 밝힐 수가 없습니다."

유진룡은 다시 오리 고기 한 조각을 입에 넣고 입을 우물거렸다. 잔뜩 기대를 하고 있던 곡미령의 제자들은 약간 실망스런 표정이 되었지만 무림에서는 그런 것이 비일비재하기에 더 이상 캐묻지 않고 음식을 먹기 시작했다.

점심을 먹고 곡미령 일행은 방을 하나 잡아 그곳에 투숙했다. 유진룡은 그녀들과 좀 떨어진 곳에 방을 잡아놓고 밖을 살펴보겠다며 객점을 나왔다. 무공에 있어서도 절대로 하수가 아니라고 알고 있는 곡미령 일행의 감각을 속이며 한참 동안 미행의 낌새가 드러나지 않은 그들이라면 보통 실력이 아닐 것이다. 또한 지금도 이 근처 어딘가에 은신하고 있을 것 같았다.

유진룡은 영화전장 지부가 있는 쪽을 향해 조금 천천히 걸어가며 주변의 기색을 살폈다. 그러나 주변은 아무것도 느껴지지 않았다. 객점 주변으로 한 바퀴 크게 둘러보아도 마찬가지였다.

"좀 더 지나다 보면 결국 마주치게 되겠지."

유진룡은 주변의 탐색을 마치고 객점으로 다시 들어와 자신의 숙소에서 몸을 뉘였다.

*       *       *

"곡미령이 있는 곳에 그놈도 나타났다고?"

어두침침한 한 실내에서 강팍한 얼굴의 중년인이 음산한 목소리로 말했다.

"그렇습니다. 석대가문에서 화운생을 잡은 그놈이 틀림없습니다. 뜻밖에도 그놈이 곡미령이 투숙한 객점에 나타났습니다."

흑의경장 차림의 한 사내가 전서구를 우리에 넣으며 답했다.

"이제껏 종적이 묘연하던 그놈이 갑자기 나타나 봉황신녀 일행과 같은 객점에 투숙했다는 말인가?"

"분명합니다."

흑의경장의 사내가 확신감에 찬 목소리로 답했다.

"지금까지 지켜보았지만 곡미령 일행이 따로 접촉하는 사람들은 없었습니다. 그래서 이젠 잡으라는 지시를 내렸는데 그놈이 나타났습니다. 두 사람이 무슨 관련이 있는 걸까요?"

"만박노조 그 음흉한 늙은이의 죽음에는 필시 흑막이 있다. 봉황신녀는 뭔가 알고 있을 것이다. 그런 그녀가 그놈과 같은 객점에 투숙했으니 그놈도 연관이 있다고 봐야 한다. 그런데 대체 그놈은 어디에서 갑자기 나타났단 말인가, 그동안 그렇게 찾을 때는 보이지 않던 놈이?"

강퍅한 얼굴의 중년인이 눈을 가늘게 뜨며 흑의경장의 사내를 쳐다보았다. 그간 유진룡의 행적을 놓치고 있었던 흑의경장 사내의 보고를 믿을 수 없다는 기색이 역력했다.

"그놈은 처음부터 산길을 행로로 잡았습니다. 즉시 미행을 보냈는데……."

사내가 말끝을 흐렸다.

"그런데 부하들이 모두 돌아오지 않았단 말이지?"

강퍅한 중년인의 이마가 찌푸려졌다.

"미행을 떠난 부하들의 시신이 발견됐다는 연락이 왔습니다."

"시신? 그럼 그놈에게 당했단 말이냐?"

강퍅한 중년인이 눈을 더욱 가늘게 뜨며 경장 차림의 사내를 노려보았다. 사내가 얼른 대답을 하지 못하고 머뭇거렸다.

"놈에게 당한 것 같지는 않습니다. 놈의 무공은 적수공권인데 부하들의 시신은 마치 낭아곤(狼牙棍)이나 철조(鐵爪)에 당한 듯했습니다."

"낭아곤이나 철조라고?"

"그렇습니다. 그것들에게 참혹하게 당한 것이 확실합니다.

그들의 시체는 흡사 호랑이의 발톱과 이빨에 당한 것처럼 훼손되어 있었다고 합니다. 그런 상처라면 낭아곤이나 철조가 아닐까 싶습니다.”

흑의경장의 사내는 분기가 이는 표정으로 주먹을 말아 쥐었다. 유진룡을 미행시킨 부하들은 그가 제일 아끼는 부하들이었기 때문이다.

“설마 호랑이나 다른 맹수에게 당한 것은 아니겠지?”

강팍한 얼굴의 중년인이 눈을 가늘게 뜨며 물었다.

“호랑이를 만나면 단번에 잡아서 가죽을 취할 부하들이었습니다.”

경장 차림의 사내가 무뚝뚝하게 말했다.

“그렇다면 숨은 조력자가 있다는 말이군.”

강팍한 얼굴의 중년인이 잠시 생각에 잠기는 듯 시선을 한 곳에 모았다.

“분명히 뭔가 있어⋯⋯. 만박노조 그 늙은이의 시체를 그렇게 갑자기 화장을 한 것도 그렇고, 곡미령과 여기서 그놈이 만난 것도 그렇고⋯⋯. 즉시 연락을 취해라. 그놈도 같이 잡으라고.”

중년인이 단호한 어조로 지시를 내렸다.

“그런데 귀곡오마가 가능할까요? 그놈이 가세한 이상 힘들 텐데?”

사내가 조심스럽게 말했다.

"지금으로선 다른 인원을 투입할 시간이 없다. 그리고 비열하게 싸우는 놈들은 어떤 고수보다 까다로울 수 있다."

*　　　*　　　*

다음날 아침 유진룡은 다시 영화전장을 찾았다. 유진룡을 본 주인이 고개를 끄덕이며 서신 한 장을 꺼내 들었다.

"귀하의 청부가 처리되었다는 연락이 왔소."

주인은 서신을 쳐다보며 말했다.

"그럼 내가 전하라고 한 물건들의 모두 전해진 것이오?"

"그렇소. 우리는 완벽히 성공한 일에만 완결의 도장을 찍지요. 조금이라도 미진하면 실패한 것으로 간주하오."

주인은 자부심이 어린 음성으로 답하며 서신을 접었다.

"잘 알겠소."

유진룡은 등을 돌렸다.

"종종 이용하시오."

주인 역시 인사를 하고는 안으로 들어갔다.

'완벽히 전해졌단 말이지?'

청룡검과 서신이 모두 전해졌다면 두 사람은 자신이 적어 놓은 대로 움직일 것이다. 그럼 이제 자신 역시 약속한 날짜까지 그곳으로 달려가면 된다.

유진룡은 남은 기한을 세어보았다. 그들에게나 자신에게

무슨 문제가 없다면 시간은 충분했다.

유진룡은 자신도 모르게 가슴이 뛰는 것을 느꼈다.

그들을 만난다면 어떤 기분일까?

그들은 자신을 어떻게 대할까?

막내 사제로 반갑게 대할까? 아니면, 의심의 눈초리로 경계를 할까?

어린 시절 동생을 잃은 후 천애의 고아가 되어 뒷골목을 전전하며 살아왔다. 거기서 맺은 인연들도 혈연 못지않았지만 같은 사부를 모시고 사형과 사제지간이 되는 철사홍, 주애청과 조우하게 된다면 그건 또 어떤 느낌일까?

그런 생각으로 마음이 들떠 조금 빠르게 걷던 유진룡은 우뚝 걸음을 멈추었다.

저 앞에서 곡미령의 셋째 제자 오홍영이 미친 듯이 달려오고 있었기 때문이다.

그녀는 마치 귀신이라도 본 듯 혼비백산한 모습으로 누군가를 찾고 있었다.

'무슨 일이 생긴 것인가?'

유진룡은 얼른 그녀에게로 다가갔다.

"고, 공자님!"

유진룡을 발견한 오홍영은 숨이 넘어가듯 소리를 지르고는 바닥으로 꼬꾸라졌다.

"대체 무슨 일이오?"

유진룡은 얼른 그녀를 부축하여 일으켰다.

"사부님과 언니들이……."

오홍영은 겨우 그 말만 하고는 의식을 잃었다. 그러고 보니 그녀의 몸 곳곳에 상처가 있었다.

유진룡은 그녀를 들쳐 업었다. 그리고 신속히 경공을 펼쳤다.


객점에 들어섰을 때 유진룡은 객점 안의 분위기가 나올 때와는 백팔십도로 달라져 있음을 느낄 수 있었다.

먼저 귀기가 흐르듯 조용했다.

시진에서 조금 떨어진 한적한 곳에 있는 객점이었지만 손님은 많았었다.

그리고 지금은 아침 시간을 조금 넘기긴 했어도 늦은 아침을 먹는 손님 정도는 있어야 했다. 그런데 손님은 단 한 명도 보이지 않고 객점 안은 쥐 죽은 듯한 정적만 흐르고 있었다.

아마도 누군가 이곳에 침입하여 손님들을 내쫓은 모양이었다.

그런 짐작에 화답이라도 하듯 이층의 객실 문 하나가 열렸다.

유진룡은 오홍영을 기둥 뒤에 내려놓고 객실 안으로 시선을 고정시켰다.

"호호호!"

음산한 웃음소리가 객실 안에서 흘러나왔다. 뒤이어 두 명의 인영이 모습을 드러냈다. 그리고 그 뒤로 몇 명의 흑의인들이 더 나타났는데 그들의 손에 곡미령과 그의 두 제자가 제압당해 있었다.

크게 상처를 입거나 하지 않은 것으로 보아 제대로 싸워보지도 못하고 제압당한 모양이었다.

"유 공자, 어서… 피하……."

곡미령이 공포에 질린 얼굴로 겨우 말을 내뱉었다.

"크크크! 역시 저년이 놈을 데리고 왔군."

제일 앞에 있는 인영이 음산한 웃음을 흘렸다. 그 웃음은 마치 쥐어짜는 듯하면서도 쇠를 긁는 듯한 느낌도 같이 전해주어 보통 사람이었다면 듣는 것만으로도 오금이 저릴 정도였다.

유진룡은 눈살을 찌푸리며 그 인영을 주시했다.

작달막한 키의 중년인이었다. 아니, 중년을 조금 넘어선 초로인 같아 보이기도 했다. 작은 키에 통통한 얼굴이 나이를 잘 분간하지 못하게 한 것이다.

나이는 알아보기 힘들어도 그의 전체적인 모습은 쉽게 잊을 수 없을 것 같았다. 키 작은 초로인은 한쪽 눈이 없었다. 원래의 눈알 대신 의안을 박아놓았는데 무엇으로 만들었는지 푸르죽죽한 빛을 뿜어내고 있어 마치 악령의 눈빛 같았다.

그 옆에 또 한 명의 중년인은 보통 키에 얼굴이 무척 희어 마치 가면극의 여장 남자 같았다.

그들 두 사람 뒤에 있는 세 명의 사내는 사십대 중반 정도로 모두 흑의를 걸치고 있었는데 그들 역시 한번 보고 나면 평생 잊지 못할 정도로 괴이한 몰골이었다.

제일 앞에 있는 사내는 얼굴에 사선으로 검상이 깊게 파여 있었다. 아마도 조금만 더 깊었으면 살아 있지 못했을 것 같았다. 그리고 다른 한 명은 한쪽 귀가 없었는데 그걸 가리지도 않고 머리를 뒤로 넘겨 더욱 두드러졌다. 그리고 나머지 한 명은 지독한 곰보였다.

"어서 피하세요, 공자! 이들은 귀곡오마(鬼谷五魔)… 아악!"

곡미령이 비명을 질렀다. 잡고 있던 놈이 손에 힘을 준 모양이었다.

'귀곡오마?'

곡미령이 공포에 질린 얼굴을 할 정도의 별호였지만 유진룡으로선 들어본 적이 없었다. 설사 이전에 들었다 손 치더라도 달라질 것이 없을 것이지만…….

"대체 당신들은 누구요?"

유진룡은 느긋한 자세를 취하며 질문을 던졌다.

"크하하하!"

귀곡오마의 첫 번째인 독안철마(獨眼鐵魔) 호태적(互台吊)이 괴소를 터뜨렸다.

"당신들……?"

옆에 있는 백면귀마(白面鬼魔) 당도목(唐到目)이 더욱 창백해진 얼굴로 뇌까렸다.

"어린놈이 배짱이 두둑하구나."

한쪽 귀가 없는 독이비마(獨耳匕魔) 엽응무(葉應武)가 살기 진득한 목소리와 함께 유진룡을 쳐다보았다.

"네놈이 화운생을 때려눕힌 놈이냐?"

백면귀마 당도목이 뚫어질 듯 유진룡을 쳐다보며 물었다.

"내 질문에 먼저 답하는 것이 순서가 아니겠소?"

유진룡은 여전히 느긋한 자세로 말을 받았다. 그러면서 다섯 괴인의 움직임을 하나도 놓치지 않고 상황을 살폈다.

저들의 손에 곡미령 일행이 잡혀 있지 않다면 한꺼번에 상대한다고 해도 상관이 없겠는데 저들은 한 치의 틈도 주지 않고 세 여인의 목을 감아쥐고 있었다.

우선은 저들의 손에서 세 여인을 구해내는 것이 급선무였다.

이제까지는 이런 경우는 봉착해 보지 못했다. 힘들었지만 닥치는 대로 싸웠고 아직 멀쩡히 살아 있었다.

그런데 이건 이제까지의 어떤 싸움보다 훨씬 어려웠다. 그래서 많은 사람들이 강호는 무공이 삼 할이고 그 외의 것이 칠 할을 차지한다고 했던 것이다.

"우리는 귀곡오마라 하지 않았더냐?"

독안철마가 사람 좋은 모습으로 웃으며 답했다.

"생긴 대로 멍청하군. 그런데 그게 나나 그 여인들과 무슨 상관이 있나, 그 말이오. 내 질문은?"

유진룡은 슬쩍 독안철마의 심기를 흔들었다.

"멍청해?"

외모가 흉측할수록 그에 따른 자격지심이 크다. 독안철마의 얼굴이 일그러졌다.

"쯧! 단순한 격장지계에……."

옆에 있던 백면귀마가 혀를 차며 타박을 주자 독안철마가 얼굴을 폈다. 그러나 분기는 가라앉힐 수 없는 모양으로 씩씩거렸다.

"네놈에게 그걸 길게 설명해 줄 여유는 없고 그동안 천지를 모르고 설쳐 댔으니 이젠 그 대가를 치러야겠지."

백면귀마가 답했다.

"정말 날 잡을 생각이 있는 것이오? 그게 아니라 여인들을 놓아주고 달아나겠다면 곱게 보내주겠소."

"무슨 헛소리냐, 이놈!"

독안철마가 소리를 질렀다. 겉으로 냉정한 듯했지만 속으로는 아직 화가 안 풀리는 모양이었다.

"인질을 잡고 벌벌 떨고 있는 모습이 도망갈 구멍만 찾고 있는 것 같아 하는 말이오. 그러니 귀곡오마란 그 별호들은 개 목에다 걸어주는 것이 나을 것 같소."

유진룡이 이젠 조소까지 흘리며 말했다.

뒤에서 곡미령 일행을 인질로 잡고 있던 세 사내의 옷깃이 약간 펄럭거렸다. 그런 그들의 얼굴에 진한 수치심이 스쳐 지나갔다.

한때 신강 땅과 청해성에서 최고의 악명을 떨치던 그들이 누군가의 수하가 되어 명령을 수행하는 것도 피를 토할 지경인데 이젠 새파란 애송이에게 모욕까지 당하게 되니 걷잡을 수 없는 분노를 느낀 것이다.

'전형적인 악당들이군.'

유진룡은 속으로 중얼거렸다.

악독한 인간들일수록 이런 면에서는 약점이 많았다. 그런 인간들은 악행을 저지르고 악명이 떨치는 것은 조금도 두려워하지 않지만 비겁하다든지 겁쟁이로 몰리면 절대로 못 참는다. 정말 까다로운 인간들은 겉으로는 선한 척하면서 속으로는 온갖 교활함을 갖춘 자들이다. 그런 자들은 웬만해선 감정에 사로잡히지 않는다. 거름통 속에 파묻힌 자들이 거름 냄새에 둔감한 것처럼…….

"게다가 내가 무척 두려운 모양이오. 그렇게 꽉 붙잡고 있는 것을 보니."

유진룡은 계속해서 귀곡오마의 신경을 긁었다.

"죽일 놈이!"

세 명의 중년인 중 귀가 하나 없는 독이비마가 사영화의 목을 놓았다. 기운이 다 빠진 그녀였기에 놓아주어도 무방하다고 생각한 모양이었다.

"당신들은?"

유진룡은 다른 두 명의 중년인을 보고 노골적으로 물었다. 뻔한 수작 같았지만 때로는 그게 더 효과적이었다.

두 명의 중년인이 잠시 갈등하는 모습을 보였다.

"저놈이 도망가면 어쩌려고 그러느냐?"

백면귀마가 소리를 질렀다.

"후후!"

유진룡이 비음을 터뜨리며 백면귀마를 쳐다보았다.

"사실 난 당신들이 여인들을 인질로 도망갈까 봐 그게 걱정이오. 그렇다고 놓치지는 않겠지만 꽤 가슴 아픈 결과가 벌어질 수도 있기에……."

"가슴 아픈 결과?"

백면귀마가 눈살을 찌푸렸다.

"최악의 경우 인질을 포기할 수도 있으니까!"

유진룡은 지금까지의 유들거리는 모습을 지우고 냉정한 음성으로 말했다.

그 말을 들은 모운정과 사영화의 눈빛이 심하게 흔들렸다. 지금 이 순간 유진룡이 그녀들에겐 유일한 목숨 줄이었지만 냉정히 따지고 보면 유진룡이 그녀들을 위해 무조건 희생할 이유가 없었다. 그녀들과는 옷깃이 스친 것보다 조금 깊은 인연일 뿐이었다. 그렇기에 최악의 상황이 오면 인질이 된 자신

들을 포기할 수도, 아니, 당연히 그럴 수밖에 없다는 생각이
들었다.

"가소로운 놈 같으니라고"

다시 백면귀마가 스산한 목소리로 말을 받았다.

"저 계집을 잡고 있는 것은 네놈과는 별개로 목적이 있기
때문일 뿐, 결코 네놈이 무서워서도, 최후의 인질로서도 아니
다. 물론 미끼로서는 충분히 역할을 했지."

"그럼 그 여인들은 풀어주고 날 상대하시오. 마음만 먹는
다면 난 당장 이 자리를 떠날 수도 있으니까."

유진룡은 말이 끝남과 동시에 주루 벽을 걸어찼다.

폭음과 함께 벽이 뚫리고 금방이라도 그곳으로 몸을 날릴
수 있는 공간이 마련되었다.

"당장이라도 못할 것이 없지."

유진룡은 거침없이 밖으로 몸을 날렸다.

"이, 이놈!"

돌발적인 유진룡의 행동에 독안철마가 닭 쫓던 강아지 꼴
이 되어 허둥거렸다.

백면귀마도 이번만큼은 어쩔 수 없는지 당혹한 표정을 지
었다.

애초의 목적은 곡미령이었지만 이젠 유진룡이 더 가치가
있었다. 잡기만 한다면 해독약은 물론 더 큰 것까지 요구할
수 있을 것이다.

“막내만 남고 모두 저놈을 잡아라.”

백면귀마가 고함을 지르며 몸을 날렸다. 한발 앞선 독안철마가 유진룡이 빠져나간 벽 쪽의 공간으로 몸을 날렸다.

팟!

“크윽!”

제일 앞서 몸을 날리던 독안철마가 비명을 질렀다.

멀리 간 줄 알았던 유진룡이 자신이 부순 벽 뒤쪽에 몸을 숨기고 있다가 기습을 한 것이다.

“엇?”

쉬익—

이번에는 백면귀마를 향해 유진룡이 주먹을 날렸다.

독안철마가 갑작스레 쓰러지자 주춤하던 백면귀마가 뒤늦게 몸을 틀었다.

그러나 유진룡의 주먹은 어깨를 두드리며 시큰한 감각을 전해주었다.

뒤이어 그 감각은 불에 달군 쇠꼬챙이가 쑤셔드는 듯한 고통으로 바뀌며 전신을 휘저었다. 다행히 왼쪽 어깨였기에 망정이지 조금 아래쪽의 심장이었다면 그대로 죽은 목숨이 되었을 것이다.

“하앗—”

백면귀마가 사력을 다해 검을 뿌렸다.

검을 쳐낸 유진룡의 발끝이 백면귀마의 명치를 찍어갔다.

“죽일!”

얼굴에 긴 검상이 난 흑수독마(黑手毒魔)가 손가락을 갈고리처럼 구부린 채 유진룡의 목을 잡아왔다.

유진룡은 백면귀마의 명치를 찍어가던 발로 바닥을 짚은 후 그대로 몸을 회전하며 선풍각으로 흑수독마의 옆구리를 찍어갔다.

유진룡의 긴 다리도 위협적이었지만 눈 깜짝할 사이에 수세와 다시 공세로 전환하는 속도는 전광석화 같았다. 그래서 눈앞에서 보고 있는 데도 잔상이 두 개, 세 개로 보이는 착각을 일으켰다.

파앗—

급급히 피했지만 발 옆부분이 허리를 스쳤다.

흑수독마는 비명을 삼켰다.

스쳤을 뿐인데 칼날이 베고 지나간 것처럼 통증이 전해지고 실제로도 핏줄기가 터져 나왔다.

그걸 돌볼 여유도 없이 흑수독마는 몸을 틀었다. 어느새 따라붙은 유진룡의 무릎이 복부를 향해 틀어박히고 있었다.

‘살을 주고 뼈를 취한다.’

가장 통속적인 금언이 가장 절실하게 느껴지는 때였다. 복부를 내맡기며 흑수독마는 시커먼 자신의 손가락을 유진룡의 목을 향해 찍어갔다.

갑자기 무릎은 사라지고 팔꿈치가 무시무시한 속도로 선

회하고 들어왔다. 도저히 갈피를 잡을 수 없는 공격이었다.

흑수독마는 유진룡의 목을 찍으려 했던 손을 틀어 팔꿈치의 곡지혈을 잡으려 했다. 그러나 손가락이 뻣뻣하게 변해 구부러지지 않았다.

"크윽!"

흑수독마는 비명을 터뜨렸다.

유진룡의 곡지혈을 잡기 전에 그의 팔꿈치가 흑수독마의 장심을 먼저 건드린 것이다.

손바닥 한가운데에 콩알만 한 구멍이 뚫리고 그곳에서 선혈이 터져 나왔다.

흑수독마는 현실을 인정할 수 없었다.

차돌보다 더 단단하게 단련시킨 흑수에 팔꿈치가 스쳤을 뿐인데 구멍이 나버렸다. 그리고 평생 그 손은 제대로 쓸 수가 없게 되었다.

퍼억—

뒤늦게 아랫배로 유진룡의 무릎이 파고들었다.

흑수독마는 그대로 유명을 달리했다.

"이놈!"

백면귀마가 고함을 지르며 검을 휘둘렀다. 그는 더 이상 백면귀마가 아니었다. 벌겋게 변한 얼굴이 적면귀마라 할 만했다.

그 옆에서 독이비마가 비도를 날려왔다.

유진룡은 백면귀마의 검을 쳐내고 독이비마의 비도를 피하며 끈질기게 기회를 노렸다. 그러나 기회는 오지 않았다. 아직 곰보 딱지 얼굴의 사내가 움직이지 않고 있는 것이다. 유진룡은 한층 더 강한 기세로 독이비마의 전면으로 쇄도해 들었다.

비도는 적당한 거리를 두었을 때 효과적이다. 던질 만한 거리마저 주지 않는다면 비도로써의 효용은 사라진다.

예상대로 독이비마의 표정에 당혹감이 어리며 급급히 뒤로 물러섰다.

"위험해!"

드디어 곰보 얼굴의 철부광마(鐵斧狂魔)가 몸을 움직였다. 유진룡의 공격에 뒷걸음질을 치는 독이비마가 의자에 걸려 넘어지는 것을 경고해 주기 위해서였다. 그로 인해 곡미령의 목을 거머쥐고 있던 손이 조금 떨어졌다.

독이비마를 쫓던 유진룡은 신속히 몸을 틀었다. 그리고는 손바닥을 활짝 펼치며 철부광마를 향해 뻗었다.

우웅—

유진룡의 손바닥에서 무거운 진동음이 흘러나왔다. 그건 마치 허공섭물의 수법을 펼치는 것 같았다. 그러나 결과는 정반대였다.

철부광마의 가슴에서 폭음이 터지며 입을 딱 벌린 그가 뒤로 훌훌 날아갔다. 그리고는 이층 객실 한곳의 문을 부수며 처박혔다.

파앗—

유진룡은 기둥 뒤에 눕혀놓은 오홍영의 어깨를 낚아채며 집어 던졌다.

오홍영의 몸은 한 마리 비둘기라도 된 듯 가볍게 곡미령의 품으로 날아갔다. 그러나 그사이 혈을 제압당한 곡미령은 오홍영을 받아들이지 못했다. 그녀와 함께 이층 복도에 같이 쓰러졌다.

급박하던 상황이 잠시 소강 국면으로 접어들었다.

"장력?"

백면귀마가 어이없는 얼굴로 유진룡의 손을 쳐다보았다.

예정에 없이 곡미령과 합류한 유진룡에 대한 정보를 받고 철저한 준비를 했었다. 그것이 기본이었으니까.

놈은 접근전의 명수였다.

접근전에는 이길 자가 없다고 들었다. 그래서 곡미령 일행을 멀찍이서 잡아놓고 일을 꾸미려 했는데 도로 말려들어 접근전을 치르게 됐다.

그런데…….

삼 장가량의 거리를 격하고 철부광마를 날려 버린 저 장력은?

결코 접근전만의 명수가 아니란 말이다.

놈은 지금까지 본연의 모습을 다 드러내지 않은 것이다. 아울러 두 배는 더 힘들어진 상황이 되었다.

내력이 몇 배는 더 소모되는 격공을 매번 터뜨릴 수는 없겠지만 절체절명의 순간에 이런 식으로 한 번씩 터뜨린다면 상황은 순식간에 역전되는 것이다.

더구나 그 위력은 이제껏 자신이 보아온 어떤 것보다 강맹했다. 저런 것에 암경까지 섞는다면 죽는 줄도 모르고 내부가 터져 죽을 것이다.

그때 객실문을 부수며 객실 안에 처박혔던 철부광마가 모습을 드러냈다. 유진룡의 일장에 낭패를 당한 그는 피를 한 바가지나 쏟으며 비틀거리고 있었다.

"모두 죽인다."

철부광마는 그의 애병인 철부를 높이 쳐들었다. 우선 곡미령 일행부터 찍어버리겠다는 기세였다.

유진룡은 즉시 주먹을 들어 올렸다. 그리고 그 주먹 한 점에 불끈 내력을 쏟아 부었다.

"피해!"

백면귀마가 고함을 지르며 유진룡을 향해 쇄도해 들었다.

유진룡은 다른 한 손을 들어 올렸다.

퍼엉—

손바닥과 주먹에서 동시에 폭음이 터졌다.

달려들던 백면귀마가 미친 듯이 검을 휘둘렀다.

검에서 쇠줄을 튕기는 소리가 울려 나왔다.

다행히 밀려드는 장력을 검으로 모두 흩어낼 수 있었다. 그러나 철부광마는 그러지 못했다.

마치 지풍에 당한 듯 이마에 콩알만 한 구멍이 난 그는 석상처럼 뒤로 무너지고 있었다.

유진룡은 주먹과 함께 펼친 손바닥을 동시에 거두어들였다.

그동안 노숙을 하며 바위와 아름드리 통나무들을 향해 무수히 수련했지만 사람을 상대로는 처음이었다. 물론 석대가문에서 싸울 때 한 놈의 등짝에 권경을 터뜨렸지만 그건 무당의 방식이었지 백호십이수 후반부인 무한십이수의 위력이 아니었다.

무한십이수의 진서에 적힌 대로 운기하여 내뻗은 권경은 훨씬 위력적이었다. 그것을 바위의 한 점에 구멍을 뚫듯이 응용을 하자 더욱 위력적이었다. 삼 장의 공간을 격하고도 철부광마의 머리에 구멍을 뚫어버렸다.

흠이 있다면 접근전에는 직접 타격을 하는 것보다는 비교할 수 없을 정도로 내력 소모가 많다는 것이었다.

어쨌든 곡미령 일행을 놈들 손아귀에서 빼냈다.

그때 비도가 날아왔다.

파앗—

독이비마가 던진 비도가 어깨를 스치고 지나갔다.

한 가닥 선혈이 어깨에서 튀었다.

동굴에서 나온 후 처음으로 흘리는 피였다.

유진룡은 멀뚱히 어깨에서 흐르는 피를 쳐다보았다.

소주의 뒷골목에서 사흘이 멀다 하고 싸울 때 무척이나 많이 흘렸던 피였다. 그러기에 익숙하다 못해 일상이 되었었다. 그런데 독이비마는 마치 승리나 한 듯 의기양양한 표정을 지었다.

파앗—

유진룡은 땅을 박찼다. 동시에 주먹을 내질렀다.

퍼억—

의기양양한 표정을 지우고 깜짝 놀라는 독이비마의 미간에 주먹이 틀어박혔다. 그의 눈이 허옇게 뒤집혔다.

독이비마의 비도에 상처를 입고도 여전히 바람처럼 움직이는 유진룡을 보며 백면귀마가 눈을 크게 떴다.

"해독제를 복용했단 말이냐?"

백면귀마가 혼잣소리처럼 말했다. 그것에 유일한 희망을 걸고 있었는데 그 희망마저 사라졌다.

유진룡은 백면귀마의 의구심 어린 표정의 이유를 알 수 있었다. 독이비마가 날린 비도에 독이 묻어 있었던 것이다.

"정말 비열한 놈들이군."

유진룡은 백면귀마를 향해 몸을 날렸다.

휘이익—

악에 받친 백면귀마의 검이 무겁게 떨어져 내렸다. 그러나 유진룡의 발끝이 한발 앞서 백면귀마의 명치를 찍었다.

백면귀마의 육신이 뒤로 넘어가고 객점 안은 정적에 휩싸였다.

잠시 호흡을 가다듬은 유진룡은 몸을 날려 이층 복도에 올라섰다.

곡미령 일행은 여전히 복도 바닥에 쓰러져 있었다.

철부광마에게 점혈당해 꼼짝할 수 없는 상황이었던 것이다.

유진룡은 먼저 곡미령에게 다가갔다. 누군가 한 사람 혈을 틔워주어야 하는데 곡미령이 더 고수일 것 같으니 조금만 도움을 주면 스스로도 해혈이 가능할 것이다.

유진룡은 우선 곡미령의 턱 아래에 있는 아혈을 두드렸다.

점혈법을 전문적으로 배운 적은 없지만 그 정도는 알고 있는 터였다.

"중부(中府)와 거궐(巨闕)혈에 진기를 한 푼만 흘려보내세요."

곡미령이 힘없이 말했다.

유진룡은 그녀가 이르는 대로 두 곳의 혈에 진기를 주입했다.

곡미령의 몸이 꿈틀하며 손을 움직였다. 그다음부터 그녀는 스스로 몇 군데 혈을 두드려 해혈을 했다. 그리고 제자들의 혈도 풀어주고 혼절한 오홍영의 의식도 일깨웠다.

“소문보다 몇 배는 더 무서운 공자군요.”

겨우 한숨을 돌린 곡미령이 유진룡을 보며 말했다. 첫째 제자 사영화와 둘째 제자 모운정도 감탄보다는 두려움이 감도는 눈으로 유진룡을 쳐다보았다. 그들의 옆에 있는 철부광마의 이마에서는 아직도 핏물이 흐르고 있었다.

“우선은 여길 뜹시다. 놈들의 잔당이 있을지 모르니.”

유진룡은 그녀들이 몸을 추스를 수 있게 되자 얼른 재촉했다.

곡미령이 고개를 끄덕였다. 배를 타고 오면서 느낀 놈들의 수효는 훨씬 더 많았다. 수시로 사람들이 바뀌며 은밀히 미행을 했었다. 그래서 처음에는 도저히 눈치 채지 못한 것이다. 그들이 한꺼번에 몰려올 수 있었다.

“그런데 어디로 가지요?”

첫째 제자 사영화가 아직도 두려움 떨쳐 내지 못한 표정을 하며 물었다.

유진룡은 잠시 생각에 잠겼다. 그리고 어느 한곳을 떠올렸다. 지금으로서는 그곳밖에 없었다.

# 第五十二章
## 암중모색(暗中摸索)

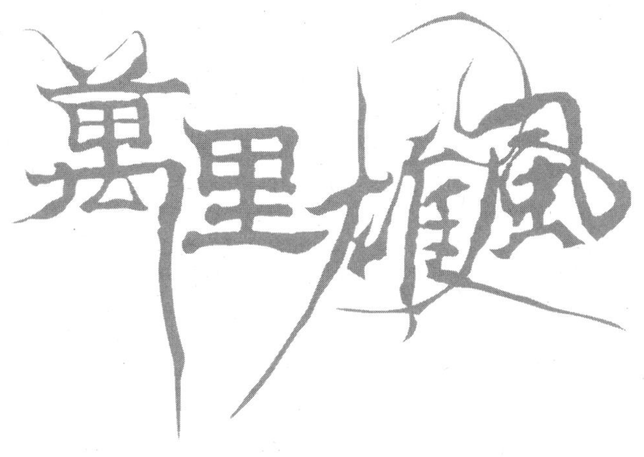

"**몰**살당했다고, 귀곡오마가?"

강퍅한 얼굴의 중년인이 미간을 찌푸리며 말했다. 경장 차림의 사내는 말없이 고개만 끄덕였다.

"독을 사용하지 않았단 말인가?"

강퍅한 중년인이 말했다. 여전히 경장 차림의 사내는 대답을 하지 못했다. 그들이 모두 죽어버렸으니 알 길이 없는 것이다.

"무공으로는 조금 부족한 면이 있겠지만 그들 다섯은 온갖 술수와 암기, 독을 사용하는 능력 등은 어떤 고수도 상대하기가 쉽지 않다. 그래서 애송이 놈에게는 제격이라 생각했는데 아무런 타격도 주지 못하고 당했단 것은 뜻밖이군.”

“애송이라고 너무 얕본 것 같습니다.”

경장 차림의 사내가 마지못해 입을 열었다.

“그놈에 대한 평가를 수정해야겠군.”

강퍅한 얼굴의 중년인이 입맛을 다셨다.

“그들의 행적은?”

“객점을 벗어나 저잣거리로 향했다는 보고를 받았습니다.”

“저잣거리?”

중년인의 눈매가 가늘어졌다. 갈피를 잡을 수 없었기 때문이다.

“인간들의 숲 속에 숨겠다, 그 말인가? 재미있어. 아주 재미있는 놈이야. 후후! 더 볼 것 없다. 위험부담이 있지만 전원을 투입해라. 이젠 곡미령보다 그놈이 우선이다.”

*　　　*　　　*

“더 볼일이 남았었던가요?”

곡미령 일행과 다시 나타난 유진룡을 보며 영화전장 지부의 부주는 약간 의아한 표정을 했다.

청부의 성사 여부를 확인한 후 떠나는 유진룡의 모습에서 더 이상의 용무는 없을 줄 알았는데 채 두 시진도 되기 전에 다시 나타난 것은 이해할 수가 없었던 것이다.

"새로운 청부를 하나 해야겠습니다."

유진룡은 고개를 끄덕이며 답했다.

"그렇군요."

부주도 고개를 끄덕였다. 그리고는 장부를 가져오기 위해 안으로 들어갔다.

벽에 있는 줄을 당기자 즉시 벽에서 작은 구멍이 열렸다. 그리고 그곳에서 작은 장부가 나왔다.

무석에서와 똑같은 방식이었다.

"여긴 어딘가요?"

오홍영이 불안한 모습을 하며 낮게 질문했다.

귀곡오마의 습격을 받은 후 어디 어마어마한 문파에라도 가서 몸을 숨길 줄 알았는데 저잣거리 구석의 허름한 전장으로 데려온 것이 도저히 미덥지 않은 것이었다.

"믿을 만한 곳입니다."

유진룡은 안심을 시켰다.

"청부의 조건을 말해보시오."

붓을 든 부주가 장부를 펼치며 말했다.

유진룡은 부주를 향해 청부의 내용을 세세하게 설명했다. 설명하는 도중 부주의 입가에는 미소가 점점 짙게 어렸고 곡미령을 비롯한 네 명의 여인은 점점 더 불안해하는 표정을 지었다.

“반 시진 안에 가능하겠소?”

자신의 요구 조건을 다 밝힌 유진룡은 가능성을 타진했다.

“반 시진으로는 힘들고 한 시진은 되어야 가능할 것 같소. 그리고 이런 정도의 청부라면 금액도 비쌀 수밖에 없소.”

“한 시진이면 위험할 수도 있는데…….”

“쫓기고 있소?”

부주는 곡미령 일행의 몰골을 흘깃 쳐다보며 물었다.

“그런 셈이오.”

유진룡은 고개를 끄덕였다.

“그건 걱정 마시오. 여긴 비밀 공간이 있으니 원한다면 그때까지 안전하게 은신할 수가 있소.”

부주는 자신감 어린 미소를 지었다.

유진룡은 안도의 한숨을 내쉬었다.

오기 전에 어쩐지 그럴 능력이 있는 곳이라 생각했는데 예상이 들어맞았다. 은신처가 있다면 그동안 놈들이 쳐들어온다고 해도 괜찮을 것이다.

“그럼 됐소. 청부 금액은 얼마나 되오?”

“청부 금액은 은자 천 냥이오.”

벽 사이의 구멍에서 나온 장부를 받은 부주가 답했다.

“세상에!”

오홍영이 두 눈을 크게 뜨며 소리를 질렀다. 이윤 추구를 위해 의술을 펼치지 않는 그들로서는 은자 일천 냥이면 어마

어마한 돈이었다. 그 돈이면 가난한 사람들에게 얼마만한 혜택을 줄 수 있을지 쉽게 계산이 되지 않았다.

"좋소!"

유진룡이 짧게 답하자 이번에는 모운정과 사영화도 두 눈을 왕방울만 하게 떴다.

자신들로서는 평생 구경도 못할 금액을 떠돌이 무사 같은 유진룡이 소지하고 있다는 사실이 믿기지 않은 것이다.

"여기 있소."

유진룡이 품에서 은자 천 냥짜리 전표를 선뜻 꺼내 부주에게 건네자 곡미령의 눈도 왕방울만 해졌다.

"그럼 이쪽으로 오셔서 그때까지 차나 한잔 마시고 기다리시지요. 이제부터 이곳은 일만 대군이 온다고 해도 뚫을 수 없을 것이오."

부주가 어느 한 실내로 유진룡과 곡미령 일행을 안내한 후 줄을 잡아당기자 기관음과 함께 실내 전체가 천천히 아래로 내려가기 시작했다.

"세상에!"

오홍영의 입에서 다시 한 번 감탄사가 터졌다.

"목을 축이시오. 청부 금액이 크기에 차 역시 최고급의 용정차와 철관음을 가져왔소."

기관음이 멈추자 부주는 다섯 잔의 차를 내왔다. 온 실내에 은은하게 풍겨 나오는 다향이 부주의 말을 증명해 주었다.

"대체 이곳은 무얼 하는 곳인가요?"

사영화도 이곳이 단순한 전장 같지는 않다는 생각이 들었는지 유진룡을 향해 질문을 던졌다.

"나도 오늘이 세 번째 거래인지라 정확히는 모르겠소. 아마도 무언가 큰 꿈을 꾸고 있는 사람들이 아닌가 짐작할 뿐이오."

"큰 꿈?"

사영화가 다시 주변을 둘러보았다.

"이젠 어쩔 생각인가요. 평생 여기서 지낼 수는 없을 텐데……?"

봉황신녀 곡미령이 걱정스런 표정과 함께 질문했다. 그녀의 처음 의도는 한적한 곳으로 유인을 하여 미행자들을 잡을 생각이었는데 미행자들은 자신들의 예상을 훨씬 뛰어넘는 자들이었다. 그래서 도리어 그들 손에 속절없이 잡혔다. 그런 놈들이 더 있다면 의선문으로 가는 것은 요원할 것이다.

"제게 몇 가지 생각이 있는데 신녀님의 도움이 필요합니다. 우선 몇 가지 가르침을 주십시오."

"무슨 가르침을 말하는 것인가요?"

곡미령이 의아한 표정으로 유진룡을 쳐다보았다.

"혹시 의술 중에 아주 잠시라도 사람의 의식을 흐리게 하여 비밀을 토설하게 하는 법이 있습니까? 아니면 그런 약이라도?"

"그건 왜?"

"꼭 필요해서 그럽니다. 절대로 나쁜 곳에 이용하려는 것은 아닙니다. 저나 신녀님의 안전에도 관계되는 일입니다."

유진룡이 정색을 하며 말했다.

"있긴 해요. 하지만 공력이 높은 고수에겐 안 먹혀들어요."

곡미령이 자신없는 투로 말했다.

"반쯤 혼을 빼놓은 후에 하면 효력을 발휘하지 않을까요?"

"그게… 글쎄요… 그럴지도……."

곡미령의 눈에 혼란함이 가득했다.

'아니면 반쯤 죽여 놓은 후에…….'

유진룡은 입 안으로 중얼거렸다.


약 한 시진 후 유진룡은 네 명의 여인과 함께 뒷문을 통해 영화전장을 빠져나왔다. 다행히 그동안 어떤 다른 습격은 없었다.

영화전장을 빠져나온 유진룡은 신속하게 마차에 올랐고 네 명의 여인도 빠르게 뒤를 따랐다. 그 뒤 영화전장 정문에는 휴업이라는 팻말이 내걸렸다.

"아무도 안 따라와요."

약 일각 후 모운정이 말했다.

유진룡은 묵묵히 고개를 끄덕인 후 뒤를 주시했다. 뒤에는 흙먼지만이 일고 있었다.

"좀 더 빨리 달립시다."

유진룡이 재촉하자 마부가 고삐를 세차게 흔들었고 마차는 한층 더 빨리 질주했다.

약 반 시진 후 마차는 성시를 벗어나 산 아래쪽의 관도에서 멈추어 섰다.

유진룡과 곡미령 일행은 즉시 마차에서 내려 산길로 스며들었고 마부만 태운 마차는 왔던 길로 되돌아갔다.

"수고했소."

산속에서 한참 동안 경공을 펼친 유진룡이 신형을 멈추며 말했다.

뒤를 따라 경공을 펼쳤던 네 명의 여인은 이마에 흐른 땀을 닦았다.

땀을 닦는 그녀들의 손등으로 급히 처리한 역용의 흔적이 같이 닦여 나왔다. 그녀들은 곡미령 일행이 아니었다. 유진룡의 청부에 의해 영화전장 지부에서 급히 투입한 여인들이었다.

땀을 닦은 그녀들의 표정이 서서히 굳어졌다.

마차를 타고 올 때는 느껴지지 않던 미행의 낌새가 숲 속으로 접어들자 하나둘 느껴지기 시작한 것이다. 그리고 그 수는 급격히 늘어났다.

"이젠 어떡할 셈이죠?"

곡미령의 모습으로 변장한 여인이 물었다. 그녀의 목소리는 외모와 달리 젊은 여인의 것이었다.

"이젠 역용을 지우고 있던 곳으로 가보시오. 놈들도 속았다는 것을 알면 당신들을 쫓지는 않을 것이오."

유진룡은 천천히 등을 돌렸다.

"안 도와주어도 괜찮겠어요?"

사영화로 변장한 여인이 담담한 표정으로 유진룡을 쳐다보았다. 저 아래쪽에서 다가오는 인영들의 숫자가 너무 많았다.

"당신들 상대가 아니오."

유진룡은 돌아보지도 않고 말했다. 그의 눈에서 맹수의 그것 같은 광채가 쏟아지고 있었다.

"그런가요?"

사영화로 변장한 여인이 여전히 담담하게 말했다.

"어서 가요! 우리 할 일은 다했잖아요."

한 여인이 다급하게 소리를 질렀다. 점점 다가오는 자들의 은밀한 움직임이 심상치가 않아 보였다.

"먼저 가! 짐만 되지 말고."

사영화로 역용한 여인이 짤막하게 답했다. 그녀는 남을 생각인 모양이었다.

"당신도 어서 가시오!"

유진룡이 고함을 질렀다. 그러나 여인은 움직이지 않고 동료들에게 도리어 고함을 질렀다.

"어서 가! 이건 명령이다!"

여인의 고함에 움찔하던 다른 여인들이 마침내 고개를 끄덕이고는 몸을 날렸다. 그리곤 그녀들이 떠난 후 여인은 검을 빼 들었다.

'관을 봐야 눈물을 흘릴 여인이군!'

유진룡은 고개를 저었다. 그리고 먼저 떠난 여인들 쪽을 쳐다보았다. 다행히 그쪽은 추적자들의 기미가 느껴지지 않았다.

"아직도 늦지 않았소. 어서 가시오."

다시 한 번 채근했지만 여인은 미동도 않고 호흡을 고르고 있었다.

파앗—

유진룡의 신형이 흐릿하게 사라졌다가 여인 앞에서 나타났다. 그리고는 여인의 손목혈 한곳을 찍으며 그녀의 검을 빼앗아갔다. 그 순간 그녀의 신형도 유진룡처럼 흐릿하게 흔들렸다.

'고수?'

유진룡은 우뚝 그 자리에 서며 그녀를 쳐다보았다. 뜻밖에도 그녀는 고수였다. 악착같이 잡으려면 못 잡을 것도 없겠지만 이 정도면 그럭저럭 안심이 되었다.

"백지장도 맞들면 낫겠죠?"

두어 걸음 옆에서 여인이 옅은 미소를 지었다.

“정체가 뭐요?”

“피차 그건 알 필요없잖아요. 분명한 건 우린 언제나 돈값을 하는 사람들이라는 거예요. 은자 천 냥이면 고래 등 같은 집이 한 채예요.”

여인이 답했다. 유진룡은 잠시 말을 멈추었다. 이런 여인 정도라면 자기 몫은 할 것 같았다.

“대신 다쳐도 책임은 묻지 마시오.”

유진룡이 슬쩍 으름장을 놓았다.

“최선을 다해보죠. 그리고 죽을지도 모르니 이름 정도는 알아야겠죠. 난 정소채(鄭素彩)예요.”

포위망이 좀 더 좁혀오자 감히 경시하지 못한 듯 여인이 검을 고쳐 잡았다.

“약은 놈!”

한 노인이 모습을 드러내며 차갑게 말했다. 이젠 자신들이 속았다는 것을 알았는지 정소채를 쳐다보는 노인의 볼살이 씰룩거리고 있었다. 노인의 뒤로 여러 명의 사내들이 포위망을 좁혀왔다.

“거북스럽군요.”

정소채는 노인의 약을 올리기라도 하듯 소매로 역용을 지웠다. 그리고 본 모습을 드러냈다.

오똑한 콧날에 시원한 이마, 그리고 큰 두 눈과 그린 듯한 입매는 뭇 사내들의 시선을 붙잡기에 충분했다.

그녀의 미모에 노인도 잠시 시선을 모았다가 다시 유진룡을 쳐다보았다.

유진룡은 미동도 않고 노인을 쳐다보았다.

이들의 움직임이 너무 신속하고 빠르다는 생각이 들었다.

귀곡오마라는 자들만 하더라도 자신이 이곳에 나타난 다음날 객점으로 나타나 곡미령 일행을 인질로 잡고 싸움을 벌였다. 그리고 뒤이어 반나절만에 또 나타난 이들…….

실로 신속하고 방대한 조직을 가지지 않고서야 이런 움직임이 불가능했다.

흑사련의 세력, 아니, 도천극의 숨은 세력이 예상보다 더 크다는 말이었다. 그것은 앞으로의 행보가 그만큼 어렵다는 뜻이기도 했다.

'그들은 무사할까?'

주애청과 철사홍의 안위가 절로 걱정됐다. 이만한 조직을 움직이는 자들이라면 그들이 예측 불가능한 행보를 보인다고 하더라도 안전하다는 보장이 없을 것 같았다. 그런 생각을 하자 절로 마음이 급해졌다.

"네놈이 귀곡오마를 죽인 놈이냐?"

노인이 탁한 음성으로 유진룡의 상념을 끊었다.

유진룡은 천천히 고개를 끄덕였다. 그리고 긴장의 끈을 조였다. 그것을 익히 알고 왔다면 그만한 준비를 했을 것이고 그만큼 위험하다는 말이었다. 실제로도 포위망을 형성한 사람들에게서 조여오는 압박감이 이제껏 어떤 순간보다 더 경각심을 느끼게 했다. 정소채도 그걸 느꼈는지 연신 호흡을 낮게 가라앉히려 애를 쓰고 있었다.

"어린놈이 단신으로 그들을 처치하다니 믿을 수가 없군."

이번에는 뒤쪽에 있는 중년인이 혼잣소리처럼 중얼거리며 앞으로 나왔다.

유진룡은 온 신경을 노인 뒤쪽에 있는 중년인에게 집중했다. 그가 이곳에서 제일 고수라는 것이 본능적으로 느껴졌다.

노인의 뒤에 있을 때는 빈 허공처럼 아무런 느낌을 받지 못했는데 몸을 조금 움직이며 앞으로 나오자 허공 속에서 갑자기 철문이 내려 닫히는 느낌이 들었다.

중년인이 앞으로 나오자 예상대로 노인이 미미하게 고개를 숙였다. 자세히 보지 않으면 못 느낄 정도였지만 노인은 은연중에 중년인을 수행하는 자세를 취하고 있었다.

"사문이 어딘지 물어봐도 되겠나?"

중년인이 담담하게 말했다.

가지런하게 정리한 수염과 뒤로 넘긴 채 영웅건을 쓴 머리는 흡사 무당이나 화산의 도인을 연상케 했다. 관을 썼다면 조금도 손색이 없어 보였다.

"밝힐 수가 없소."

유진룡은 천천히 고개를 흔들었다.

"아쉽군 그래!"

중년인이 가볍게 입맛을 다시며 고개를 끄덕였다.

"이름 정도는 가르쳐 줄 수 있겠지?"

중년인은 여전히 미련이 남는다는 투로 물었다.

"그것 역시!"

유진룡은 짤막하게 말했다.

중년인이 고개를 끄덕였다.

"난 염량이라 하네."

중년인은 묻지도 않은 자신의 이름을 가르쳐 주었다. 유진룡으로서는 당연히 처음 듣는 이름이었다. 그러나 정소채는 그게 아닌 모양이었다.

"혈마선(血魔扇)!"

정소채는 조금 더 탈색된 표정으로 중얼거렸다.

"아는 사람이오?"

유진룡이 낮게 물었다.

"혈마선 염량은 사파의 절정고수예요. 그리고 그의 혈마선은 독이 묻어 있어요."

정소채가 신음처럼 말했다.

'혈마선?'

유진룡은 속으로 되뇌었다.

'대체 도천극의 숨은 세력은 얼마나 되는 걸까?'

유진룡은 긴장 속에서도 그런 생각을 해보았다.

사부는 오패의 위치에 있는 도천극의 마수에서 딸 주애청을 구하기 위해 자신을 탄생시켰다. 그리고 그의 뒤에 숨겨진 세력만 아니라면 도천극 정도는 막을 수 있다고 하셨다. 그러나 그의 뒤에 숨겨진 세력들은 사부의 예상보다 더 큰 것 같았다. 바로 그들이 지금 자신을 포위하고 있었다.

유진룡은 노인과 중년인 뒤에서 있는 자들에게로 시선을 던졌다.

"네놈을 찾기 위해서 꽤나 애를 먹었지. 우선 거치적거리는 것부터 치워야지."

노인이 뒤를 돌아보며 손짓을 했다.

그 손짓과 함께 포위망을 형성하고 있던 사내들이 신속히 움직였다. 자연 중년인과 노인은 뒤로 빠졌다.

"조심하시오!"

유진룡은 정소채를 향해 주위를 환기시켰다. 긴장으로 굳은 표정을 한 정소채가 고개만 끄덕였다. 돈값을 하기에는 상대가 너무 강하다는 생각이 든 것이다.

파앗—

아무런 예고도 없이 한 명의 사내가 측면에서 날아들었다.

정소채가 일갈과 함께 검을 뿌렸다. 그러나 사내는 기괴한 신법으로 신형을 움직이며 정소채의 가슴으로 검을 찔러왔다.

휘익—

정소채의 신형도 흐릿하게 움직이며 사내의 검을 피했다.

사내가 두 눈을 크게 떴다. 나이답지 않게 고강한 정소채의 무공이 의외였던 것이다.

휘익—

또 한 명의 사내가 정소채의 허리를 향해 도를 휘두르며 쇄도해 들었다.

그때 유진룡이 움직였다. 움직임과 동시에 먼저 검을 휘둘렀던 사내의 미간으로 주먹을 찔러 넣었다.

순식간에 공간을 격한 유진룡의 움직임에 사내가 대경한 모습으로 상체를 틀었다.

파앗—

번개처럼 주먹을 거두어들인 유진룡이 오른발을 차올렸다. 사내가 이번에는 허리를 틀며 뒤로 물러났다. 그러자 거두어들이는가 싶던 주먹이 포탄처럼 튀어나오며 사내의 가슴을 두드렸다.

퍼억—

가죽 북이 터지는 소리가 들리며 제일 먼저 정소채를 공격했던 사내가 폭포수처럼 피를 토하며 날아갔다.

"하앗—"

다시 한 사내가 유진룡에게로 쇄도했다. 그의 양손에는 두 자루의 단창이 들려 있었다.

휘리릭—

단창이 어지럽게 회전했다.

회전하는 단창이 쭈욱 늘어나며 유진룡의 목을 찔러왔다. 순식간에 길이를 늘일 수 있는 여의창이었다.

유진룡은 슬쩍 고개를 숙이며 그 상태로 팽이처럼 신형을 회전시켰다. 장창으로 변한 여의창은 회전하는 유진룡의 몸에서 튕겨나며 위로 솟구쳤다. 그 사이로 유진룡의 발이 번개처럼 튀어나오며 사내의 복부로 꽂혀 들었다.

쌔애액—

사내가 나머지 한 개의 단창으로 유진룡의 발목을 찍어갔다.

그러나 발목은 이미 그곳에 없었다. 사내는 뒤늦게 경각심을 느꼈지만 너무 늦었다.

중간에서 뚝 꺾인 유진룡의 무릎이 사내의 명치에 틀어박혔다. 무한십이수의 진본에 적힌 변초와 허초의 공격은 훨씬 정교하고 날카로웠다. 사내는 그대로 뒤로 넘어갔다.

"하앗—"

정소채의 검이 한 사내의 어깨를 베며 선혈을 튀겼다. 대신 다른 사내에게 그녀의 어깨도 노출되었다. 사내가 세차게 검을 뿌렸다.

팟—

유진룡의 주먹이 그 사내의 인중을 스쳐 가며 또 다른 사내에게로 선풍각이 뿌려졌다.

동시에 두 사내가 선혈을 토하며 무너졌다.

'재미있군!'

입가에 흐릿한 미소를 머금은 염량이 천천히 고개를 끄덕였다.

귀곡오마가 당하고 혈우마령대가 몰살당한 것은 결코 우연이 아니었다. 그리고 지금 유진룡의 움직임은 절대 정상이 아니었다. 혼신의 힘을 다해 싸우는 것 같았지만 실은 자신의 실력을 철저히 감추고 있는 움직임이었다. 제대로 실력을 발휘한다면 배는 더 무서울 것이다. 아마도 그 실력은 자신과 염천검(炎天劍) 노인을 상대하기 위해 숨겨두고 있는 것이라 짐작되었다.

혈마선 염량은 더욱 짙은 미소를 피워 올리며 유진룡을 주시했다. 너무 젊어서 애송이라 생각했는데 오랜만에 피를 끓게 하는 상대를 만났다는 생각이 들었다. 비록 어쩔 수 없이 명령에 복종하고 투입되긴 했지만 이런 순간은 언제나 재미있었다.

'조금만 더 지켜보지.'

그러면서도 염량은 품속으로 손을 넣어 자신의 애병인 혈마선을 꺼내 들었다.

혈마선은 이름 그대로 운남에서 자생하는 핏빛 대나무 혈죽으로 만들어진 부채였다.

마치 사람이나 짐승의 피를 빨아먹고 자란 것 같은 혈죽은

그 단단함이 쇠와 같았지만 무게는 보통 대나무처럼 가벼웠
다. 그리고 그 혈죽은 피를 먹을수록 더 단단해졌다. 또한 혈
죽의 단면에는 치명적인 독이 스며 있어 함부로 자를 수 없었
다.

"그만!"

뒤에 지켜보던 노인 구지염천검(九指炎天劍) 냉막기(冷莫
氣)가 고함을 질렀다.

시간이 갈수록 부하들이 추풍낙엽처럼 쓰러지고 있었다.
더 두고 보며 빈틈이 생기기를 기다리다가는 유진룡에게 일
말의 타격도 주지 못하고 모두 잃어버릴 것 같았다.

냉막기의 고함에 그의 부하들이 뒤로 물러났다.

"잘도 실력을 속이고 있구나, 이놈!"

"그래도 충분했기에……."

유진룡은 슬쩍 미소를 지었다.

"얼마나 그 주둥이를 더 놀릴 수 있는지 보겠다."

냉막기의 표정이 야차같이 변했다. 그와 함께 그의 검이 서
서히 붉은색을 띠었다.

구지염천검이란 별호답게 그의 검은 붉게 달아오르고 있
었다.

냉막기의 염천검이 쭈욱 늘어나는가 싶더니 태산압정의
수법으로 떨어져 내렸다. 떨어지는 그의 검에서 뜨거운 열기
가 느껴지며 유진룡의 머리카락을 태울 듯이 덮쳐들었다.

검보다 한발 먼저 덮쳐드는 염기는 상대하는 사람으로 하여금 운신의 폭을 좁게 만들었다.

휘익—

유진룡은 만리추영보의 보법을 밟으면 훌쩍 뒤로 물러났다. 싸우기도 전에 머리카락부터 태우고 싶지는 않았다. 그리고 이젠 죽기 살기로 접근전만 고집할 필요도 없었다.

휘이잉—

뒤로 물러나자 한층 더 맹렬한 열기가 몰려들었다. 그 속으로 날카로운 기운 한 가닥이 쏘아져 나왔다.

염천검의 위험성은 바로 이것이었다. 뜨거운 염기로 인해 주의력이 흩어지는 사이 염기 뒤에 숨은 날카로운 기운 한 가닥이 순식간에 찔러오는 것이다.

유진룡은 즉시 주먹을 들어 올려 흔들었다. 주먹 끝에서 무거운 경력이 진동음을 토해냈다. 허공에서 퍼엉! 하는 폭음이 일며 염천검의 검기가 산산이 흩어졌다.

"제법!"

냉막기는 한층 더 강한 염기를 검에 불어넣으며 유진룡을 향해 쇄도해 들었다. 그의 검에서 이는 염기가 이젠 아지랑이처럼 공간을 일그러뜨려 검의 움직임을 제대로 쳐다보기 힘들게 만들었다.

유진룡은 손바닥을 활짝 폈다.

무한십이수의 장력이 무거운 폭음과 함께 냉막기를 향해

쏟아졌다. 아지랑이 같은 염기가 흩어지며 그 속으로 유진룡의 장력이 밀려들었다.

냉막기는 어지럽게 검을 흔들며 유진룡의 장력을 허공에 흩었다.

파앗―

유진룡은 발끝으로 땅을 찍었다.

그의 신형이 잠시 흔들리는가 싶더니 순식간에 냉막기의 전면으로 다가들었다. 냉막기가 대경한 표정으로 검을 내려쳤다. 그러나 유진룡의 주먹이 한발 앞서 냉막기의 가슴으로 파고들었다.

유진룡의 주먹이 냉막기의 가슴을 두드리려는 찰나 등 뒤로 날카로운 기운이 밀려왔다. 그것은 혈마선 염량이 뿌린 기운이었다. 유진룡은 즉시 상체를 틀어 염량이 뿌린 경력을 피하며 계속 주먹을 뻗었다.

퍼억―

냉막기의 어깨에서 파열음이 터졌다.

"크윽!"

염량의 기세로 인해 심장이 터지는 상황은 모면했지만 대신 어깨뼈가 왕창 무너진 냉막기는 비명과 함께 뒤로 나자빠졌다. 냉막기는 기를 쓰고 일어나려 했다.

"그대로 있는 것이 좋아! 아울러 부하들도."

냉막기의 목으로 정소채가 검을 들이대며 그와 그 부하들의 움직임을 제지했다. 유진룡이 염량과 아무 신경 쓰지 않고 싸우게 하려는 의도였다.

"이젠 나하고 어울려 보세."

염량이 핏빛 부채를 활짝 펼쳤다. 그의 부채에서 물씬 피 냄새가 풍겨 나왔다. 피 냄새와 함께 혈죽 특유의 냄새도 풍겨왔다. 그것은 혈죽이 내포하고 있는 치명적인 독의 냄새였다.

# 第五十三章
## 정보(情報)

萬里雄風

**좌**르르—

활짝 펼쳤던 부채를 접은 염량은 그것을 한 자루의 비도처럼 휘두르며 유진룡을 향해 덮쳐 왔다. 부채 끝에서 핏빛 강기가 뻗어왔다.

퍼엉—

유진룡의 주먹에서 권경이 뻗어 나와 혈마선의 핏빛 경력에 마주쳐 갔다.

좌르르—

혈마선이 다시 활짝 펼쳐졌다. 두 개의 경력이 부딪치며 사방으로 자욱한 흙먼지가 솟구쳤다. 그 사이로 펼쳐진 혈마선의 부챗살 하나가 화살처럼 유진룡의 가슴 대혈을 노리고 들었다.

유진룡이 급히 신형을 틀었다.

파츠츠츠—

혈마선의 부챗살들이 다시 뻗어 나왔다. 여덟 개의 방위를 교묘히 점하며 유진룡의 움직임을 봉쇄하고 다른 몇 개는 가슴 부위의 사혈들을 노리고 날아들었다.

유진룡은 신속히 만리추영보를 펼쳤다. 동시에 유진룡의 신형이 어지럽게 흔들리는가 싶더니 어느새 흐릿해졌다. 그 움직임은 동굴 속에서 열두 개의 돌기둥 사이를 휘돌아가던 움직임과 비슷했지만 그 각각의 동작 속에는 또 다른 변화가 내재되어 마치 수십 개의 아지랑이가 동시에 피어오르는 느낌이 들었다.

"이럴 수가?"

혈마선 염량이 자신도 모르게 신음을 터뜨렸다.

열 개의 부챗살이 단 한 개도 유진룡의 몸을 건드리지 못했다. 한두 개는 적중되든지 하다 못해 쳐내기라도 해야 하는데 모두 피해 버린 것이다. 흡사 환술이 아닌가 싶은 움직임이었다.

파아앙—

입술을 질끈 깨문 염량은 모든 내력을 끌어올리며 혈마선을 발작적으로 흔들었다. 최후의 초식인 혈선파천(血扇破天)

의 수법이었다.

부채에서 붉은 경력이 세차게 뻗어 나왔다. 그 경력 속에는 혈죽의 독이 모조리 스며 있었다.

유진룡은 손바닥을 활짝 펼쳐 어지럽게 흔들었다. 고막을 찢을 듯한 파공음이 터지며 붉은 기류가 허공으로 치솟았다. 그 사이로 유진룡의 신형이 쏘아져 들었다.

피피피핑—

그 순간 남은 부챗살이 모조리 쏘아져 나왔다.

피하기엔 너무 가까운 거리였다. 유진룡은 수많은 잔영을 남기며 양손을 흔들었다. 그 손에 걸린 혈마선의 부챗살이 모조리 허공으로 튕겨 올랐다.

"끝났다!"

염량이 고함을 지르며 유진룡에게로 쇄도해 들었다.

혈마선에 신체가 스친 이상 그 독성에 의해 행동이 굼떠지고 치명적인 결과를 맞이할 수밖에 없었다.

그런데?

염량의 눈이 크게 뜨여졌다. 굼떠질 것이라 생각한 유진룡의 신형이 더 빠른 움직임을 보이며 염량을 덮쳐 왔다. 그건 이제까지 어떤 움직임보다 빠르고 예측 불가능했다.

염량은 급히 부채를 흔들었다.

퍼억—

허공에 한줄기 선혈이 솟구쳤다.

"크윽!"

염량이 주르르 뒤로 밀려났다. 그의 손에 들려 있던 부채는 속절없이 바닥에 떨어져 있었다.

정소채와 냉막기는 눈을 크게 뜨며 두 사람을 쳐다보았다.

혈마선에 신체를 접촉하고도 멀쩡히 서 있는 사람이 있다는 얘기를 들어본 적도 없었다. 그런데 유진룡의 방금 움직임은 이제까지와는 또 달랐다. 한층 더 정교했고 한층 더 거세었다.

"네놈은 어떻게……?"

염량은 유진룡의 손과 발을 쳐다보며 쥐어짜듯 말했다. 그곳에는 부챗살이 스친 붉은 자국이 선명하게 드러나 있었다.

"내 몸속엔 더 강한 독이 들어 있는 모양이오."

"이런 개 같은……."

염량은 더 이상 말을 이어가지 못하고 그 자리에 무너졌다. 뒤이어 그의 코와 입에서 더 많은 선혈이 흘러나왔다.

유진룡은 영화전장에서 곡미령에게 배운 대로 염량의 가슴 혈 한군데를 찍고는 냉막기에게로 다가갔다.

"이, 이놈!"

냉막기가 다가오는 유진룡을 보며 몸을 일으키려 했다. 그러나 목에 닿아 있는 정소채의 검이 그 의도를 사전에 꺾어놓았다. 그녀는 냉막기의 목에 한 치도 떨어지지 않고 검을 갖다댄 채 줄곧 그와 그 부하들의 움직임을 봉쇄하고 있었다.

유진룡은 아직도 포위망을 형성하고 있는 냉막기의 부하들을 쳐다보았다. 그들은 어찌할 바를 모른 채 우왕좌왕하고 있었다. 처한 상황은 유진룡과 정소채 주위를 빙 둘러 포위하고 있는 형국이었으나 염량은 쓰러져 생사를 분간할 수 없는 지경이고 냉막기는 어깨가 부러진 채 인질이 되어 있었다. 그런 상태이니 자신들이 포위된 것인지 포위를 한 것인지 구별이 가지 않았다.

"일각 이내에 이곳에서 사라진다면 그건 상관하지 않겠소."

유진룡이 아직도 주변을 포위한 사내들을 둘러보며 말했다. 머리 두 명만 있으면 목적은 달성되었다. 꼬리들은 아무 필요가 없었다.

콰앙—

유진룡이 주먹을 뻗자 옆에 있던 커다란 바위가 몇 조각으로 갈라져 내렸다. 유진룡은 그중 하나를 한 손으로 번쩍 들어 올렸다. 그리고는 사내들을 향해 던졌다.

어른의 몸무게 몇 배는 될 듯한 바위가 공깃돌처럼 가볍게 날아오자 사방을 포위한 사내들이 기겁을 하며 뒤로 물러섰다.

다시 한 개의 바위가 더 날아오자 사내들은 산 아래로 달려 내려갔다.

"도움을 주려 남아 있었는데 자칫했으면 방해만 될 뻔했군요."

정소채가 몇 조각으로 갈라진 채 남아 있는 바위를 보며 말했다. 그것들은 던진 조각보다 좀 작았지만 자신으로서는 들어 올릴 엄두도 못 낼 만큼 무거워 보였다.

"아니오, 소저가 시기적절하게 이자를 제압하고 봉쇄해 주었기에 마음 놓고 싸울 수가 있었소."

유진룡은 고개를 저으며 답한 후 한 개의 바위를 더 들어 올렸다.

"그건 왜?"

정소채는 주변을 두리번거렸다. 염량과 냉막기의 부하들은 이제 한 명도 보이지 않았기 때문이다.

유진룡은 바위를 들고 와 누워 있는 냉막기의 가슴 위에 올렸다.

"어헉!"

냉막기가 단말마를 토했다. 어깨가 부서져 제대로 운기를 하지 못한 상태에서 가슴 위에 올려진 바위는 폐부를 짓눌러 압사의 공포를 전해주었다.

"봉황신녀를 미행한 이유는?"

유진룡은 단도직입적으로 질문을 던졌다. 염량 같은 자는 죽어도 발설하지 않겠지만 이자는 달랐다. 눈동자엔 삶에 대한 강한 욕구가 어려 있었다. 이런 자는 죽음의 공포 앞에서 끝까지 비밀을 지키지 못한다.

"콜록!"

냉막기가 기침을 했다. 그러자 더 무거운 하중이 가슴을 짓눌러 왔다.

"이유는?"

유진룡은 한 번 더 물었다. 그러나 냉막기는 심하게 인상을 쓸 뿐 대답하지 않았다.

유진룡은 즉시 한 개의 바위를 더 들고 왔다. 그리고 냉막기의 가슴 위에 올려진 바위에 포겠다.

"크으— 쿨럭!"

냉막기는 이젠 제대로 신음도 토하지 못하고 숨을 헐떡거렸다. 폐부를 압박하는 죽음의 공포가 너무 강하게 짓눌러 와서 대답을 하고 싶어도 할 수 없는 지경이었다.

"이유는?"

유진룡이 다시 물었다. 그러나 냉막기는 입을 열지 못했다. 입을 열면 당장 갈비뼈가 내려앉을 것 같았다.

"대답을 하겠다면 손을 흔드시오."

유진룡의 말이 떨어짐과 동시에 냉막기는 손을 급급히 흔들었다.

바위 하나가 치워지고 냉막기는 죽음의 공포에서 벗어났다. 그러나 여전히 한 개는 올려져 있는 상태였다. 또한 덜어 낸 한 개는 멀리 있는 것이 아니라 유진룡의 손에 떠받쳐진 채 가슴 위의 바위에서 얼마 떨어지지 않은 허공에 있었다.

유진룡이 손을 빼거나 팔에 힘이 빠져 놓치게 된다면 바위는 다시 가슴을 짓누를 것이었다.

"팔이 아프군!"

유진룡은 바위를 든 손을 흔들었다. 그것은 본 냉막기의 얼굴이 창백해졌고 정소채도 움찔 놀란 표정을 지었다.

"곡미령이 만박노조의 죽음에 대해 무언가 알고 있을 것이라 여겼다."

냉막기가 다급히 말했다.

"뭘 알고 있단 말이오?"

"그건……."

유진룡이 다시 팔을 흔들었다.

"만박노조의 죽음이 아무래도 석연치 않았다. 그래서 본단에서 의심을 하고 지시를 내렸다."

유진룡은 내심 경계심을 느꼈다. 만박노조가 되살아난 것은 자신밖에 모르는 줄 알았는데 이자들은 그것을 의심하고 있는 것이다. 그래서 곡미령을 미행하고 잡아들이러 하는 것이었다.

"당신이 말한 본단이란 혹사련을 말하는 것이오?"

유진룡은 이젠 다른 질문을 했다. 그것이 이들을 유인하고 생포한 더 중요한 이유였다.

"모, 모른다."

냉막기는 유진룡이 자신의 정체를 단번에 아는 것에 대해 순간적으로 흠칫하는 표정을 지었지만 금새 원래의 표정을 유지했다. 죽음의 공포에 직면해 있으면서도 그런 심계를 펼칠 수 있음이 놀라웠다.

"그걸 몰라서는 안 되지."

유진룡은 다시 바위를 포갰다.

냉막기는 두 눈이 튀어나올 듯한 모습으로 왼손을 세차게 흔들었다.

"그, 그렇다. 흑사련이다."

바위가 치워지자 냉막기는 서둘러 답했다.

"그럼 지금부터 본격적인 질문을 하겠소. 추풍신검 철사홍을 아시오? 눈빛을 보니 아는 모양이군. 그럼 그들 주변으로 어떤 암계가 펼쳐져 있소?"

냉막기는 다시 뜸을 들였다. 유진룡은 즉시 바위를 내려놓았다. 그리고 이번에는 한참 동안 치우지 않았다.

"큭― 크윽!"

냉막기는 단말마의 비명을 질렀다.

"그건… 정말… 모른다!"

냉막기는 죽을힘을 다해 소리를 질렀다.

유진룡은 조금 더 바위를 올려놓고 있었지만 더 이상의 대답은 흘러나오지 않았다. 냉막기로서는 여기까지가 한계였던 것이다.

유진룡은 냉막기의 혈을 다시 제압한 후 염량에게로 시선을 돌렸다.

혈마선 염량은 반쯤 죽은 듯한 모습으로 쓰러져 있었다. 이젠 그를 향해 영화전장에서 기다리며 곡미령에게서 받은 가르침을 써먹을 때였다.

그 가르침은 자백을 받아내기 위한 점혈법이었다. 원래는 의술로, 큰 심적 충격을 받거나 하여 정신을 놓은 환자들에게 시술하는 것인데 유진룡은 그것을 자백시키는데 활용하고자 했다.

곡미령은 절정고수에겐 그것이 통하지 않을 것이라 했다. 그런 사람들은 약물로 반쯤 의식을 잃게 한 후 가능하다고 했고 지금은 그런 약물이 있을 리 없었다.

그래서 유진룡은 약물이 아니라 주먹으로 반쯤 죽여놓은 상태에서 시도할 생각이었다.

유진룡은 반쯤 죽은 상태로 있는 염량의 혈을 틔웠다. 그리고는 곡미령에서 배운 수법을 펼쳤다.

"최근 산동성과 절강성, 그리고 강소성의 여러 조직과 우리 조직에도 그들을 잡는데 협조하라는 밀명이 떨어졌다. 최악의 경우 죽여도 좋다는 명령과 함께……."

염량이 한 첫 번째 대답이었다.

"죽여도 좋다고?"

유진룡은 눈살을 찌푸렸다.

그동안 도천극은 주애청과 철사홍이 천산마존을 찾게 하

기 위해 미행만 붙여놓은 것으로 짐작하고 있었다. 그래서 그 때까지는 조건부 안전을 확보하고 있다고 생각했다. 그런데 추살의 명령을 내리다니……

도천극은 이제 완전히 천산마존을 포기했단 말인가?

이건 전혀 뜻밖이기도 하고 당황스럽기도 했다.

"그 외 다른 명령은?"

유진룡은 계속 질문을 던졌다.

"죽여도 되지만 그들의 시신과 소지품은 기필코 챙겨오라 는 명령도 있었다."

"악독한 놈!"

유진룡은 도천극의 의도를 조금은 알 것 같았다. 놈은 이제 천산마존이 살아 있을 가망성에 대한 기대를 확실히 접은 모 양이었다. 그래서 더 이상 철사홍 등을 미행만 하지말고 죽여 서라도 소지품과 함께 데려오라는 명령을 내려 그들의 소지 품에서 천산마존이 남긴 보물들을 최대한 챙기겠다는 말이 다.

"그럼 이제 그들을 쫓는 당신들 조직에 대해서 말해보시 오. 얼마나 되는 인원이 투입됐는지?"

유진룡은 조금 조급해진 심정으로 물었다.

"철사홍 그자는 고수라 총 열 개의 조직이 천라지망을 펼 친다고 알고 있다."

"인원은?"

"고수가 스무 명이고 그들의 부하들이 수백 명은 된다고 안다."

염량은 억양없는 목소리로 그들에 대해 좀 더 설명했다.

"밀영이란 조직에 대해서는 얼마나 알고 있소?"

잠시 후 유진룡은 다른 질문을 했다.

"밀영은 흑사련의 비밀 조직이다. 점조직이라 서로서로는 모른다."

염량은 그것 외에는 답을 하지 못했다.

도천극은 흑사련의 조직을 제멋대로 부리면서 중요한 일에는 밀영이라는 개인적인 조직을 부리는 것 같았다. 그리고 그것은 철저히 점조직으로 만들어놓았다는 말이다. 어쩌면 밀영을 통해 흑사련을 장악해 가고 있을지도 몰랐다.

유진룡은 다시 주애청과 철사홍을 쫓는 조직들에 대해서 몇 가지 더 물어보고 몸을 일으켰다.

"고맙소. 성실히 답변해 준 성의를 봐서 죽이지는 않겠소."

유진룡은 그의 가슴 혈 한군데를 찍었다.

"정말 정체가 궁금하신 분이군요."

정소채는 재삼 놀란 표정으로 유진룡을 쳐다보았다.

냉막기와 혈마선 염량을 혼자서 처치하는 실력도 실력이었지만 황소만 한 바위를 한 손으로 들어 올리는 내력은 절로 입이 벌어지게 한 것이다.

유진룡은 아무 대꾸도 않고 등을 돌렸다. 이젠 더 알아낼 것도 없으니 갈 길을 가야 했다. 곡미령 일행은 지금쯤 영화전장의 보호를 받으며 은밀히 이곳을 빠져나가고 있을 것이다. 영화전장이 목적지까지 보표를 해주는 이상 어느 정도 안심은 할 수가 있었다.

"저들은 어쩔 셈인가요?"

정소채가 냉막기와 염량을 보며 물었다.

"혈을 짚어두었으니 당분간은 움직이지 못할 것이오. 운이 좋다면 부하들에게 구조를 받을 수도 있겠지요."

"운이 나쁘다면 저대로 몸이 굳어 죽을 수도 있겠지요."

정소채가 물었다.

"그럴지도."

유진룡이 고개를 끄덕였다.

"그렇다면 처음부터 확실히 하는 게 좋아요."

정소채는 냉정하게 말을 맺으며 두 자루의 비도를 품속에서 끄집어냈다. 그리고는 두 사람을 향해 세차게 뿌렸다.

"전 이렇게 배우고 훈련받았어요."

약간은 당혹스런 눈으로 쳐다보는 유진룡을 향해 정소채는 냉정하게 말했다.

"저자들의 입을 통해 공자님의 정체가 드러날지도 모르는 일이잖아요."

정소채는 한 발 앞서 등을 돌리며 걸음을 옮겼다.

“서찰을 하나 부쳐 주시오.”

정소채와 함께 신형을 날리던 유진룡이 갈림길에서 말했다.

“어디로 말인가요?”

정소채가 눈을 빛냈다.

“보낼 곳은 산서성 개방분타이고 보낼 곳과 내용은 지금부터 내가 불러 드릴 테니 최대한 빨리 보내주시오.”

“알겠어요. 그건 공짜로 해드리죠. 공자는 이제 단골이니까요.”

정소채가 생긋 웃으며 고개를 끄덕였다.

*　　　*　　　*

높은 전각 맨 꼭대기 층으로 비둘기들이 분주히 날아들고 있었다.

비둘기들은 선명한 회색빛에 목덜미에는 붉은빛이 감도는 천리비합(千里飛鴿)이었다.

놈들은 하룻밤에도 수천 리를 날 수 있다는 우수한 품종으로 강호의 단체들이 정보를 교환하는데 주로 사용하고 있었다.

푸드득—

한 마리의 비둘기가 큰 날갯짓과 함께 날아들었다. 놈의 발목에는 작은 대롱이 매어져 있었는데 붉은색이었다. 그것은 무엇보다 우선하는 긴급 전갈이란 말이다.

"대지급(大至急)이군!"

머리 꼭대기에서부터 발끝까지 검은 옷을 뒤집어쓴 한 노인이 여러 가지 서류를 정리하던 손을 놓고 비둘기에게로 다가가서 대롱을 떼어냈다.

대롱 안에는 작은 종이가 돌돌 말려 있었고, 깨알 같은 글씨가 빈틈없이 적혀 있었다.

노인은 급히 종이 위의 글자들을 해독하기 시작했다.

한참 후 작은 종이에 쓰인 깨알 같은 글자들은 몇 장의 서찰에 달하는 내용으로 바뀌어 탁자 위에 놓였다.

노인은 슬쩍 눈살을 찌푸렸다. 그리고는 서찰을 접어 품속에 갈무리한 채 실내를 벗어났다.


"놓쳤단 말입니까?"

서찰을 받아 든 사내가 채 몇 줄 읽어보지도 않고 검은 옷의 노인을 쳐다보았다.

서찰은 여러 장이었지만 사내는 첫 장의 앞부분만 읽은 채 고개를 들었다. 그것으로 보아도 첫 장의 내용이 꽤나 심각했던 모양이었다.

"무척 의외로군요. 그 정도면 될 줄 알았는데."

흰 얼굴의 사내는 도저히 믿지 못하겠다는 표정으로 노인의 반응을 기다렸다.

"예기치 못한 변수가 있었다는 보고입니다."

노인은 끝까지 읽어볼 것을 종용하듯 서찰을 쳐다보며 답했다.

흰 얼굴의 사내는 시선을 다시 서찰을 돌렸다.

"청룡검!"

흰 얼굴의 사내가 고함을 질렀다. 그리고는 다시 노인을 쳐다보았다.

"보고받은 것을 종합해 보면 철사홍 그놈이 흑룡전의 노괴들을 베어버린 것은 청룡검이 틀림없습니다."

노인은 검은 옷 사이로 안광을 빛내며 답했다.

"그렇다면 예상과 달리 천산마존 그 늙은이가 살아 있다는 말이군요?"

탈백마수 도천극은 무언가에 한 방 맞은 듯한 얼굴로 노인을 쳐다보았다.

오랜 기다림 끝에 모든 기대를 접었는데 사부 천산마존의 유품이 철사홍에게 전해졌다. 그리고 그것으로 철사홍은 흑룡전의 노괴들을 베어버리고 탈출했다.

"그렇다고 볼 수도 있겠지만 아무래도 그 노인이 지금까지 살아 있다는 것은 믿을 수가 없습니다. 그때의 상처로 봐서는 아무리 그라 해도 몇 년을 넘기지 힘들 정도였으니까요."

노인은 고개를 갸웃거렸다.

"그렇다면 어떻게 청룡검이 철사홍 그놈에게 전해졌단 말입니까?"

도천극은 혼란스러운 표정으로 시선을 고정시키지 못했다.

이제껏 철사홍과 주애청을 잡아들이지 않고 놓아둔 것은 그들을 통해 천산마존을 잡기 위해서이다. 그래서 천산마존과 주애청 두 사람이 나눠 가지고 있는 것이 틀림없는 지도를 차지하고 영약들도 빼앗은 후 처치하여 차후에 그로 인해 일어날지도 모를 후환을 제거하려 한 것이다.

그렇게 인내력이 한계에 달할 때까지 기다렸지만 끝내 사부 천산마존은 모습을 드러내지 않았다. 결국은 죽은 것으로 결론 내릴 수밖에 없었고 주애청과 철사홍을 잡아들이려는 순간 자신의 판단을 비웃듯이 사부의 유품이 나타나 철사홍과 주애청을 구해 버렸다.

'살아 있는 것인가, 아니면 망령이 떠도는 것인가?'

도천극은 갈피를 잡지 못하며 속으로 중얼거렸다.

청룡검은 천산에 있을 때 사부가 진귀한 영약을 주고 구해 온 검이었다. 자신은 권장을 익혔기에 그것은 두 명의 사제 중 한 사람에게 줄 물건이었다. 그래서 큰 관심을 가지고 살펴보지는 않았지만 금석을 두부 자르듯이 자를 수 있는 보검임에는 확실했다. 실제로도 그것으로 팔뚝만 한 쇠몽둥이를 어렵지 않게 잘라 버리는 장면을 목격하기도 했다.

그것이 두 사제 중 한 명의 손에 들어가면 그들의 무공은 몇 단계 더 위력을 발휘할 것이기에 신경을 늦추지 않았고 모반을 일으키던 날 제일 먼저 그것부터 막았다.

다행스럽게도 청룡검은 사제들 중 누구의 손에도 들어가지 않았다. 그렇지만 마지막 순간이 막내 사제와 주애청, 그리고 흉물스런 호랑이 백호의 발악으로 틈이 생기며 사부는 그동안 모아둔 가장 중요한 영약들과 함께 청룡검을 소지한 채 백호의 등에 올라 탈출을 해버렸다.

그것은 천추의 한이나 마찬가지였다. 또한 그것은 사부가 파황옥패를 목격한 것만큼이나 낭패스런 일이었다.

파황옥패의 노출은 자신에게보다는 교단에 더 큰 악영향을 줄 것이고 또 일단은 차후의 문제였다. 그러나 억만금으로도 구할 수 없는 영약들과 장보도를 손에 넣지 못하고 잃어버렸다는 것은 자신에게 있어 치명적이라 할 만큼 큰 손실이다.

교단의 지시에 충실하며 은밀하게 추진한 일을 성사시키기 위해서는 영약들과 장보도는 필수였다. 그런데 그 모든 것이 최악으로 흘러가며 영약들과 장보도는 사라져 버렸고 청룡검은 철사홍 손에 들어갔다.

"대체 누가 그놈에게 청룡검을 전해주었단 말인가요?"

도천극은 부글거리는 속을 애써 가라앉히며 노인에게 질문을 던졌다.

"여섯 노괴들 중 부상을 입고 유일하게 탈출한 백사설검 인종우의 말에 따르면 새파란 젊은이 셋이 그것을 전해주었는데 그들은 철사홍과 무관한 놈들로 누군가의 심부름을 한 것 같았다고 했습니다."

노인은 자신이 수집한 정보를 바탕으로 답했다.

"그건 그 늙은이가 보냈을 가망성이 높다는 말이 아닌가요?"

"죽기 전에 누군가에 부탁을 해놓았을 수도 있는 일이지요."

노인은 여전히 천산마존의 죽음 쪽에 무게를 두고 있었다. 살아 있다고 생각하는 이상 도천극은 계속해서 그를 사로잡기 위한 계획을 수립할 것이고 그러면 흑사련을 장악하기 전에 자신들의 정체가 노출될 수 있는 위험성이 더 커진다.

"어쨌든 이젠 더 이상은 기다릴 여유가 없습니다. 그들을 잡아들이면 그 노인의 생사 여부도 알 수 있겠지요."

노인은 재촉하다시피 말했다.

"그럴 수밖에 없겠지요."

도천극은 마침내 고개를 끄덕였다.

"혈라전(血癩殿)을 움직여야 할 것 같습니다."

도천극은 강한 어조로 말했다.

"그건 너무 위험합니다. 아직은 드러나지 말아야 할 힘이 너무 많이 드러났습니다. 거기에 혈라전의 힘까지……."

"이번이 마지막입니다!"

도천극은 노인의 말을 자르며 단호하게 말했다.

"알겠습니다!"

마지막이란 말에 노인은 더 이상 토를 달지 않고 고개를 끄덕였다.

도천극은 보고서의 다음 장을 넘겼다.

"봉황신녀도 놓쳤군요. 그녀가 그렇게 고수였던가요?"

도천극의 눈 사이가 좁혀졌다.

"훼방꾼이 있었다고 합니다."

"훼방꾼?"

"그자에 대해서는 지금 추적 중에 있습니다. 놈은 혈우마령대를 몰살시키고 석대가문에 나타났다가 사라져 버렸는데 곡미령과 조우했습니다. 그리고 그녀를 구해냈습니다."

"또 그놈이란 말입니까?"

도천극은 어이없는 표정을 지었다.

"그놈의 정체에 대해서는 알아보았습니까?"

"나타난지 얼마 되지 않아 아직 조사 중에 있습니다. 조만간 파악할 수 있을 겁니다. 그리고 봉황신녀 곡미령도 다시 잡아들이도록 하겠습니다. 만박노조가 중독되어 죽은 이상 은자유림곡의 핵심이 드러나리라 생각했는데 그들의 모습은 드러나지 않고 만박노조의 시신은 순식간에 화장되어 재로 사라졌습니다. 그건 우리의 예상을 비웃는 듯한 행동입니다. 그것으로 볼 때 마지막 순간을 지켰던 곡미령은 분명 은자유림곡과 무슨 관계가 있든지, 아니면, 그들과 모종의 접촉이 있었을지도 모릅니다. 그것도 아니라면 최소한 무슨 의심할 만한 점이라도 알 수 있을 것입니다."

"그럴 수도 있겠군요. 그쪽은 혈노께서 알아서 처리하십시오. 이번 기회를 놓치면 은자유림곡의 핵심을 처치할 기회는 없을지도 모르니까요."

도천극이 약간은 심드렁하게 고개를 끄덕였다. 그것은 교단의 일보다는 자신의 일을 더 중시하는 듯한 모습이었다.

노인 역시 그것을 느꼈는지 순간적으로 눈동자에 차가운 빛이 스쳐 지나갔지만 순식간에 원래의 색조로 돌아왔다.

"그럼 혈라전주에게 연락을 하겠습니다."

도천극은 품속에 손을 넣어 무언가를 끄집어냈다.

그것은 손바닥만 한 크기의 둥근 옥패였다. 그리고 그 옥패의 한쪽에는 하늘 천 자와 다른 한쪽에는 용과 이무기가 뒤엉켜 싸우고 있는 그림이 선명하게 양각되어 있었다. 도천극은 그것에 먹을 묻혀 종이 위에 찍었다.

# 第五十四章

## 준비

하남성의 개봉은 유서 깊은 도시였다.

　오래전 주나라 문왕의 아들 필공(畢公)이 도읍을 정한 것을 시초로 하여 전국시대의 위(魏), 오대(五代) 왕조인 양(梁), 진(晋), 한(漢), 주(周), 그리고 북송(北宋), 금(金) 등 일곱 개 왕조의 도읍지였다. 특히 북송시대에는 강남의 여러 도시들과 수로로 이어져 강남의 요회(要會)라 불리기도 했다.

　그런 관계로 개봉에는 상국사(相國寺)를 비롯한 우왕대(禹王臺), 천청사탑(天淸寺塔) 등의 명물이 많이 남아 있었다.

　그런 역사 깊은 개봉에 자리한 개방 총단은 뭔지 모를 긴장감이 감돌고 있었다.

오층 전각의 한 실내에는 개방의 수뇌부들이 큰 정방형의 탁자를 중간에 두고 서로 마주보며 자리하고 있었다.

제일 앞쪽에는 용두방주가 자리하고 그 양옆으로 원로들이라 할 수 있는 거지들이 자리했다.

쪼르르―

찻잔에 다액이 따라지는 소리가 들렸다. 그리고 차를 벌컥 들이켠 개방의 제일장로 철장신개(鐵杖神丐)가 한 장의 서찰을 들고 자리에서 일어나 탁자 옆쪽으로 나섰다. 중인의 시선들도 모두 그를 따라 탁자 옆쪽으로 모여졌다.

좌르르―

철장신개는 서찰의 내용을 한 번 더 훑어보고는 작은 깃발 하나를 집어 벽에 있는 무림전도의 한곳에 꽂았다. 그 옆쪽으로는 이미 여러 개의 깃발이 일렬로 꽂혀 있었다.

"놈들의 흔적이 최근 그곳에서 발견됐다는 말인가요, 일장로님?"

용두방주가 나지막하지만 정기가 깃든 목소리로 물었다.

"그렇소이다. 그리고 어제는 또 이곳에서 놈들의 움직임이 발견되었고……."

철장신개는 한 개의 깃발을 무림전도 위에 더 꽂았다. 그것은 옆에 있는 것보다 좀 더 간격이 떨어져 있었다.

"놈들의 속도가 점점 빨라지고 있구려."

제삼장로 영호신개(永好神丐)도 깃발들의 궤적을 눈으로

쫓으며 말했다.

"그렇소이다. 놈들은 무엄하게도 개방 총단을 향해서 하루하루 더 빠른 속도로 이동하고 있소이다."

철장신개는 혀를 차며 답했다.

"혹시 다른 무리들은 아닐는지요? 여기가 어디라고 놈들이 함부로 접근한단 말입니까?"

중년 거지 하나가 신중한 목소리로 물었다.

"그간 수차례 확인했지만 놈들은 흑사련의 조직이 확실합니다. 그건 제 명예를 걸 수도 있습니다."

오결 개방도로 산서분타의 분타주인 신풍신개(新風神丐)는 단호하게 말하며 전도 위를 다시 쳐다보았다.

"대체 놈들의 의도가 무어란 말입니까? 설마 놈들이 공동파에 이어 개방 총단을 치기라도 할 생각이란 말입니까?"

삼장로인 영호신개가 시커먼 손을 들어 올리며 말했다.

아무리 개방이 구파일방의 말석을 차지하고 있다지만 그건 거지 떼들의 집합소란 인식 때문에 양보를 해준 것일 뿐이지 그 세력과 인원 면으로 따진다면 구파일방 어느 곳에도 뒤지지 않았다. 그러기에 어느 누구도 개방과는 정면충돌을 하려 하지 않는다. 만약 그랬다가는 개방 총단의 힘은 물론이고 온 세상에 흩어져 있는 거지 떼들이 인산인해로 몰려올 것이고 그건 꿈속에서도 생각하고 싶지 않은 사태일 것이다.

"아직은 좀 더 지켜봐야 놈들의 정확한 의도를 알 수 있겠지만 그때까지 손 놓고 앉아 있을 수만은 없지요. 이젠 우리도 그만한 대책을 세워야 한다고 봅니다.”

철장신개는 형형한 눈빛으로 주변을 둘러보았다. 그러던 그의 눈 사이가 좁혀졌다. 이 자리에 당연히 있어야 할 한 사람이 아직 보이지 않고 빈 의자만이 덩그러니 놓여 있었기 때문이다.

“백 장로는 어디에 있기에 아직 안 보인답니까?”

철장신개는 제이장로 백엽동의 행방을 물었다. 그러자 이곳저곳에서 헛기침 소리가 터져 나오며 모두들 시선들을 회피했다. 그러다 보니 당연히 대답도 회피될 수밖에 없었다.

“허험!”

용두방주 선우신개(先務神丐)가 헛기침과 함께 나섰다.

“백 장로께선 최근 맞아들인 제자 놈에게 무공을 가르치느라고 정신이 없으셔서 오늘 모임을 잊어버린 모양입니다.”

용두방주는 입맛을 다셨다.

“쯧쯧! 그 연세에 무슨 제자를 가르치신단 말인지. 그럼 그놈은 제 사제가 되는 것입니까?”

중년의 개방도 한 명이 어이없는 표정을 하며 나섰다. 이 장로 백엽동이 사백이니 막내아들뻘밖에 안 되는 송종보는 같은 항렬로 차후에 사형사제지간이 될 수도 있는 것이다.

“허허허!”

삼장로 영호신개가 어이없는 웃음을 터뜨렸다. 그로 인해 긴장됐던 분위기가 조금 누그러졌다.

"재차 사람을 보냈으니 곧 오실 것이오. 그러니 하던 얘기는 계속해 봅시다."

용두방주가 부드러운 음성으로 다시 회의를 주재했다.

"놈들의 최종 목적지가 어딘지는 몰라도 절대로 가볍게 볼 세력이 아님은 확실합니다. 그러니 우리도 그만한 인원을 내보내 만일의 사태에 대비해야 한다고 봅니다."

신풍신개가 신중한 음성으로 말했다.

"그러다가 놈들의 행로가 우리 총단이 아니면 괜히 분란만 일어나는 것이 아닌가?"

영호신개가 나섰다. 그의 말에 신풍신개가 자리에서 일어나 전도 앞으로 다가갔다.

"아직까지는 정도맹과 흑사련의 충돌은 일어나지 않으니 우리가 먼저 부딪치지 말고 이 지점에 진을 치고 있는 것입니다. 이 지점 안으로 들어오지 않고 지나간다면 아무 일이 없는 것이 되겠지요. 그러나 이 지점 이상을 넘어서면 총단의 영역으로 들어선 것이니 이유 불문하고 공격을 해야 한다고 봅니다."

신풍신개가 전도에서 다른 색깔의 깃발을 꽂았다.

"그렇지. 그 영역 이상은 절대로 용납할 수 없는 일이지."

철장신개가 고개를 끄덕였다. 그를 따라 다른 개방도들도 고개를 끄덕이며 결연한 표정으로 용두방주를 쳐다보았다.

용두방주 선우신개는 지그시 눈을 감고 생각을 정리하고 있었다.

그때 회의실 문이 왈칵 열렸다. 그리고는 백엽동이 뛰다시피 들어왔다.

"뭐가 어째? 흑사련 놈들이 쳐들어온다고? 그런데 대체 여기서 뭐 하고 있단 말인가? 당장 놈들을 쳐부수러 가야지!"

백엽동은 당장이라도 뛰쳐나갈 듯 고래고래 소리를 질렀다.

"쯧쯧!"

일장로 철장신개가 세차게 혀를 찼다. 그 소리에 백엽동은 고함을 멈추고 좌중을 둘러보았다. 그리고는 자신의 자리에 앉았다.

"계속하시게나, 분타주! 놈들이 호랑이 간을 삶아 먹지 않은 이상 개방 총단을 칠 수는 없을 것일세. 아직까지 놈들은 정도맹의 영역을 침범하지 않았네. 그러니 놈들의 이번 행보를 필시 다른 연유가 있을 것이네. 여기 오기 전에 자네는 그걸 좀 더 깊이 분석해야 했어."

백엽동은 조금 전의 행동과는 전혀 상반되는 모습으로 산서분타주 신풍신개를 질책하듯 말했다.

산서분타주 신풍신개는 멀뚱한 표정으로 백엽동을 쳐다보았다.

회의장을 들어설 때는 아닌 밤중의 홍두깨처럼 상황 파악조차 못하는 것 같았는데 그 모습은 다 늙어 얻은 제자와 노닥거리다가 회의에까지 늦은데 따른 면구스러움을 떨치기 위한 가식이었다. 실상은 누구보다 정확하게 상황 파악을 하고 있었다.

"그렇겠지? 설마 놈들이 개방 총단을 치려는 것이 아니겠지?"

철장신개가 반색을 하는 표정으로 맞장구를 쳤다.

"하지만 대비를 안 할 수야 없지요. 그리고 최악의 경우 일전을 치를 수도 있어야지요."

백엽동은 벽 옆의 전도를 주시하며 말했다. 그의 눈빛이 어느새 칼날처럼 날카로워져 있었다.

"험험!"

철장신개가 다시 헛기침을 했다. 앉아서 삼만 리, 서서 구만 리를 본다더니 백엽동의 지금 모습이 그랬다.

"더 들어온 정보는 없는가? 놈들이 왜 그렇게 무리한 행보를 하는지?"

용두방주가 백엽동과 같이 온 비각(秘閣)의 청년을 보고 물었다.

"아직……."

청년이 고개를 흔들었다.

"거참! 알다가도 모를 일이로세. 사천성에서 세를 불리기에 바쁜 놈들이 왜 갑자기 이곳까지 조직을 보낸단 말인가?

그것도 예전의 혈우마령대처럼 비밀리에 움직이는 것도 아니
고 훤히 드러나게 움직이면서 말이야.”

　백엽동은 깃발이 꽂혀 잇는 궤적을 쫓으며 눈살을 찌푸렸
다.

　“그런데 자넨 놈들이 흑사련 소속의 철사대(鐵射隊)니 홍무
대(洪武隊)니 하는 조직이라는 것은 어찌 알았나?”

　백엽동은 뱁새눈을 뜨며 신풍신개를 쳐다보았다. 흑사련
중에서도 그 세부 조직의 이름까지 파악하고 있다는 것은 뜻
밖이었다.

　신풍신개가 잠시 대답을 못하고 있었다.

　“왜 대답이 없는가?”

　백엽동이 재촉을 했다.

　“서찰이 한 장 날아들었습니다.”

　신풍신개가 겨우 입을 열었다. 정보를 얻고 다루는데 있어
서는 무림에서 둘째가라면 서러울 개방이 누군가의 도움으로
정보를 얻고 그것을 토대로 이런 회의까지 한다는 것은 말이
안 되는 것이었다. 그래서 여태까지 신풍신개는 그 출처에 대
해서는 말하지 않고 있었는데 백엽동이 날카롭게 지적을 해
낸 것이었다.

　“투서나 마찬가지인 서찰을 통해 알게 되었다?”

　백엽동의 눈이 더욱 옆으로 찢어졌다. 만약 그 서찰이 거짓
이라면 함정에 빠질 수도 있는 것이다.

“처음부터 믿지는 않았습니다. 그래서 수차례 조사를 해보 았는데 틀림없음이 밝혀졌습니다. 그건 제 이름을 걸어도 좋 습니다.”

신풍신개는 단호하게 말했다. 비록 단초는 한 장의 서찰을 통해 얻었지만 그 이후의 정보는 자신의 노력과 개방의 모든 정보망을 이용한 것이었다.

“그럼. 그 서찰을 보낸 자의 정체는?”

백엽동은 더 이상 추궁하지 않고 다른 질문을 했다.

“이름은 없었습니다.”

신풍신개는 고개를 저었다.

“모를 일이군. 혹여 흑사련에 배신자가 있는 것인가? 아니 면 무슨 함정인가?”

백엽동은 신풍신개에게서 눈을 돌리고는 전도를 쳐다보았 다.

“좀 더 정보가 들어와 봐야 알 일이겠지요. 어쨌든 지금부 터는 대비책을 마련할 때입니다.”

삼장로 영호신개가 나섰다.

“누가 이끌게 할 생각인지요?”

고개를 끄덕거린 백엽동은 용두방주를 쳐다보며 저지선으 로 인원을 이끌고 갈 사람이 누군지 물었다.

“제가 가겠습니다!”

산서분타주 신풍신개가 나섰다.

"자넨 역시 믿을 만한 사람이야. 성미가 급해서 탈이긴 하
지만."

백엽동이 칭찬인지 걱정인지 모를 말을 던졌다. 산서분타
주 신풍신개가 좀 더 깊은 정보를 알아내지 못하고 총단으로
달려온 데 따른 질책이었다.

"쩝!"

신풍신개가 입맛을 다셨다.

"나도 같이 가도록 하지!"

백엽동은 뜻밖에도 동행을 제의했다.

"아니, 장로님께서 왜?"

신풍신개가 놀란 표정을 지었다. 장로란 그야말로 뒷전에
서 방주를 돕고 지원하는 원로들이지 싸움터에 나서서 설치
는 사람들이 아니기 때문이다.

"한 놈쯤 잡아와야 무슨 목적인지 제일 빨리 알 수 있을 것
이 아닌가? 자네가 그걸 할 수 있겠나? 이동 속도로 보아 보통
고수가 아닌 것 같은데."

백엽동은 다시 전도 쪽으로 시선을 모았다.

"위험하지 않을까요, 이장로님?"

용두방주가 조심스럽게 말했다. 자신도 그 방법까진 생각
지 못했지만 현실적으로는 가장 확실한 방법이었다.

"방주께서 가는 것보다야 낫지 않겠소? 그리고 그 방법밖
에 없기도 하고."

백엽동은 여전히 전도에서 눈을 떼지 않고 말했다.


*      *      *


"이쪽으로 가는 것이 확실한가요?"

주애청이 가쁜 숨을 몰아쉬며 말했다. 줄곧 경공을 펼친 그녀의 볼은 발갛게 상기되어 있었다.

"확실해. 계속 이 길로 가면 개봉에 도착할 수 있고 거기에 개방의 총단이 있지."

철사홍은 지도를 펼치며 고개를 끄덕거렸다. 그들은 유진룡의 서찰을 받고 유진룡이 만나자고 한 개방 총단을 향해 신형을 옮기고 있었다.

그러나 그게 절대로 쉽지 않았다.

끈질긴 미행자들을 따돌리고 불규칙적인 행보를 보이며 사람들 틈으로 스며들면 훨씬 쉬울 줄 알았다. 많은 사람들은 산속의 나무들이나 바위들처럼 자신들의 모습을 감추어줄 수 있다고 생각했다.

그런데 그게 아니었다.

산속의 나무들과 바위들은 눈과 입이 없기에 자신들이 어디에 숨어 있다가 어디로 갔는지 추적자들에게 말해주지 않았다. 하지만 사람들은 정반대였다.

어딜 가나 자신들의 행적은 드러났다.

평범한 용모라면 또 모르겠지만 칠 척이 넘는 장신에 주애청 역시 보통 여자들보다 컸다. 그건 사부의 독특한 무공수련 때문이었다.

어쨌든 그런 용모는 금방 사람들 기억에 각인되었고 또 금방 추적자들의 촉수에 걸려들었다.

또한 인간 군상들의 숲 속에 내가 숨는다면 놈들도 숨어들 수 있는 것이었다. 그리고 그들은 나무나 바위 뒤에 숨은 것보다 훨씬 식별하기 어려웠고 위험했다.

그동안 세 차례의 습격을 받았다.

한 놈은 점소이로 분장한 놈이었고 다른 한 놈은 지나가는 행인으로 분장한 놈이었다. 그리고 마지막 세 번째는 스무 명가량의 놈들이 저잣거리 한가운데서 노골적으로 협공을 해왔다.

다행히 모두 베어버렸지만 지금껏 미행을 하던 놈들과는 비교도 안 될 만큼의 고수들이었다. 그리고 주변으로 모여드는 사람들 중에도 누가 적이고 누가 행인인지 분간이 가지 않았다. 차라리 산속이 나았다.

그래서 다시 산속으로 도주했고 조금 숨을 돌릴 수 있었다.

"그런데 왜 개방 총단에서 만나자고 한 것인가요, 사제가 개방도인가요?"

주애청은 한 모금의 물로 목을 축이며 의문을 토로했다.

"그야 모르지. 사부의 제자로 들어가기 전에 개방도였을

지도."

철사홍은 고개를 저었다. 그리고는 다시 입술을 움직였다.

"하지만 지금 생각해 보니 그보다 더 좋은 선택이 없을 것 같다."

"그게 무슨 말인가요?"

주애청이 눈을 크게 떴다.

"우리가 만약 개방 총단까지 무사히 가기만 한다면 아무 걱정 안 해도 될 일이지. 흑사련 놈들이 개방 총단까지 따라올 수 없을 테니까. 총단까지가 아니더라도 가까이만 가면 놈들의 행적은 당장 개방 거지들의 눈에 띄게 될 테고 벌집을 쑤신 듯이 들썩일 테니 놈들에겐 그만큼 불리해지고 우린 그만큼 편해지겠지. 그러니 조금만 더 힘을 내도록 해."

철사홍은 씨익 웃으며 주애청의 등을 토닥거렸다. 토닥거리는 것이었지만 그의 솥뚜껑만 한 손은 주애청의 상체를 크게 흔들리게 만들었다.

"그런 생각이었을까요? 그럼 무당이나 소림으로 가라고 하지 냄새나는 그곳으로……."

주애청은 여전히 거지 소굴인 개방으로 가는 것이 마음에 걸리는 모양이었다.

"무당과 소림은 멀어. 그리고 그곳은 은둔자적 기운이 강한 곳이라 우리가 그곳 대문을 들어서기 전에는 관여 안 하려고 할 거야. 정보도 개방만큼 빠르지 않아서 신속히 움직이지 못할 테고."

철사홍은 달래듯 말했다.

"개방이라고 우릴 곱게 받아줄까요. 어쨌든 우린 흑사련의
당주직을 맡고 있는 도천극 그놈과 사형제지간이었는데요."

주애청은 여전히 걱정스런 모습을 했다.

"글쎄. 거기까지는 생각 안 해보았는데… 무슨 계획이나
믿는 구석이 있겠지."

그때 낮은 신음 소리 같은 음향이 들려왔다. 그건 적아의
신호였다.

"놈들이 가까워진 모양이다. 다시 숨바꼭질을 할 때가 되
었어."

철사홍은 재미있는 놀이를 하듯 말했지만 그의 표정에는
숨길 수 없는 긴장감이 배어 있었다.

"지겨워 정말!"

주애청은 한 모금의 물을 더 마시고 몸을 일으켰다.

*　　*　　*

후욱—

유진룡은 산속의 바위 위에서 길게 호각을 불었다. 백호와
흑웅을 부르기 위함이었다.

이젠 얼마 더 가지 않아 개봉이다. 그곳에 가면 사형 철사

홍과 사저 주애청의 흔적을 찾을 수 있을 것이다. 그런데 놈들의 추적이 만만치 않은 것 같았다. 혈마선 염량과 구지염천검 냉막기에게서 알아낸 정보로는 예상보다 훨씬 많은 놈들이 두 사람을 추적하고 있었다. 그것이 벌써 보름 전의 일이다. 그사이 상황이 또 어떻게 변했는지 모른다.

아마도 도천극은 더욱 발작적으로 인원을 풀고 있을 것이다. 생포하든지, 최악의 경우 죽여서라도 소지품과 함께 데리고 오라고 지시를 내릴 정도면 더없이 조급해졌다는 말이다.

그건 위험했다. 그러면서도 한편으로는 다행일 수도 있었다.

발악을 하듯 천라지망을 펼치면 철사홍과 주애청은 잡힐 수밖에 없다. 열 포졸이 도둑 한 명을 못 잡는다지만 백 명, 천 명의 포졸이면 상황은 달라진다. 두 사람은 절대로 잡히려 하지 않을 것이고 그러면 놈들은 죽여서라도 끌고가려 할 것이다. 그래서 위험했다.

외중에 한 가지 희망이 있다면…….

조급하면 빈틈이 생기고 실수를 하게 된다. 그 틈을 노리며 두 사람을 위험에서 구해내야 한다.

그 틈 한 가지가 보이기 시작했다.

개방 총단이 가까운 것임에도 불구하고 도천극은 대규모의 인원을 풀었다.

조급함에서 오는 무리수인 것이다.

거미줄 같은 개방의 정보망은 그걸 놓치지 않을 것이다. 또한 산서분타에 서찰까지 보냈으니 더욱 빠르게 움직일 것이다. 그걸 최대한 이용해야 한다.

그리고 흑응과 백호 놈도…….

"그런데 이놈은 왜 안 나타나는 것인가?"

유진룡은 인상을 쓰며 하늘을 쳐다보았다.

백호 놈은 웬만해선 나타나지 않을 것이지만 흑응은 나타날 시간이 되었는데 오지 않고 있었다.

삐익—

유진룡은 다시 호각을 길게 불었다. 예전에는 안 들렸던 호각 소리였는데 이젠 그 소리가 훤히 들렸다.

삐익—

호각 소리가 아닌 흑응의 울음소리가 들렸다.

유진룡은 팔을 길게 뻗어 흑응이 내려앉을 횃대를 만들었다.

푸드득—

쏜살같이 떨어진 흑응이 팔에 내려앉았다.

"이젠 이놈 차례구나."

유진룡은 계속해서 호각을 불었다. 그건 백호를 부르는 것이었다.

놈은 자존심 때문에 호각 소리 한 번에 모습을 드러내지 않았지만 다른 때와 달리 이렇게 계속 불어대면 나타날 것이다.

유진룡은 일다경가량 계속해서 호각을 불어댔다. 그러나

백호의 모습은 나타나지 않았다.

"이 흉물스런 놈이 어디에 숨어서 꼼짝도 않는 것이냐?"

유진룡은 사방을 두리번거렸다. 분명히 근처에 와서 모습을 드러내지 않고 있을 것이다.

그렇다면 찾아내야 할 수밖에 없었다.

"백호를 찾아라!"

짧게 소리친 유진룡은 흑웅을 날렸다.

삐익—

흑웅이 힘찬 날갯짓과 함께 허공으로 날아오른 후 날개를 활짝 펴고 그대로 정지했다.

허공에서 땅에 있는 먹이를 찾을 때와 똑같은 모습이었다.

삐익—

상승 기류에 날개를 맡긴 채 떠 있던 흑웅이 어느 순간 땅을 향해 쏘아져 내렸다.

그곳은 여기서 지척이었다. 예상대로 백호 놈은 그곳에서 음흉을 떨고 있는 것이다.

파앗—

땅을 박찬 유진룡은 흑웅이 떨어져 내린 곳으로 몸을 날렸다.

"망할 놈!"

바위 위에서 느긋하게 기지개를 켜고 있는 백호를 보며 유진룡은 쓴 입맛을 다셨다.

놈은 항상 찾아가야 만날 수 있었다. 입천장에 뼛조각이 박

혔을 때 유일하게 먼저 찾아왔을 뿐 그다음부터는 항상 유진
룡이 찾아가야 했다.

휘익—

바위 위로 날아오른 유진룡은 백호의 엉덩이를 한 번 걸어
찬 후 지도를 펼쳤다.

며칠 전 저잣거리의 한 고서점에서 거금을 주고 구한 지도는
개봉 인근의 지형과 지물이 상세히 그려진 것이었다. 깨알 같
은 글씨와 미세한 선으로 자세히 그려진 것이라 지도를 보는데
익숙하지 않은 유진룡으로서도 그럭저럭 읽을 수 있었다.

"그러니까 우리가 있는 곳이 여기쯤이 되겠구나."

유진룡은 지도 위의 한 점에 손가락 끝을 갖다 댄 후 주변
을 살폈다.

주변의 산들과 그 사이로 흐르는 강의 모습을 따라 시선을
돌리니 지도와 일치했다.

"드디어 네 옛 친구들을 만날 수 있게 됐다."

유진룡은 백호를 쳐다보며 말했다.

말을 제대로 못 알아들었는지 백호는 시선을 모으지 않았다.

"사부의 딸과 사부의 셋째 제자가 며칠 정도면 만날 수 있
는 거리에 있다."

비로소 백호의 눈이 번쩍하고 빛을 토했다. 그리고 금방이
라도 달려갈 듯한 몸짓을 했다.

"요 근처에 있는 것이 아니니 그렇게 안달해 봐야 소용없

는 일이다. 대신 오늘부터는 한시도 지체할 수 없이 치달려야
한다. 그래서 예전처럼 내가 먼저 떠나고 네놈이 따라오길 기
다리고 할 시간이 없단 말이다."

유진룡은 산 아래에 있는 강을 내려다보았다.

강을 건널 때는 언제나 저녁 때까지 기다렸다가 배를 타고
건넌 후 밤을 틈타 백호가 헤엄을 쳐서 건너올 때까지 또 기
다렸다. 그리고 난 후 다시 길을 달렸다. 백호가 노출되지 않
게 하기 위해선 그럴 수밖에 없었다.

그러나 이젠 그럴 시간적 여유가 없었다. 또한 백호를 앞세
우며 적아라는 늑대의 냄새를 맡고 주애청과 철사홍을 찾아
야 한다. 그러려면 사람들의 이목을 끌더라도 같이 동행할 수
밖에 없었다. 당장 백호의 소문이 나고 도천극의 귀에 들어가
겠지만 그전에 철사홍과 주애청을 만날 수 있을 것이니 이제
부터 그건 신경 쓸 필요가 없었다.

"이젠 같이 다니며 사부님의 딸과 셋째 제자를 찾아야겠
다. 우선 저 강부터 같이 건너자."

유진룡이 훌쩍 몸을 날렸고 백호가 껑충 뛰며 유진룡을 따
랐다.


"까아악!"

여인의 찢어지는 듯한 비명 소리가 강둑에 울려 퍼졌다. 그
소리를 들은 사내들과 몇몇 무인들이 병장기에 손을 갖다 대

며 주변을 두리번거렸다.

"어헉!"

사내들도 놀라서 뒤로 물러서며 단말마를 토했다.

사람과 화물을 가득 실은 배가 막 떠나려는 찰나 저만치서 한 인영이 경공을 펼치며 날아오고 있었고 그 뒤로 황소만 한 호랑이 한 마리가 성큼성큼 뛰며 그 인영을 쫓아오고 있었다. 대낮에 호랑이가 강가까지 내려와 사람을 사냥한다는 말은 들어보지도 못했다. 또한 그 호랑이가 평생 한번 볼까 말까 한 백호라는 것은 모든 사람들의 혼을 빼놓기에 충분했다.

그러나 언제까지 그렇게 혼을 빼고 있을 수만은 없었다.

호랑이에 쫓기는 사람을 구하든지, 아니면, 그 사람을 포기하고 자신들이라도 살아야 할지를 결정해야 했다.

"어서, 어서 배를 띄우시오!"

얼굴에 칼자국이 선명한 한 명의 사내가 사공을 향해 고함을 질렀다.

황소만 한 호랑이에게 달려들어 봤자 목숨만 위태로울 터였다. 그러니 자신들이라도 안전하게 살아야겠다는 판단을 한 것이다.

"그러면 저 사람은?"

돛을 잡고 있던 사공들 중 한 사람이 초조한 표정으로 말을 받았다. 사람을 쫓는 호랑이의 속도가 그리 빠르지 않으니 잘만하면 사람을 태우고 떠나 살릴 수 있을 것 같았다. 제아무리 흉폭한 맹수라도 사람들이 이렇게 많이 타고 있는 배 위에 까지 덮칠 수는 없을 것이었다.

"저 사람 하나 살리자고 여기 있는 사람 모두 호랑이 밥을 만들자는 말이냐?"

얼굴에 흉터가 있는 사내 옆에 서 있던 다른 한 사내도 칼을 뽑아 들며 고함을 질렀다.

움찔 놀란 사공이 돛을 움직였다. 호랑이에 대한 위험보다 당장 칼을 뽑아 든 무인들의 위험이 더 가까웠다.

"어서, 어서 배를 띄워요!"

놀란 여자들도 발을 동동 구르며 소리를 질렀다.

다른 사공들이 긴 삿대로 강바닥을 밀자 배가 조금씩 움직였다.

"기다리시오!"

유진룡은 고함을 질렀다. 저 배를 타지 못하면 오늘 안에 또 배를 탈 수 있을지 알 수 없었다.

"저 인간들이?"

고함에도 아랑곳 않고 더 서두르며 강 한가운데 쪽으로 나아가는 배를 보며 유진룡은 눈살을 찌푸렸다.

'백호 놈 때문이군.'

유진룡은 한층 더 세차게 땅을 박차며 인상을 썼다. 뒤에 따라오는 백호를 보고 겁을 먹고 안 태워주려 하는 사연을 짐작한 것이다.

"저 배를 잡아라!"

유진룡의 고함 소리에 백호가 빛살처럼 달렸다.

하얀 선으로 변한 백호는 순식간에 선창에 도달했고, 기겁을 한 사공들이 삿대를 내던지며 갑판 위로 나자빠졌다. 그로 인해 배의 움직임이 조금 늦추어졌다.

휘익―

유진룡은 달려오던 속도 그대로 선창 끝을 박차며 배 위로 신형을 날렸다. 그 뒤로 백호도 훌쩍 몸을 날렸다. 그리고는 가까스로 뱃전에 내려섰다.

"아악!"

"까아악!"

갑판 곳곳에서 비명이 터져 나왔다. 그중에는 백호의 정면에 있다가 백호와 시선이 마주치며 까무러치는 여인도 있었다. 몇몇 사내들은 아예 강으로 뛰어들었다.

"겁먹지 마시오. 이놈은 내 친구라 사람을 물지 않소."

유진룡이 놀라 혼비백산하는 사람들에게 손을 내저으며 안심을 시켰지만 그게 단시간 내에 될 일이 아니었다.

유진룡이 백호의 목에 손을 대고 한참 동안 사람들을 진정시킨 후에야 갑판 위에는 동요가 조금 가라앉았다. 그러나 모두들 언제든지 강물 속으로 뛰어들 태세를 갖추며 뱃전으로 물러나 앉아 한시도 백호에게서 눈을 떼지 않았다.

그러는 사이 배는 유유히 강 한가운데로 흘러갔다.

맞은편 강둑과 뱃전 위의 사람들을 살피던 유진룡의 눈이 어느 순간 이채를 띠었다.

그건 뱃머리 부분에 서 있는 한 명의 중년인 때문이었다.

중년인은 유진룡과 백호가 갑판 위로 날아들 때부터 유심히 쳐다보고 있었다. 다들 겁을 먹고 있는데 그만은 예외였다.

어찌 보면 유생 같았고 어찌 보면 호랑이 따윈 신경 안 쓰는 절정고수 같기도 했다. 그의 몸에서 어떤 기운도 흘러나오지 않아 어느 쪽인지 구분이 가지 않았다.

그런 모습이 더 관심을 유발시켰기에 유진룡은 시선을 딴데로 두면서도 한 가닥 신경은 사내에게 기울이고 있었다.

"백호라는 동물인가?"

갑자기 귓전으로 사내의 목소리가 들려왔다.

유진룡은 뱃머리에 서 있는 중년인에게로 시선을 던졌다. 사내는 여전히 처음의 그 자세로 자신과 백호를 바라보고 있었다.

"예전에 천산마존이란 사람이 백호란 호랑이를 데리고 다닌다는 말을 들은 적이 있네."

다시 중년인이 말했다. 그 목소리에 뱃전에 있는 사람들이 동요했고 옆에 있던 일남일녀는 벌떡 일어서기까지 했다.

"그 호랑이가 천산마존의 호랑이라면 자넨 그의 전인이겠군."

유진룡은 계속 듣고만 있었다.

"천산마존의 전인인가?"

중년인은 유진룡에게 시선을 주며 재차 질문을 던졌다.

유진룡은 잠시 망설이다가 고개만 끄덕거렸다. 정체는 알 길 없었지만 사부에 대해서 어느 정도 아는 것 같았다.

"그렇다면 탈백마수 도천극의 사제가 되겠군."

중년인은 낮은 음성으로 말하며 진한 살기를 드러냈다.

유진룡은 그제야 중년인이 자신에게 결코 좋은 감정을 가지고 있지 않다는 것을 짐작할 수 있었다.

도천극과 자신은 같은 사부를 모셨지만 그놈은 사부를 배반하고 죽음에 이르게 한 반도이고 역도이다. 그리고 지금은 가장 큰 적일 뿐이다. 하지만 대대수의 사람들은 그 속사정을 자세히 알지 못한다.

천산 구석에서 그 일이 있은 후 둘째 제자는 죽고 셋째 제자와 딸은 심산유곡을 돌아다니고 있으니 다른 사람들은 그들의 존재보다는 흑사련의 풍운당주직을 맡고 있는 도천극을 더 잘 알고 있었다. 그래서 그들에게 천산마존은 도천극을 탄생시킨 마인으로 더 잘 인식되어 있는 것이다.

"내 사문이 그놈 손에 무너졌지."

어느새 중년인의 눈에서는 폭광이 뻗어 나왔다. 뱃전에서 일어선 일남일녀도 살기를 뿜으며 백호와 유진룡을 쳐다보았다. 중년인과 일행인 모양이었다.

'젠장!'

유진룡은 속으로 역정을 삼켰다.

이럴 줄 알았으면 사연을 다 들어보고 자신이 천산마존의 제자라는 것을 밝혔을 것이다.

중년인의 허허로운 기색이 왠지 모를 호감을 가지게 하여 선뜻 긍정을 한 것이 괜한 시비를 불러일으키게 만들었다.

"난 도천극과는 상관없는 사람이오."

유진룡은 천천히 일어서며 답했다.

"사제라 하지 않았던가?"

중년인이 냉랭한 음성으로 말했다.

"그런 말한 적 없소. 단지 천산마존의 제자라 했을 뿐이오."

"말장난을 하자는 건가?"

중년인이 좀 더 다가왔다.

"도천극 그놈은 사부를 배반한 반도였소."

유진룡은 시비를 피하기 위해 서둘러 말했다.

"그야 당신들 사정이지."

뒤에 가세한 여인이 날카로운 음성으로 말했다. 그녀의 눈에는 두 사내를 보다 더 진한 적개심이 어려 있었다.

그녀가 갑자기 손을 뻗었다.

퍼엉—

폭음과 함께 한 가닥 경력이 유진룡의 가슴으로 밀려왔다.

유진룡도 서둘러 주먹을 뻗었다.

콰앙—

유진룡의 주먹에서 뻗어나간 권경에 여인이 뿌린 경력은

산산이 흩어져 버렸다.

　으르르—

　백호가 천천히 일어서며 나직하게 으르렁거렸다. 여인이
흠칫 뒤로 물러섰다. 그러면서도 주먹을 들어 올렸다.

　"가만있어!"

　유진룡은 백호를 진정시키며 이남일녀를 쳐다보았다. 도
천극의 손에 사문이 무너졌다고 말한 그들의 눈에는 짙은 복
수심만이 이글거리고 있었다.

　여인이 다시 손으로 활짝 펼치며 앞으로 쭈욱 내밀었다. 그
와 함께 뒤에 있던 사내도 검을 휘둘렀다. 중년인은 백호의
움직임을 주시하고 있었다.

　먼저 여인이 손가락에서 다섯 가닥 지풍이 터져 나왔다. 그
리고 사내의 검에서도 한줄기 검풍이 뻗어 나왔다.

　순식간에 일어난 사태에 겨우 가슴을 추스르던 갑판 위의
사람들이 대경을 하며 뒤로 물러났다.

　유진룡은 불끈 분기가 솟구쳤다.

　아무리 불구대천지 원수지간이라도 변명할 여유는 주고
몰아치는 법이다. 그런데 이들은 자신이 천산마존의 제자라
는 이유 한 가지만으로 다짜고짜 몰아치고 있었다.

　'속전속결!'

　유진룡은 오히려 두 사람이 뻗어낸 경력 속으로 뛰어들며
두 주먹을 휘둘렀다.

이들이 누군지는 몰라도 시간을 줄수록 애꿎은 희생자가 생길 수 있었다.

파앙—

다시 폭음이 터지며 일남일녀의 지풍과 검풍이 허공에 흩어졌다. 그 사이로 유진룡의 신형이 포탄처럼 돌진해 들었다.

"어딜!"

중년인이 유진룡을 향해 팔을 뻗었다.

그의 손에는 한 차루 판관필이 들려 있었다.

파팟—

유진룡의 신형이 일렁 흔들렸다. 만리추영보가 전개된 것이다.

"하앗!"

중년인의 고함과 판관필이 순식간에 수십 개로 늘어나며 유진룡의 전신 혈맥을 쑤시고 들어갔다.

그러나 유진룡의 신형은 판관필보다 더 많은 변화를 보이며 흔들리고 있었다.

피피피핑—

기이한 파공음이 흘러나오며 갑판 복판의 공간에는 온통 판관필과 유진룡의 주먹과 발의 잔영이 난무했다.

퍼억—

파공음이 끝남과 동시에 한 개의 파육음이 들려왔다.

판관필을 흔든 중년인이 뒤로 주르르 밀려나며 뱃전 가장 자리에 발뒤축이 걸렸다. 그대로 두면 강 속으로 빠질 수밖에 없는 상황이었다.

"사숙!"

검을 든 사내가 얼른 중년인의 팔을 잡았다. 그 순간 유진룡의 신형이 또 한 번 일렁거렸다.

"아악!"

여인의 날카로운 비명과 함께 어느새 유진룡은 여인의 맥문을 잡은 채 서 있었다.

여인은 입을 딱 벌린 채 굳어버렸고 여인 옆에서 검을 들고 서 있던 사내 역시 여인 못지않게 굳은 표정으로 유진룡과 여인을 번갈아 쳐다보았다.

공간 속으로 꺼지듯, 아지랑이가 피어오르듯 일렁거리며 다가서는 유진룡의 신법은 채 몇 번 공격을 해보지도 못하게 만들었다. 또한 자신들의 사숙을 뱃전까지 밀리게 한 주먹 역시 무공의 어림을 불가능하게 했다.

"성격들이 너무 급하다는 생각을 해보지 않았소?"

유진룡은 두 사내를 보며 말했다. 사연도 제대로 들어보지도 않고 도천극과 사형제지간이란 것으로 다짜고짜 공격을 한 그들이 어이없었다.

"그 손 당장 놓지 못하느냐?"

검을 든 사내가 당장 검을 휘두를 듯한 기색으로 말했다. 그러나 검을 휘두르기 전에 여인이 먼저 죽을 상황이기에 이만 뿌드득 갈았다.

"정체들이 무엇이오?"

유진룡은 질문과 함께 손끝에 지그시 힘을 주었다.

"아—"

여인이 짧막한 비명과 함께 얼굴을 찌푸렸다. 맥문을 통해 막강하게 밀려드는 기운이 감당할 수준이 아니었다.

"우린 공동파 사람들이다."

제일 빨리 냉정을 되찾은 중년인이 짧막하게 답했다. 판괄 필을 휘두르다가 유진룡의 일권을 받은 그의 어깨가 부풀어 오르고 있었다.

'공동파?'

유진룡은 눈 사이를 좁히며 그들을 쳐다보았다.

공동파라면 최근 도천극이 이끄는 흑사련에 의해 무너졌 다는 소문이 도는 그 문파였다. 한때는 구파일방에 들 정도로 세력이 강성했지만 최근에는 그 위세가 쇠퇴하다가 결국 봉 문에 이른 것이다.

이들이 공동파라면 도천극의 이름만 듣고도 그렇게 광분 한 이유를 알 수 있을 것 같았다.

"날 공격한 심정은 이해가 가는데 한참 잘못 짚은 것 같소."

유진룡은 그 말과 함께 여인의 맥문을 놓았다.

너무 선뜻 맥문을 놓아주는 유진룡의 행동에 여인이 주춤 거리며 뒤로 물러섰고 사내 역시 움찔 여인을 부축했다.

"도천극의 사제라 하지 않았느냐?"

사내가 날카로운 눈으로 말했다.

"그건 당신들 생각이고… 난 도천극과는 원수지간이라 생각하면 되오."

대답과 함께 유진룡은 유심히 세 사람을 살폈다. 어디 있다가 지금 사문으로 가는지 모르겠지만 그들은 지금 복수심과 적개심에 휩싸여 제정신이 아닌 것 같았다. 그래서 상대의 정체도 깊이 알아보지 않고, 심지어는 상대의 옆에 황소만 한 호랑이가 대동하고 있다는 것도 깡그리 무시한 채 다짜고짜 공격을 한 것이다.

그 공격 방향을 바로잡아 주어야 할 필요성을 느꼈다. 그럼 제법 도움이 될 것도 같았다.

"나 역시 도천극의 마수에서 사람 두 명을 구해야 하는 처지이오. 또 결국엔 그놈과 생사의 대결을 벌여야 할지도 모르오."

"그걸 어떻게 믿으란 말인가요?"

여인이 맥문을 주무르며 뾰족한 음성으로 말했다.

"아무 조건 없이 당신의 맥문을 놓아주었으니 믿을 수도 있지 않겠소?"

유진룡은 여인과 사내를 쳐다보았다.

두 사람은 얼른 대꾸를 하지 못했다.

"적의 적이라면 친구가 될 수도 있겠지."

잠시 후 중년인이 고개를 끄덕였다. 아무런 조건 없이 맥문을 놓아준 유진룡에게 믿음을 느낀 것이다.

중년인은 생사판관필(生死判官筆) 공야인(公冶仁)이고 공동파에서는 일양전(日陽殿)의 전주직을 맡고 있었다. 그리고 젊은 일남일녀는 추정도(追定島)와 조약란(趙楉蘭)이었다.

그들은 공동파가 무너지기 전 문파의 일로 해남도에 갔다가 공동파의 봉문 소식을 듣고 급급히 돌아오는 중이었다.

그들이 공동파를 떠나기 전 공동파에서는 예전의 영화를 되찾기 위하여 절치부심의 노력을 하였고 은밀하게 많은 일들을 꾸미고 있었다. 세 사람이 해남도로 간 것도 그 일들 중의 한 가지 때문이었다.

해남도에서 일이 잘되어 성사 직전까지 갔었는데 돌연한 봉문 소식은 그 모든 것을 수포로 돌아가게 만들었다.

일이야 어찌 됐던 상관이 없었다.

문파의 존망이 위태로운 상태에서는 일이 성사되었다고 해도 별 소용이 없는 것이니까.

하지만 유구한 역사를 지닌 공동파의 봉문 소식은 도저히 용납할 수가 없었다. 그 기막힌 설정이 다짜고짜 유진룡에게 폭발한 것이다.

중년인은 유진룡을 믿는다고 했지만 일남일녀는 여전히 의심과 적개심을 다 지우지 못하고 있었다. 그건 시간이 해결해 줄 일이었다.

유진룡은 그동안 궁금했던 것을 그들에게 물어볼 생각을

굳혔다.

도천극의 일거수일투족에 신경을 곤두세우고 있던 유진룡은 공동파의 봉문 소식을 들은 이후부터 내내 그것이 궁금했다.

흑사련이 사파를 흡수해 가고 있었지만 공동파는 함부로 공격할 문파가 아니었다.

지리적으로는 가깝다고 하지만 어쩌면 제일 나중에 공격해야 할 문파였다. 그런 공동파를 공격하여 봉문을 시킨다는 것은 무리를 했다고 볼 수밖에 없었다. 실제로도 흑사련이 공동파를 봉문시킴으로 해서 자극을 받은 정파가 정도맹을 결성을 본격화하고 나선 것이다. 그런 무리수를 두면서까지 도천극 그놈이 공동파를 봉문시킨 이유를 이들에게서 알아보고 싶었다.

"도천극 그자가 왜 갑자기 공동파를 공격했는지 대협께선 아시는지요?"

"그건 문파 내부 사정이라 말해줄 수 없네."

중년인이 딱 잘라 말했다.

유진룡은 속으로 입맛을 다셨다.

이런 사람들은 맺고 끊는 것이 정확해서 한 번 안 된다고 하면 힘든 것이다. 더 이상은 재촉해 봐야 소용없고 시간이 되어 스스로 해결되길 기다릴 수밖에 없었다.

"그런데 소협은 정말 천산마존의 전인이 맞는가요?"

조약란은 여전히 짙은 의구심과 적개심 한 가닥을 지우지 못하고 물었다.

유진룡은 고개를 끄덕였다. 백호까지 드러낸 이상 이젠 숨길 것이 없었다.

"왜 도천극과는 원수지간이 된 것인가요?"

"아까도 말했듯이 그놈은 사부를 배반하고 사부의 모든 것을 독차지하기 위해 사부와 다른 제자들을 죽이려 했소. 실제로 둘째 제자는 그놈 손에 죽고 사부께서도 큰 상처를 입었소."

유진룡은 사부의 죽음을 숨긴 채 짤막하게 내막을 밝혔다. 그러면서도 갑판의 모든 사람들이 들을 수 있도록 목소리를 최대한 높였다.

여인의 눈이 조금 흔들렸다. 그와 함께 적개심도 조금 옅어졌다.

"천산마존이 갑자기 사라진 이유가 그것 때문이오?"

추성도도 날카로운 눈빛으로 물었다.

"그렇소."

유진룡이 약간 분개한 음성으로 말했다.

"그런 사실이 왜 그렇게 잘 알려지지 않았을까요?"

조약란이 고개를 갸웃거렸다.

"사부께서 사람보다는 동물들과 더 친해서 그걸 제대로 알려줄 사람들이 없었기 때문일 것이오."

"그럴 수도 있겠군요."

조약란이 마침내 고개를 끄덕였다.

배가 건너편 강가에 닿을 때까지 몇 마디 대화가 더 오가고 믿음이 조금 더 쌓였지만 유진룡은 그들에게서 자신의 궁금증을 풀 수 없었다. 그들은 중요한 일에 대해서는 조가비처럼 입을 다물었다.

"어디로 가시오?"

배에서 내린 유진룡은 추정도에게 넌지시 물었다.

"그것 역시 문파의 일이라 말할 수 없네."

생사판관필 공야인이 딱 잘라 말했다.

"인연이 있다면 또 만나세."

공야인은 그렇게 덧붙이며 두 사질들과 함께 자신들의 갈 길을 갔다.

도천극에 대해 무언가를 알고 있는 그들과 이렇게 헤어지는 것이 아쉬웠지만 갈 길이 더 바쁜 유진룡이었기에 서둘러 걸음을 옮겼다.

"휴우—"

"휴우우—"

유진룡과 백호가 시야에서 사라지자 갑판 이곳저곳에서 안도의 한숨들이 일제히 터져 나와 축 처진 돛이 부풀어오를 지경이었다.

第五十五章
천라지망(天邏之網)

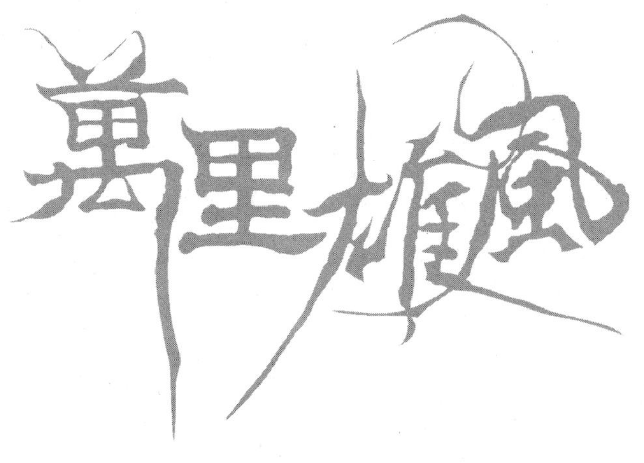

"늑대 새끼가 한 마리 있다고 했던가?"

한 사내가 낮은 목소리로 질문을 던졌다. 목소리만 들어서는 사십 후반이나 오십 초반쯤으로 짐작되었지만 얼굴을 가리고 있었기에 정확한 나이는 추정하기 어려웠다.

그의 얼굴을 가린 것은 복면이 아니었다. 그것은 매끈하게 만들어진 은색 면구였다. 그런데 여타의 면구와는 달리 눈 부분에는 유리로 막혀 있었다. 또한 면구 뒤쪽에도 헝겊이 덮여 있어 복면으로 된 면구를 쓴 것 같았다.

흐릿하게 웃는 것 같기도 하고 화를 내는 것 같기도 한 은색 면구는 묘한 위압감을 주어 나중에는 괴기스런 느낌까지

일게 했다.

"그렇다고 알고 있습니다. 그놈은 보통 늑대와 달리 영물이라 신경을 써야 한다는 지시가 있었습니다."

옆에 있던 사내가 답했다.

"그 지시가 맞는 것 같군. 한발 앞서 사라지는 놈들의 움직임은 동물의 후각이나 청각이 아니면 불가능해. 그래서 힘든 거야. 후후!"

은색 면구를 쓴 사내는 나지막한 웃음을 흘렸다. 비웃는 듯, 화내는 듯한 면구 사이로 흘러나오는 그 웃음은 왠지 모를 오싹함을 느끼게 했다.

"그럼?"

면구인의 웃음이 완전히 사라진 후 옆에 있던 사내가 물었다.

"우선 그놈부터 처치해야겠지. 후후!"

면구인은 다시 음산한 웃음을 흘렸다.

"가져와라!"

면구인의 고함에 뒤에서 몇 명의 사내가 상자 하나를 들고 왔다.

면구인이 상자를 열자 그 안에는 온몸이 흰색 털로 뒤덮인 담비 한 마리가 눈을 반짝이며 면구인을 쳐다보고 있었다.

"보통 담비보다 작군요?"

사내는 족제비만 한 담비가 늑대를 잡을 수 있을지 의심스런 표정으로 말했다.

"호랑이 잡는 담비란 말이 있지. 아무리 큰 호랑이도 유성처럼 뛰어들어 목줄을 끊어놓으면 죽어 나자빠지지."

면구인은 혼잣소리처럼 말하며 흰색 담비를 상자에서 끄집어냈다.

담비는 특유의 꼬르륵거리는 듯한 소리를 내며 면구인의 어깨 위로 올라왔다.

"이놈을 잡아라. 그리고 간을 파 먹어라."

면구인은 품에서 뭔가를 끄집어내어 담비의 코에 갖다 댔다. 그것은 붉은빛이 도는 늑대의 털이었다.

"그 늑대의 털입니까?"

사내가 물었다.

"그렇네."

면구인이 고개를 끄덕였다.

"그건 언제 발견했습니까?"

사내가 졌다는 듯 말했다.

"그게 자네와 나의 차이점이지."

면구가 더 짙은 웃음을 흘리는 듯했다.

*　　　*　　　*

"이곳은 막혔어!"

철사홍은 입술을 깨물며 지도 한쪽을 쳐다보았다. 주애청도 긴장한 눈으로 지도 위를 살폈다. 두 사람의 전신에는 땀이 비 오듯 흘렀다.

처음에는 추적하는 인원들이 조금 더 불어난 것 같았다. 그런데 시간이 갈수록 그게 아니라는 것을 느꼈다.

중요한 길목은 모두 막혔고 숲 깊은 곳으로도 한 겹씩 조여들고 있었다.

수풀이 온통 우거진 여름이 아니었다면 훨씬 더 위험했을 것이다. 다행히 신록이 온 산을 뒤덮고 후각과 청각이 뛰어난 적아가 미리미리 경고를 해주었기에 사전에 대비할 수 있었다.

"대체 이놈들은 얼마만한 인원들을 투입한 것인가?"

철사홍은 와락 인상을 찌푸리며 사방을 둘러보았다.

한쪽은 절벽이었다. 다른 세 방향만이 트여 있었다. 그만큼 운신의 폭이 줄어들었다는 말이기도 했다.

철사홍은 절벽 쪽으로 시선을 던졌다.

최악의 경우 그쪽으로 도주할 수 있을지 가늠하기 위해서였다.

절벽은 밧줄이 없으면 불가능했다. 그러면 나머지 세 방향으로 도주로를 뚫어야 하는데 자꾸만 개봉 시진과는 멀어지고 있었다.

개봉 복판으로 들어서면 확실한 살길이 있다는 보장은 없었지만 사제란 놈을 만나고 개방의 도움도 받을 수 있을지 몰랐다.

"이리로 가요."

주애청이 손가락으로 지도 위의 한곳을 짚었다.

철사홍은 고개를 끄덕였다.

우우—

적아의 울음소리가 다급하게 들렸다.

철사홍은 고개를 갸웃거렸다. 적아가 저렇게 갑작스럽게 신호를 보낸 것은 처음이다. 그건 은신술의 전문가가 있어 적아마저 속이고 가까이 접근했다는 말이다.

"어서 가!"

철사홍이 땅 끝을 박차려는 찰나 주애청이 손을 들어 올렸다. 그리고는 적아의 신호가 들려온 쪽으로 귀를 기울였다.

"왜 그래?"

철사홍이 퉁방울만 한 눈을 굴렸다.

"적아에게 무슨 일이 생겼어요."

주애청의 표정에 급박한 기운이 어렸다. 그녀의 말에 철사홍도 귀를 기울였지만 아무것도 들리지 않았다. 그건 이제껏 주애청의 철사홍보다 적아와 훨씬 가깝게 지내며 신호를 자주 주고받았기 때문이다.

깨앵—

이번에는 은밀한 신호가 아닌 적아의 비명 소리가 그대로 들렸다.

"적아!"

주애청은 고함과 함께 몸을 날렸다.

"사매!"

철사홍이 깜짝 놀라 주애청을 불렀다. 지금 주애청이 몸을 날린 방향은 가고자 하는 곳과는 정반대였다. 저렇게 마주 가다가는 조만간 놈들과 마주칠 수도 있는 일이었다.

철사홍의 고함에도 불구하고 주애청의 신형은 숲 사이로 사라졌다.

파앗―

철사홍도 몸을 날렸다.


"적아!"

주애청과 철사홍이 도착했을 때 붉은색이 감도는 털의 늑대 적아는 뒷다리에 상처를 입고 절뚝거리고 있었다. 또한 그의 입에는 토끼라도 사냥했는지 피와 흰털이 묻어 있었다. 그런데도 그 흰털의 주인은 보이지 않았다.

"누가, 누가 이렇게 했니? 적아야?"

주애청이 다급하게 소리를 지르며 적아의 뒷다리를 살폈다. 적아의 뒷다리에는 날카로운 칼에라도 베인 듯이 깊고 긴 상처가 나 있었고 그곳으로 선혈이 뚝뚝 흘러내리고 있었다.

"화살?"

주애청은 화살이 스친 것이 아닌가 급히 사방을 둘러보았다. 마음만 먹는다면 몇 리 안에는 사람의 접근이 불가능하게 움직일 수 있는 적아기에 근처에서 도검을 휘두르는 것은 불가능했다. 그렇다면 화살밖에 없었다.

"화살이 아니야. 저놈이야!"

저만치 수풀 속에 적아에게 물려죽은 담비 한 마리를 본 철사홍이 씹어 삼키듯 말하며 옷을 찢어 적아의 뒷다리를 싸맸다.

상처는 보기보다 깊어 뼈가 드러날 정도였다. 당장 움직이는 것도 불가능해 보였다. 그 상태에서 무리를 한다면 영원히 뒷다리 하나는 쓸 수 없을 것이다.

"더 이상 적아는 우리의 파수꾼이 될 수 없을 것 같다."

철사홍은 적아를 번쩍 안아들었다.

"어서 가, 사매!"

철사홍은 왔던 길을 되짚어 신속히 몸을 날렸다.


파앗―

화살 하나가 파공음을 일으키며 날아왔다.

"피해!"

철사홍은 고함과 함께 쾌검을 뿌렸다.

청룡검이 번쩍 섬광을 토하며 화살을 잘랐다. 잘려진 화살이 힘을 잃고 바닥으로 떨어졌다.

휘익—

휘익—

다시 두 개의 화살이 섬전처럼 날아왔다. 모두 강궁에서 발사된 강전들이었다.

주애청도 신속하게 주먹을 뻗었다.

한 개의 강전은 팅겨지고 다른 한 개의 강전은 옆으로 빗나갔다.

갑자기 날아온 강전을 쳐내거나 피한 두 사람은 즉시 나무 뒤로 몸을 숨겼다.

더 이상 강전들은 날아오지 않았다. 그러나 이젠 놈들의 가시권에 들었다는 말이다.

적아가 다치고 나서 두 시진 만의 일이었다.

다리는 다쳤어도 귀와 코는 멀쩡한 적아가 몇 번 경고를 해주었지만 먼 거리에서 미리 신호를 보내 주는 것과는 차이가 컸다.

이젠 놈들을 얼마나 더 따돌릴 수 있을지 몰랐다.

더구나 적아까지 안고 있는 상태에서는 더 제약이 있을 수밖에 없었다.

'해보는 데까지 해볼 수밖에.'

철사홍은 입술을 깨물며 적아의 몸짓을 살폈다.

적아가 놈들의 냄새가 나지 않는 곳을 가리켰다.

"저쪽이야!"

철사홍은 나직하게 말하며 손가락으로 방향을 가리켰다.

철사홍의 말을 들은 주애청이 고개를 끄덕이며 한발 먼저 몸을 날렸다.

그때 다시 강전 몇 발이 한꺼번에 날아왔다.

번쩍!

철사홍의 청룡검이 섬광을 토했다. 그의 검에 두 개의 강전이 튕겨나갔다.

주애청도 몸을 틀며 손등으로 강전을 쳐냈다.

쌔애애액—

이번에는 더 많은 강전들이 두 사람을 향해 날아들었다.

두 사람은 신속히 나무 뒤로 몸을 날렸다.

퍼퍼퍽!

몇 개인지도 모를 강전들이 나무둥치에 박혔다. 가까이서 쏘았다면 나무를 뚫고 나올 만한 위력을 지닌 강전들이었다.

철사홍은 뿌드득 이를 갈았다.

강전의 개수를 보아 결코 한 명의 궁수가 쏘는 것이 아니었다. 여러 명의 궁수를 대동하고 사냥을 하듯 몰이를 하려는 것이다.

삐익—

강전에 이어 호각 소리가 울려 퍼졌다. 동료를 부르는 소리가 틀림없었다.

"우선 저곳까지!"

철사홍은 숲이 훨씬 우거진 경사면을 쳐다보며 윗옷을 벗었다.

"내가 신호하면 저곳까지 신형을 날려. 지금!"

고함과 함께 철사홍은 벗어든 윗옷을 밖으로 던졌다.

피피핑!

뒤이어 강전들이 쏟아졌다.

퍼퍼퍽!

강전들이 철사홍의 상의에 관통하는 순간 주애청이 수림이 울창한 경사면을 향해 몸을 날렸다. 뒤를 따라 철사홍도 몸을 날렸다.

수림 속으로 들어온 철사홍과 주애청은 잠시 숨을 돌렸다.

몸을 숨길 수 있는 수풀과 바위가 더 많았지만 포위망이 더 두터워진 것을 알았다. 사방에서 들리는 호각 소리가 그걸 절실하게 일깨워 주고 있었다.

'얼마나 버틸 수 있을까?'

철사홍은 품에 안긴 적아와 옆에 있는 주애청을 쳐다보며 청룡검을 굳게 잡았다.

그동안은 놈들이 없는 곳으로만 길을 잡고 도주했는데 이젠 포위망을 뚫으며 탈출을 감행해야 했다. 지겨운 놈들을 도륙해 버릴 수 있겠지만 자신들 역시 상처를 입을 수 있고 그만큼 힘도 빠질 것이다.

"이젠 곧장 개봉을 향해 갈 수밖에 없다."

철사홍은 주애청을 보고 말했다.

어차피 포위망에 갇혀 혈로를 뚫어야 할 상황이라면 직선으로 달려나가는 것이 최선이다. 비록 그곳의 포위망이 훨씬 두텁다 해도 어쩔 수 없었다.

"알았어요!"

주애청이 고개를 끄덕였다.

그 순간 적아의 고개가 움직였다. 하필 그곳은 자신들이 가고자 하는 방향이었다.

철사홍은 이를 악물었다.

파앗―

바닥을 박찬 철사홍의 신형이 앞으로 쏘아졌다. 주애청도 뒤를 따랐다.


"크윽!"

최초의 비명이 터져 나왔다.

검을 든 사내 하나가 철사홍의 청룡검에 가슴이 길게 찢어지며 뒤로 나자빠졌다.

철사홍은 사내의 가슴을 가른 여력을 몰아 또 한 번 검을 휘둘렀다.

찌잉―

사내는 장도로 철사홍의 검을 막았다. 그러나 장도는 무 베어지듯 두 쪽으로 잘라지며 사내의 어깨를 같이 잘랐다.

"아악!"

사내가 비명을 지르며 비탈길을 굴러 내렸다.

퍼엉—

주애청의 두 주먹에서 폭음이 터지며 두 가닥 권경이 두 사내의 가슴을 동시에 두드렸다.

두 사내가 훌훌 비탈 아래로 날아갔다.

"저곳이다!"

두 사내의 비명과 싸우는 소리를 들은 또 다른 사내들이 비탈 위에서 고함을 질렀다.

"계속 가! 그 길밖에 없어!"

철사홍이 고함을 지르며 몸을 날렸다.

"젠장!"

쉴새없이 경공을 펼치던 철사홍은 역정을 토했다.

수림이 약간 옅어지며 저 앞 개활지 한곳에 수십 명도 넘는 인영들이 몰려오고 있었다. 계속해서 나아가려면 그들과 마주칠 수밖에 없었다. 아니면 빙 돌아가야 하는데 이젠 어느 곳도 마찬가지일 것이다.

"적아를 맡아!"

철사홍은 이제껏 왼팔에 안고 있던 적아를 주애청에게 내밀었다.

"어떻게 하려고요, 사형?"

엉겁결에 적아를 안은 주애청이 눈을 크게 떴다.

"저놈들을 유인할 테니 사매는 저쪽으로 빠져나가. 모두 베어버리고 뒤따를 테니 계속 직선으로 치달리며 적아를 통해 신호를 보내도록 해!"

철사홍이 낮게 말하며 두 눈에 폭광을 내뿜었다.

"안 돼요! 같이 싸워요!"

"내가 시키는 대로 해! 같이 몰려 있어 봐야 독 안에 든 쥐 신세가 돼. 그리고 적아를 안고는 제대로 싸울 수 없어."

철사홍이 단호하게 말하고는 신형을 날렸다.

거구의 신형이 소리없이 허공으로 떠오르자 한 자락 먹구름이 밀려오는 것 같았다.

"피해!"

뒤늦게 먹구름의 정체를 파악한 사내들이 고함을 치며 분분히 무기를 들어 올렸지만 철사홍의 청룡검이 한발 빨랐다.

"크윽!"

"큭!"

세 명의 사내가 한꺼번에 비명을 토하며 뒤로 물러났다. 그들의 검은 단번에 두 토막이 나고 가슴과 팔, 목에서도 피가 솟구쳤다.

번쩍!

다시 청룡검이 햇살을 잘랐다.

찌잉—

쨍—

쇠가 잘리고 부딪치는 소리가 울리며 뒤이어 처절한 비명이 터져 나왔다.

"지금!"

주애청의 귓전으로 철사홍의 다급한 전음이 들렸다.

파앗―

주애청은 땅을 박차며 개활지의 측면으로 몸을 날렸다.

"저기! 크윽!"

누군가 주애청을 발견하고 소리를 지르다 단말마의 비명과 함께 목숨이 끊어지는 신세가 되었다.

주애청이 앞으로 쏘아지는 것을 본 철사홍은 더욱 맹렬하게 검을 휘둘렀다.

보검 청룡검에 걸린 것은 모두 단번에 잘리거나 끊어져 나갔다. 철사홍은 그것을 믿고 서른 명도 넘는 사내들에게 뛰어든 것이다.

삐익―

사내 하나가 긴 호각을 불었다. 자신들의 힘만으로는 철사홍을 어찌할 수 없어 동료들을 부르는 소리였다.

철사홍은 그자에겐 손을 쓰지 않았다. 계속 호각을 불어도 방관한 채 다른 놈들을 하나하나 베어갔다. 그건 추적자들을 모두 자신에게 끌어들이기 위한 행위였다. 위험하긴 했지만 그럼으로 인해 주애청과 적아가 더 안전해질 것이었다.

휘익―

휘익—

더 많은 인영들이 개활지로 날아들었다.

"이젠 좀 해볼 만하겠군. 지금까지는 너무 싱거워서 말이야."

피를 뒤집어쓴 철사홍이 씨익 이를 드러내며 웃었다.


휘익—

주애청은 계속해서 땅을 박찼다.

혼자 몸이라면 싸울 셈이었지만 그녀의 품에는 뒷다리 하나를 쓰지 못하는 적아가 있었다. 이제까지 생사고락을 같이한 적아를 잃는 것은 생각할 수 없었다.

최대한 멀리 가서 기다리다가 철사홍이 오지 않으면 적아를 숨겨놓고 되돌아와서 철사홍을 도울 생각이었다.

주애청은 앞의 지형을 살폈다.

뒤쫓아오는 철사홍이 잘 볼 수 있으며 놈들에게도 들키지 않을 장소가 필요했다. 아울러 적아를 꼭꼭 숨겨놓을 장소도.

마침 적당한 장소를 발견한 주애청은 한층 더 세차게 땅을 박찼다.

갑자기 주애청의 뇌리에 강한 경종이 울렸다.

자신에게 그런 장소라면 적에게도 마찬가지이다.

누군가 저 음영 뒤에 매복해 있다면?

그 생각이 끝나기도 전에 파공음이 울렸다.

쌔액—

강전 하나가 섬전처럼 쏘아져 나왔다. 주애청이 달려오는 속도에 편승해 강전은 두 배로 더 빠르게 보였다.

주애청은 필사적으로 몸을 틀었다.

파앗—

강전이 어깨를 스치며 뒤쪽의 바위에 맞아 불꽃을 튀겼다.

쌔액—

또 한 대의 강전이 날아왔다. 뒤이어 두 대 더…….

주애청은 즉시 적아를 나무둥치 뒤로 던지고 주먹을 흔들었다.

두 대의 강전이 손등에 튕기고 또 한 대는 허리를 스쳤다.

파앙—

강전을 쳐내면서 그대로 뻗은 주애청의 주먹에서 폭음이 일었다.

"크윽!"

수풀의 음영 속에서 비명이 터지며 한 개의 인영이 튀어 올라 뒤로 굴러 내려갔다.

주애청은 다시 주먹을 휘둘렀다.

수풀 속에는 최소한 두 명 이상이 있을 것이다.

권경이 터지기도 전에 한 명이 솟아올랐다. 주애청은 그를 향해 쇄도해 들었다.

퍼억—

사내의 가슴에 주애청의 주먹이 틀어박히며 동료가 굴러 내려간 비탈을 같이 굴러 내려갔다.

주애청은 여전히 경계심을 늦추지 않으며 수풀 속을 응시했다.

그곳에는 더 이상 매복이 없었다.

그런데 적아의 몸짓이 강한 경고를 하고 있었다.

주애청은 온 신경을 굳혔다.

상대는 적아의 감각까지 속이며 접근할 정도로 고수란 말이었다.

"역시 이곳밖에 없지? 그런데 계집인가?"

비탈 옆에서 한 인영이 천천히 걸어나왔다.

깡마른 체구에 키가 훌쩍 큰 중년인이었다. 그 중년인 뒤로 비슷한 연배의 중년인 두 명도 같이 나타났다.

주애청은 뒤쪽을 살폈다.

철사홍이 달려오는 기색은 느껴지지 않았다. 적아만이 깃털을 곤두세운 채 세 발로 서서 으르렁거리고 있었다.

'망할!'

주애청은 속으로 역정을 토했다.

세 명의 중년인으로도 벅찰 것 같았는데 비탈 아래쪽에서도 여러 명의 인영들이 더 몰려드는 기색이 느껴졌다.

"우선 이 계집부터 잡지. 그러면 더 쉬워질 것 같네."

뒤쪽의 사내 하나가 음산한 목소리와 함께 나섰다. 그의 손에는 못처럼 구부러진 기형의 병기가 들려 있었다.

"그렇게 하지. 생포해 오면 포상이 더 크다고 했으니 되도록 생포하지."

또 한 명의 중년인이 비릿한 음성과 함께 검을 들어 올렸다.

"개소리!"

주애청이 발작적으로 주먹을 뻗었다.

맹렬한 권경이 기형의 병기를 든 중년인을 향해 뻗어갔다. 중년인이 감히 경시하지 못한 채 병기를 휘둘렀다. 그의 병기에서도 막강한 기운이 쏟아졌다.

퍼엉—

폭음과 함께 먼지가 피어올랐다.

그 사이로 한 중년인의 검이 주애청의 목을 노리고 찔러들었다.

주애청은 급히 몸을 틀며 사내의 복부를 향해 발을 차올렸다.

그 순간 또 한 명의 중년인이 주애청의 허리를 노리고 채찍을 휘둘렀다.

주애청은 한 손으로 검을 쳐내며 다른 한 손으로 채찍을 잡아갔다.

파라락—

채찍 끝이 손바닥에 걸렸고, 그것으로 위에서 떨어져 내리는 기형의 병기를 감은 주애청은 검을 쳐낸 손으로 기형 병기를 든 사내의 가슴을 두드렸다.

퍼억—

낫을 든 사내가 주르르 뒤로 밀려갔다. 그러나 쳐낸 검이 목을 향해 날아왔고 비탈 아래쪽에서 달려오던 사내 한 명이 훌쩍 몸을 날렸다.

쨍—

다시 한 번 검을 쳐낸 주애청의 눈에 적아가 뛰어오르는 모습이 보였다.

아래에서 몸을 날려 가세해 오는 사내를 향해 뛰어드는 적아의 모습은 위태롭기 그지없었다. 그건 두 개가 아닌 한 개의 뒷다리로만 도약을 했기 때문이다.

"안 돼!"

주애청은 고함을 질렀다.

그녀의 예상대로 제대로 도약을 못한 적아가 사내가 뿌린 주먹에 걸렸다. 적아는 몸을 틀었지만 사내의 주먹에 옆으로 튕겨 나갔다. 사내는 그 주먹을 그대로 주애청에게 휘둘러 왔다. 또한 채찍을 늘어뜨린 중년인이 손을 수도로 만들어 주애청의 목을 쑤셔 들었다.

잡고 있던 채찍 끝을 놓은 주애청은 철판교의 수법으로 몸을 뒤로 뉘였다. 사내의 수도가 허공을 스쳐 지나갔고 적아를 튕겨낸 주먹은 아슬아슬하게 가슴 위로 흘러갔다. 대신 한 자루의 검은 직도양단의 수법으로 떨어져 내렸다. 이 상태대로

라면 허리가 양단될 터였다.

퍼억—

한 손으로 땅바닥을 친 주애청은 세차게 신형을 틀었다. 아무리 그래도 허리 한쪽은 내어줄 수밖에 없는 상황이었다.

주애청은 이를 악물었다. 허리 한쪽에 상처를 입더라도 한 놈은 처치할 생각이었다.

퍼억—

귓전에서 포탄이 터지는 것 같은 굉음이 터졌다. 그리고 검으로 허리를 갈라 오던 중년인이 선혈을 뿌리며 비탈길 저 아래로 튕겨났다.

파파팍—

주애청은 바닥을 뒹굴던 몸을 벌떡 일으키며 허리에 손을 갖다 댔다.

너덜하게 변했을 것이라 생각했던 허리는 멀쩡했고 자신에게 톱니바퀴처럼 가해지던 공격도 모두 멈추어 있었다.

그리고 장내에 커다란 바위 하나가 솟아올라 있었다.

그건 이제까지 없던 것이었다.

第五十六章
**만남**

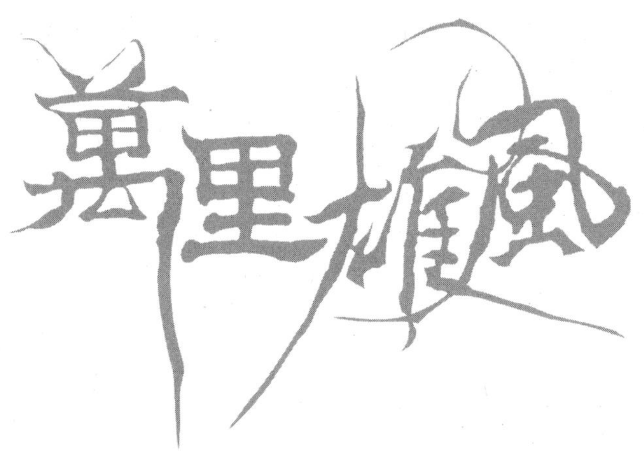

주애청은 두 눈을 찢어져라 떴다. 그녀의 망막으로 갑자기 솟아난 바위의 형체가 분간되었다.

"배, 백호……."

갑자기 솟아오른 바위의 형체는 꿈에도 그리던 백호였다.

"백호!"

주애청은 터져라 고함을 지르며 위기 상황도 잊은 채 백호의 목을 끌어안았다.

으르렁—

백호는 주애청에게 목을 끌어안긴 상태에서도 다른 사람들의 움직임을 한순간도 놓치지 않고 있었다.

깨앵— 깽—

백호의 모습을 본 적아도 참았던 신음을 토했다.

갑작스런 사태에 기절초풍할 듯 놀란 사람들은 주애청을 공격했던 사내들이었다.

숫아나듯 나타난 대호의 앞발질에 검을 들었던 중년인은 공깃돌이 날아가듯 피를 토하며 날아갔는데 자신들보다 더 놀라서 기절을 해도 모자랄 주애청은 오히려 호랑이의 목을 안고 울부짖고 있는 사태는 쉽게 이해가 되지 않았다.

"어헉!"

비탈 아래쪽에서 뒤늦게 뛰어오른 사내들도 단말마의 비명을 지르며 그 자리에 얼어붙었다.

"정말 백호 너 맞는 거지?"

주애청은 아직도 믿기지 않는 표정과 함께 백호의 목을 쓰다듬었다.

백호가 나타난 이상 이제 저따위 놈들은 걱정할 것이 없었다. 백호는 예전에 헤어질 때보다 몸집이 훨씬 더 크게 불어 있었다.

주애청은 처음으로 온몸에 쌓인 피로를 느낄 수 있었다.

그때 뒤쪽 숲에서 맹렬한 기세로 다가오는 인기척이 들렸다.

주애청은 흠칫 안력을 돋우었다. 그리고는 경계의 자세를 취했다.

처음에는 철사홍인 줄 알았다.

그러나 몸매가 달랐다. 차돌 같은 근육은 비슷했지만 철사홍보다는 덜 두꺼웠다. 그리고 약간 키도 작은 것 같았다. 무엇보다 철사홍처럼 텁석부리가 아니었다.

다가오는 인영을 향해 적아는 일어서지도 못한 채 적의를 드러냈다.

주먹을 들어 올리려던 주애청은 이상한 기분에 백호를 쳐다보았다. 사내가 지척으로 다가왔는데도 백호가 아무런 경계심을 드러내지 않았다.

백호의 그런 모습에 적아마저도 어리둥절한 눈으로 백호를 바라보았다.

"휴—"

장내에 내려선 장신의 사내가 긴 한숨을 토했다. 그의 몸에서 물씬 땀 냄새가 풍겨왔다.

주애청은 잔뜩 긴장한 눈으로 사내를 쳐다보았다.

만약 적이라면 가장 강력한 적일 것 같았다. 온몸으로 풍겨오는 압박감이 중년인 셋을 합친 것보다 강했다.

"무사하셨군요, 사저!"

유진룡이 주애청을 향해 얼른 포권을 쥐었다.

'사저?'

주애청의 눈이 다시 한 번 크게 뜨여졌다. 그리고는 몇 번 표정이 변했다.

백호가 나타난 것이 너무 반가워서 어떻게 백호가 이곳까지 왔는가 하는 생각은 하지 못했다.

백호는 새로운 주인을 따라온 것이다.

"유… 사제?"

주애청은 서찰에서 읽은 유진룡의 이름을 기억해 내려고 애쓰며 말했다.

"제 서찰을 받으셨군요? 하긴, 그래서 이곳에 계시겠지만……."

유진룡이 씨익 웃으며 다시 포권을 쥐었다.

주애청은 모든 긴장감이 일순 풀어지며 다리마저 풀리는 것 같았다. 백호만큼 강해 보이는 유진룡을 보니 이젠 아무런 걱정을 안 해도 될 것 같은 느낌을 받은 것이다.

그때까지도 두 명의 중년인과 뒤에 나타난 사내들은 두 사람을 멀뚱히 지켜보기만 했다.

"사형은 어디 있습니까?"

유진룡이 주위를 두리번거리며 물었다.

"뒤따라오기로 했는데 싸움이 덜 끝난 모양이에요."

그제야 주애청의 표정이 놀람에서 다급함으로 바뀌었다.

"어서 도와줘야 되겠군요."

유진룡이 양손을 들어 올렸다.

"그러자면 이자들을 먼저 처치해야 할 테고……."

갑자기 유진룡의 신형이 앞으로 쏘아졌다.

퍼억—

아직 제정신을 차리지 못하고 있던 사내 하나가 유진룡의 주먹에 걸려 허공으로 떠올랐다.

퍼억—

그 사내를 백호가 앞발을 휘둘러 비탈길 아래로 날려 보냈다.

팟!

이번에는 짧고 미약한 타격음이 터졌다. 그러나 그 결과는 훨씬 위험하고 치명적이었다.

나무젓가락 굵기만큼 날카롭게 뻗어나간 경력이 한 사내의 명치를 관통하며 등줄기를 뚫고 나왔다.

사내가 모래탑처럼 그 자리에서 무너졌다.

파팟—

다시 두 가닥의 음향이 터졌고 미간과 인중을 가격당한 사내 두 명이 똑같은 모습으로 쓰러졌다.

“하앗!”

채찍을 잡고 있던 중년인이 세차게 그것을 뿌렸다. 그에 한 발 앞서 유진룡이 손바닥을 활짝 펼쳤다.

퍼엉—

가슴에 일장을 격중당한 사내가 채찍을 꼬리처럼 늘어뜨리며 비탈길 아래로 날려갔다.

“하앗—”

세 명의 사내가 한꺼번에 날아들었다.

커헝—

백호의 포효와 함께 한 명의 사내가 뒤로 되 튕겼고, 두 명은 유진룡의 주먹과 발에 걸려 바닥으로 무너져 내렸다.

퍼엉—

주애청의 손에서도 폭음이 터졌다.

낫을 든 중년인이 다시 주애청의 장력에 격중됐다. 그곳은 격전 중에 주애청의 주먹에 가격당한 곳이었다. 같은 곳을 두 번이나 가격당한 중년인은 더 이상 버티지 못하고 선혈을 토하며 쓰러졌다.

"후퇴!"

중년인들이 모두 쓰러지자 한 사내가 고함을 질렀다.

남은 몇 명의 사내들은 고함을 지른 사내를 따라 순식간에 비탈길로 사라졌다.

"어서 사형을 도와야 해요!"

주애청이 도주하는 사내들을 거들떠보지도 않고 다급하게 말했다.

"어느 방향입니까?"

유진룡이 고개를 끄덕이며 물었다.

대답 대신 주애청은 몸을 날렸다. 유진룡도 주애청을 따라 땅을 박찼다.

순식간에 사라진 두 사람을 멀뚱히 쳐다보던 백호는 적아의 목덜미를 가볍게 물고 등에 업은 후 훌쩍 몸을 날렸다.


"제길!"

철사홍은 허리를 스치는 검 한 자루를 느끼며 역정을 터뜨렸다.

격전 도중에 나타난 백발의 사내!

그 사내의 존재가 계속 신경을 건드려 미세하게나마 대응을 무디게 만들었다. 그 결과 상처를 입고 만 것이다.

백발의 사내는 느긋하게 나타나 서 있을 뿐이었다. 그러나 그 사내의 몸에서 뭉게구름처럼 피어오르는 기운이 전신 모공과 세포를 자극하고 있었다.

일대일로 싸워도 한참은 걸릴 것 같았다. 그런데 그는 언제든지 가세할 자세를 취한 채 계속 자신을 주시하고 있었다.

휘익—

다시 한 번 검로가 흐트러졌다. 그 사이로 두 개의 검이 파고들었다.

철사홍은 쾌속하게 청룡검을 휘둘렀다.

바람을 따라잡는 추풍신검의 별호답게 그의 공격은 극쾌를 담고 있었고 극쾌의 실체는 천하의 보검 청룡검이었다.

찌찌찡—

쇠줄이 울리는 소리가 나며 세 개의 검이 반 토막나 바닥에 떨어져 내렸다.

그렇게 떨어져 내린 검이 스무 개도 넘었다.

검이 잘린 세 사내가 온 인상을 쓰며 뒤로 물러났다. 몇 번 휘둘러보지도 못하고 벌써 패자로 전락한 것이 견딜 수 없다는 표정이었다. 그들 대신 다른 사내 다섯이 앞으로 나섰다.

"그만!"

백발의 사내가 손을 들어 올렸다.

앞으로 나섰던 다섯 사내가 즉시 뒤로 물러섰다. 대신 백발의 사내가 앞으로 나섰다.

"멋진 검이군!"

백발의 사내가 빙긋 미소를 흘렸다. 성하의 햇살에 비친 그 미소가 음산하게 빛났다.

"때로는 보물 때문에 생명이 단축되기도 하지. 뭐, 그렇다고 자네보고 한 얘기는 아니야. 자넨 보물을 가질 만한 실력을 충분히 갖추었으니까. 하지만 시대를 잘못 타고난 것 같기는 하군."

백발의 사내는 한 번 더 웃음을 흘린 후 뒤쪽을 향해 손을 들어 올렸다.

휘익―

획―

뒤쪽에 있던 사내들이 신속히 앞으로 나섰다. 그들의 손에는 커다란 강궁이 들려 있었다. 그리고 그 강궁의 시위에는 각각 한 대의 강전이 재워져 있었다.

“비열한…….”

철사홍이 이를 갈며 내뱉었다.

“보검 때문에 상대를 할 수가 없는 걸 어쩌겠나. 그렇게 따지면 보검으로 보통 검을 상대하는 자네도 비겁하긴 마찬가지 아닌가?”

“일대일이라면 보검 같은 건 필요 없지.”

철사홍이 다시 이를 갈았다.

“그렇게 말하니 할 말 없군. 하지만 지금 와서 서로 정정당당해질 필요는 없겠지?”

백발의 사내는 손을 내렸다. 거의 동시에 열 개의 강전이 시위를 떠났다.

피피핑—

철사홍은 미친 듯이 청룡검을 흔들었다. 보일 듯 말 듯 먼 거리에서도 자신들이 숨은 나무를 정확히 맞추던 궁수들이었다. 그리고 그 거리를 순식간에 날아온 강전이었다. 그러니 바로 앞에서는 보이지도 않았다. 순전히 느낌만으로도 쳐내야 했다.

치치치칭—

청룡검의 검신에서 강전이 스치는 소리가 연신 터져 나왔다.

열 개의 강전이 모두 허공으로 팅겨 올랐다.

“과연! 추풍신검!”

백발사내가 다시 손을 내렸다.

이번에는 스무 발의 강전이 섬전처럼 쏘아졌다.

철사홍의 검이 다시 햇살을 갈랐다.

이번에는 다 쳐낼 수 없었다. 아무리 빨라도 인간의 움직임에 한계가 있었다.

우우웅—

불끈 내력을 끌어올린 철사홍은 검막(劍幕)을 펼쳤다. 절정의 고수들이 엄청난 내공을 불어넣어야 펼칠 수 있는 절기였다.

퍼퍼퍼펑—

쏘아져 온 강전들 끝에서 폭음이 터지며 뒤로 튕겨났다.

"하앗—"

기합성을 터뜨린 철사홍이 허공으로 신형을 날렸다. 우선적으로 궁수들을 처치할 심산이었다. 그사이 강전을 재운 두 명의 궁수가 다시 시위를 놓았다. 섬전처럼 빠른 속사의 기술이었다.

두 대의 강전을 쳐낸 철사홍의 검이 번쩍 빛을 토했다. 강전과 함께 가슴이 갈라진 두 사내가 입을 딱 벌리며 뒤로 넘어갔다.

파아앗—

다시 피보라가 일었다.

다섯 명의 궁수가 한꺼번에 팔과 목이 잘린 채 쓰러졌다.

"하앗—"

휘잉—

백발의 사내가 고함을 지르며 주먹을 뻗어왔다. 그의 주먹에서 시퍼런 염화가 일었다.

"바라던 바!"

일갈을 지른 철사홍이 청룡검을 뿌렸다.

치이잉—

한 가닥으로 뻗어오던 염화가 두 갈래로 갈라지며 철사홍의 양옆으로 지나갔다.

그 사이로 철사홍의 신형이 쇄도해 들었다.

파앗—

순간적으로 백발사내의 몸이 아래로 숙여졌다. 철사홍의 검 앞에 목덜미를 들이미는 것 같은 자살 행위였다. 그러나 철사홍은 그대로 검을 내려칠 수가 없었다. 숙여진 백발사내의 몸 위로 두 대의 강전이 번개처럼 쏘아져 오고 있었기 때문이다.

비열하면서도 치명적인 합공이었다. 그리고 너무나 숙련된 움직임이었다.

"헛!"

처음으로 단말마를 토한 철사홍이 맹렬히 상체를 틀며 검을 뿌렸다.

한 대의 강전을 쳐냈으나 다른 한 대의 강전이 어깨를 스쳤다. 거기에 더해 상체를 숙였던 백발사내가 포탄처럼 주먹을 쳐올렸다.

철사홍은 강전을 쳐낸 청룡검을 그대로 내려쳤다. 그러나 한발 앞서 백발사내의 주먹이 옆구리를 스쳤다.

정통으로 철사홍의 명치에 주먹을 꽂아 넣었다면 백발사내 역시 머리가 두 쪽 날 상황이었기에 마지막 순간 상체를 튼 백발사내의 주먹은 다행히 옆구리를 스친 것이다.

그러나 그곳은 앞서 강전에 상처를 입은 곳이었다.

통증과 함께 철사홍의 옆구리에서 선혈이 터져 나왔다.

"망할!"

철사홍은 인상을 쓰며 재차 검을 휘둘렀다. 세 개의 강전이 다시 튀어 오르고 있었기 때문이다.

따당—

강전을 쳐낸 사이로 다시 백발사내의 권경이 날아들었다.

자르기에는 너무 빨랐다. 철사홍은 검을 옆으로 틀어 사내의 권경을 막았다.

퍼엉—

청룡검의 검신에 백발사내의 권경이 터졌다.

"하앗!"

검로가 무너진 사이로 다른 사내가 직도양단으로 검을 뿌리며 허공에서 떨어져 내렸다. 그 사이로 강전 한 대도 같이 날아들었다. 그 측면으로 백발사내의 주먹이 다시 뻗어왔다.

철사홍은 뒤로 물러설 수밖에 없었다.

빈틈없는 합공 앞에 속절없는 밀림이었다. 그리고 그건 치명적인 결과와 직결될 수밖에 없었다.

퍼엉―

허공 중에서 폭음이 터졌다. 뜻밖으로 그건 직도양단으로 검을 내려치는 사내의 복부에서 터져 나오는 폭음이었다. 그 폭음과 함께 사내가 뒤로 날려갔다.

"하앗!"

주애청의 목소리가 들려왔다. 방금 사내를 날려 버린 것은 주애청의 권경이었다.

철사홍은 강전을 쳐내며 그대로 백발사내를 향해 검을 그어갔다.

그러나 백발사내는 한발 앞서 황급히 뒤로 물러서며 쌍장을 활짝 펼치고 있었다. 철사홍이 아닌 누군가의 공격을 막는 자세였다.

그의 쌍장에서도 폭음이 터졌다.

비로소 철사홍은 고개를 돌렸다.

먼저 눈에 들어온 인영은 주애청이 아니었다. 거의 자신만큼 장신의 청년이었다.

청년이 백발사내를 향해 쌍장을 들어 올린 자세로 서 있었다. 그 뒤로 적아를 등에 업은 백호가 어슬렁거리며 걸어오고 있었다.

‘백호?’

눈을 크게 뜬 철사홍은 현실을 잊은 듯 백호를 쳐다보았다. 그렇게 애타게 찾아 헤매던 백호가 눈앞에 나타났다. 그리고… 백호와 함께 나타난 장신의 청년!

비로소 청년의 정체가 짐작되었다. 사부가 돌아가신 지금 백호를 대동하고 나타날 사람은 단 한 사람뿐이었다.

“다행이에요. 정말 다행이에요, 사형!”

주애청은 반쯤 울먹일 듯한 모습으로 철사홍의 전신을 훑었다. 다행히 철사홍은 허리를 빼고는 큰 부상은 없어보였다.

“백호!”

상처의 통증도 잊은 채 철사홍은 감개무량한 표정으로 백호를 바라보았다.

등에 업었던 적아를 내려놓은 백호가 철사홍 곁으로 다가왔다. 그리고 긴 혓바닥을 내밀어 철사홍의 허리에 난 상처를 핥았다.

“이놈! 이젠 철들었구나.”

철사홍이 백호의 목을 세차게 쓰다듬었다.

백호와 유진룡의 등장으로 장내의 움직임은 주애청 때와 마찬가지로 또 한 번 정지되어 있었다.

“진룡… 사제인가?”

철사홍이 유진룡을 보며 말했다.

“처음 뵙습니다, 사형!”

유진룡은 포권을 쥐며 철사홍의 전신을 훑었다. 자신보다 더 큰 키에 육중한 몸매, 그리고 짙은 구레나룻은 영화전장의 책자에 그려진 그대로였다.

"때마침 잘 왔네. 정말 잘 왔어. 와하하—"

철사홍이 목청껏 웃음을 터뜨렸다.

지금 상황에선 주애청만 가세해 주어도 천군만마를 얻은 심정일 것이다. 그런데 백호와 함께 결코 자신에 못지않아 보이는 유진룡의 가세는 온 세상을 다 얻은 것 같은 자신감을 불러일으켰다.

"이젠 제대로 한번 싸워볼 수 있겠군."

철사홍은 연신 흘러나오는 허리의 선혈에는 신경도 쓰지 않고 이를 허옇게 드러냈다.

피잉—

파공음과 함께 강전 한 발이 날았다.

백호의 등장에 잔뜩 긴장한 채 활 시위를 당기고 있던 궁수 한 명이 백호와 눈이 마주치자 과도한 긴장을 이기지 못하고 시위를 놓쳐 버린 것이었다.

비록 실수로 쏘아진 강전이긴 하지만 강궁에서 발사되었고 시위를 당겼던 힘이 결코 약하지 않았기에 강전은 섬전처럼 백호를 향해 나아갔다.

양미간 사이로 날아오는 강전을 본 백호는 살짝 고개를 숙였다. 그건 마치 사람의 말에 대답을 하는 듯한 미세한 움직임이었다. 그러나 그 미세한 동작으로 인해 강궁은 백호의 동그란 머리 부분을 스치며 아무 일 없었다는 듯 뒤로 날아갔다.

칼로 찔러도 소용없을 것 같은 뻣뻣한 털에 스친 강전은 백호의 몸에 아무런 상처도 입히지 못했다. 그러나 백호의 자존심에는 큰 상처를 입혀 놓았다.

휘익—

순식간에 백호는 한줄기 선으로 변했다.

퍼억—

파육음이 터지며 강전을 발사한 궁수는 오 장 가까이 되는 거리를 날아갔다.

퍼퍼퍽!

파육음이 연달아 터졌다.

비명을 지를 새도 없이 활을 든 궁수들은 모조리 동료가 날아간 곳으로 날아갔다.

궁수들을 모두 처치한 백호는 고개를 들어 유진룡을 쳐다보았다. 자기 성질은 다 풀었으니 이젠 네 차례란 눈빛이었다.

"망할 놈!"

쓰게 웃은 유진룡이 땅을 박찼다. 그의 몸도 한 가닥 선으로 변했다.

퍼퍼퍽!

파육음이 연속적으로 터져 나왔다.

검을 든 세 명의 사내는 제대로 휘둘러 보지도 못하고 그대로 무너졌다. 그들이 무너지기도 전에 만리추영보를 펼친 유진룡의 몸은 그들 사이로 휘돌고 있었다.

퍼퍽!

다시 두 명이 무너졌다.

"쳐라!"

백발의 사내가 다급하게 고함을 질렀다. 고함을 치던 그의 얼굴이 창백해졌다.

철사홍의 거대한 체구가 덮쳐 오고 있었기 때문이다.

백발사내는 황급히 몸을 틀며 철사홍을 향해 쌍장을 갈겼다.

반쩍―

철사홍이 허공에서 세 번의 쾌검을 한꺼번에 뿌렸다.

백발사내가 뿌린 쌍장이 허공에서 흩어지고 그 사이로 철사홍의 검기가 백발사내의 가슴을 잘라갔다.

백발사내가 대경하며 손을 내밀었다.

백발사내의 손이 갈고리처럼 구부러졌다.

언뜻 그의 손톱이 빛을 반사하는 느낌을 주었다. 그리고 그 사이에서 다섯 개의 백광이 뻗어 나왔다.

쏘아져 들던 철사홍은 급히 신형을 틀며 청룡검을 흔들었다.

따다당―

청룡검에서 콩을 볶는 소리가 터져 나왔다.

'가조(假爪)?'

조금 전 손톱에서 빛이 반사되는 것 같은 느낌은 착각이 아니었다. 백발사내의 손톱 위에는 정교한 가조들이 끼워져 있어 유사시에는 총알처럼 튀어나오는 것이었다. 그 속도가 너무 빨라 평범한 검이었다면 구멍이 뚫렸을 것이다.

쐐애액—

가조를 막아내느라 주춤하는 사이 백발사내는 측면에서부터 쇄도해 들며 일장을 갈겼다.

철사홍은 가조를 막은 검을 그대로 내리그었다.

경력이 흩어지고 청룡검은 그 여세를 모아 백발사내의 가슴을 잘라갔다. 평정심을 되찾은 추풍신검의 빛살 같은 쾌검이었다.

백발사내는 대경한 눈빛과 함께 손을 뻗었다.

가슴이 찢어지는 것보다는 손이 찢어지는 것이 나았다.

파팍—

백발사내의 한 손이 너덜하게 변하며 핏물이 사방으로 튀었다. 이를 악문 백발사내는 남은 한 손을 필사적으로 뻗어 철사홍의 목을 두드려 갔다.

파앗—

철사홍의 쾌검이 한발 앞서 백발사내의 어깨를 갈랐다.

어깨에서 심장까지 갈라진 백발사내가 손을 다 뻗지도 못하고 천천히 뒤로 넘어갔다.

퍼펑―

주애청의 주먹에서 권풍이 터져 나가며 마지막까지 버티던 사내가 쓰러지자 장내에는 세 사람만 서 있었다.

"정말 세군요, 사제."

주애청은 경탄 어린 눈으로 유진룡이 쓰러뜨린 사내들을 쳐다보았다. 유진룡이 스쳐 지나간 곳은 바람에 쓰러진 들풀처럼 사내들이 쓰러져 있었다.

비로소 주애청과 철사홍은 숨을 돌리며 몸에 난 크고 작은 상처들을 돌보았다. 그러나 그것도 잠시. 어느새 저 위쪽에서 여러 명의 인기척이 느껴지고 있었다.

"앞장을 서라, 백호!"

유진룡이 고함을 치자 백호가 귀찮아 죽겠다는 듯 슬그머니 엉덩이를 들었다.

"어서, 이 망할 놈아!"

유진룡은 백호의 엉덩이를 걷어찼다.

이젠 단련이 된 백호는 얼른 몸을 피하며 유진룡이 가리킨 곳으로 방향을 잡았다.

그렇게 백호는 앞장을 서서 포탄처럼 길을 뚫을 것이다.

"따라갑시다, 사형!"

유진룡이 철사홍을 보고 말했다.

철사홍이 멍한 표정으로 유진룡과 백호를 쳐다보았다.

자신도 예전에는 백호를 제법 걸어찼지만 그건 다 자라기 전인 새끼 때였다. 성수(成獸)가 되어갈 즈음에는 놈은 절대로 그걸 허용하지 않았다. 이빨을 드러내며 엄숙히 경고했다. 그런데 유진룡에게는 경고는커녕 속수무책이란 듯 피해 버렸다.

'저놈이 이젠 늙은 것인가?'

철사홍은 사라지는 백호의 뒷모습만 쳐다보고 있었다.

"뭐 해요, 사형!"

저만치서 주애청이 고함을 질렀다.

철사홍은 적아를 안고 몸을 날렸다.


잠시 후 몇 명의 사내들이 치열한 접전의 현장으로 날아내렸다.

"뭐야 이건?"

은색 면구의 사내는 어이없는 어조로 내뱉은 후 주변을 둘러보았다.

수십 명의 부하들이 한 명도 남김없이 쓰러져 있었다. 그리고 궁수들은 더욱 처참하게 죽어 나자빠져 있었다. 도저히 일남일녀에게 당한 것이라고 여길 수가 없었다.

은색 면구의 사내는 쓰러진 시체들을 면밀히 조사했다. 그는 곧 시체의 상처에서 이질적인 점들을 발견했다.

"방수가 있단 말인가?"

철사홍은 검을 썼고 주애청은 주먹과 장을 썼다. 그렇다면 상처는 모두 검상이거나 권장에 당한 상처여야 한다. 그런데 반 정도의 시신에 드러난 상처는 송곳으로 찌른 듯한 모습을 하고 있었다. 그것도 급소만 골라서였고 나무젓가락이 하나 들어갈까 말까 한 크기의 구멍이 등 뒤에까지 나 있었다. 실로 무서운 공격법이었다.

문득 진한 경계심이 몰려왔다.

내력을 이렇게 작은 한 점에 결집시켜 터뜨린다면 적은 내력으로도 치명적인 충격을 줄 수 있다. 그야말로 장력 한번 터뜨릴 내력으로 다섯 명을 순식간에 황천길로 보내 버릴 공격이었다. 더구나 하나같이 사혈에다 터뜨려 버린다면 비명조차 지를 수 없이 쓰러질 것이다.

"새로운 놈이 끼어들었다. 그리고 놈은 접근전의 귀재이다."

은색 면구의 사내는 냉정하게 상황을 파악했다.

"그런데 이건?"

사내는 궁수들의 시선을 보며 눈살을 찌푸렸다.

반 이상의 궁수들은 목뼈가 부러지거나 척추가 꺾어진 채 죽어 있었다.

그건 도저히 이해가 가지 않았다.

비록 철사홍이 거구에, 신력이 엄청난 사나이라지만 이런 무식한 짓을 할 인간은 아니다. 쾌검을 뿌리는 그는 이렇게 하라고 해도 하지 않을 것이다.

"청동거인이라도 나타났단 말입니까?"

옆에서 같이 살피던 사내가 고개를 흔들며 중얼거렸다.

"어쨌든 일이 열 배는 더 어려워졌다. 결국은 최후의 수단을 써야 할 것 같다."

은색 면구의 사내는 침울하게 대꾸했다.

"그럼 우리 피해도 클 텐데요?"

옆에 선 사내는 조심스럽게 말하며 은색 면구 사내의 눈치를 살폈다.

면구의 사내는 한참 동안 대답을 미룬 채 생각에 잠겼다.

"어쩔 수 없다. 마침 바람도 우리 편이고……."

면구의 사내가 몸을 일으켰다.

잠시 후 한 개의 화살이 긴 연기의 꼬리를 날리며 허공으로 떠올랐다.

第五十七章
천인혈독(天人血毒)

萬里雄風

휘익—

한 개의 그림자가 유령처럼 숲 사이를 빠져나와 몇 명의 사내들 뒤를 은밀하게 따랐다. 그림자를 따라 지독한 악취 한 자락이 숲을 휘돌았다.

제일 뒤에서 걸음을 옮기던 사내가 평생 처음 맡아보는 악취에 코를 씰룩거리며 고개를 돌렸다. 그 순간 은밀한 그림자는 손을 뻗어 제일 뒤에 있는 사내의 목덜미 혈 한곳을 찔렀다.

사내는 뻣뻣하게 굳은 채 뒤로 넘어갔다.

사내의 신형이 땅바닥을 뒹굴며 소음을 내기 전에 그림자는 사내를 받아들고 숲으로 사라졌다.

잠시 후 개방의 칠결장로 백엽동은 들쳐 업은 사내를 내려놓고 혈을 찍었다.

눈을 뜬 사내가 세차게 눈동자를 돌렸다. 의식은 돌아왔지만 그가 할 수 있는 일은 그것뿐이었다. 온몸은 뻣뻣하게 굳은 채 말을 듣지 않았다.

타탁—

백엽동은 사내의 턱 아래를 두드려 아혈을 틔웠다. 사내가 비로소 입을 움직였다.

"뉘, 뉘시오?"

사내는 다급하게 물으며 인상을 썼다. 백엽동 가까이에 있자 더욱 악취가 심해진 것이다.

"그건 내가 묻고 싶은 말이네."

백엽동은 낮은 목소리로 대꾸했다.

"네놈들은 누구? 아니, 그건 이미 알고 있는 일이고… 여기서 무슨 짓을 벌이는 것이냐?"

백엽동은 낮지만 준엄한 목소리로 물었다.

사내가 입을 닫았다.

"쉽게 토설하지야 않겠지. 하지만 일각 후엔 생각이 달라질 걸세. 개방의 고문 수법은 제법 고강하니 말이야."

백엽동은 사내의 아혈을 다시 점했다. 그리고 가슴과 배, 겨드랑이에 있는 혈 몇 군데를 더 점했다.

잠시 후 사내가 눈을 크게 떴다. 뒤이어 사내의 이마에 있는 혈관이 새끼손가락만큼 굵게 돋아 올랐다.

사내의 눈이 공포로 물들고 온 얼굴에 죽음의 그림자가 어렸을 때 백엽동은 조금 전에 했던 반대의 순서로 혈을 짚었다. 그리고 다시 아혈을 틔웠다.

"두, 두 사람을 잡기 위해서이오."

아혈이 트이자마자 사내는 신속하게 말했다.

"두 사람?"

백엽동의 눈이 가늘어졌다. 겨우 두 사람을 잡기 위해 이렇게 많은 인원을 동원한다는 것이 믿어지지 않는 것이다.

"그들은 추풍신검 철사홍과 그의 사매 주애청이오."

백엽동의 손이 다시 겨드랑이 근처로 오자 사내가 서둘러 답했다.

"추풍신검? 칠웅의 한 사람인 그 추풍신검 말이냐?"

백엽동이 정말 의외란 눈을 하며 물었다.

사내가 재빨리 고개를 끄덕였다.

"그럼, 그들을 잡으라고 명령을 내린 사람은?"

백엽동의 손이 다시 사내의 가슴 부근에 올려졌다. 그리고 혈을 점했다.

사내의 눈에 아까보다 더 큰 공포감이 어렸다. 백엽동은 아까보다 훨씬 더 긴 시간 사내의 혈을 풀어주지 않았다.

"흑사련의 풍운당주 도천극이오."

혈이 풀어지자마자 사내가 서둘러 말했다.

"대체 이게 무슨 소리냐? 탈백마수 도천극이 추풍신검을 잡기 위해 그렇게 많은 사람을 움직였다고?"

백엽동의 말에 사내가 고개를 끄덕였다.

"다시 말해, 천산마존의 첫째 제자 도천극이 셋째 제자 철사홍을 잡기 위해 이런 일을 벌이고 있단 말이지?"

백엽동은 혼잣소리처럼 중얼거렸다.

"정말 흥미로운 일이군 그래. 그런 일이라면 만사 제쳐 놓고 관여해 볼만하군."

백엽동은 사내의 아혈을 다시 점했다.

"운이 좋아, 혈맥이 오그라들기 전에 동료에게 발견되면 살 수도 있을 걸세."

백엽동의 신형이 신속히 사라졌다.

*　　　*　　　*

으르렁.

백호가 나직한 경고를 터뜨렸다.

얼마가지 않아 앞쪽에서 많은 인원들이 달려오고 있었다. 또한 그곳은 유진룡과 철사홍 등이 돌파해야 할 곳이었다.

"치고 나갈 수밖에 없겠군요."

유진룡이 주먹을 우두둑 꺾으며 말했다. 그의 표정에는 긴

장한 기운이 조금도 보이지 않았다. 그런 유진룡을 보며 철사
룡과 주애청은 불끈 용기가 솟아오르는 것을 느꼈다.

"아무래도 그래야겠지?"

철사홍이 씨익 웃었다.

"제가 앞장을 서겠습니다."

만리추영보를 밟은 유진룡의 신형이 순식간에 앞으로 쏘
아졌다.

"어서 가요. 서두르지 않으면 놓치겠어요."

주애청도 주먹을 말아 쥐며 신형을 날렸다.

퍼억―

제일 앞의 사내가 유진룡의 주먹에 가슴을 가격당하고 뒤
로 무너졌다. 동시에 몇 명의 사내들도 더 무너졌다.

"하앗!"

철사홍의 검도 섬광을 뿌리며 세 사내의 목을 동시에 날렸
다.

퍼퍼퍽!

다시 몇 개의 파육음과 함께 세 사내가 쓰러졌다. 아니, 저
만치 날아갔다. 모두 백호의 앞발에 가격당한 것이다.

뒤이어 백호는 사내들 사이를 일직선으로 달려나가고 있
었다. 그 뒤를 유진룡과 철사홍 등이 치달려 나갔다. 이젠 저
앞쪽의 놈들만 뚫으면 탈출은 성공할 것 같았다.

"조금만 더 가면 됩니다. 사형, 사저!"

유진룡은 두 사람을 독려하며 백호의 뒤를 따라 달렸다.

'됐다!'

유진룡은 속으로 소리를 질렀다.

백호의 저돌적인 기세에 앞을 막던 사내들이 둘로 갈라졌고 그 사이로 백호는 바람처럼 빠져나갔다. 자신들도 그렇게 빠져나가면 될 것이었다.

'그런데 저놈들은?'

두 쪽으로 갈라지는 사내들 뒤쪽을 본 유진룡은 짙은 의구심을 느꼈다.

놈들은 모두 전신을 이상한 천으로 가리고 있었다. 그리고 얼굴 역시 갈색 면구로 가리고 있었다.

이 마당에 무슨 가면극을 할 것도 아니고, 유진룡 자신에게 얼굴을 보였다고 해서 안 될 일도 없을 터인데 도저히 알 수가 없었다.

'어쨌든 치고 나가면 될 터.'

유진룡은 한층 더 세차게 땅을 박찼다.

그 순간 갈색 면구를 쓴 한 사내가 자신의 주먹만 한 크기의 무언가를 던졌다. 그를 따라 다른 면구인들도 손에 든 것을 던졌다.

퍼엉—

사내들이 던진 것은 작은 화탄이었다. 그러나 그것들은 폭음도 크지 않고 폭발력도 강하지 않았다. 그런데도 사내들은 계속 그것들을 던졌다.

펑—

펑—

유진룡은 화탄에서 피어오르는 붉은색 연기를 보며 걸음을 멈추었다.

그건 결코 화약 연기가 아니었다. 맞바람을 타고 밀려오는 그 연기에서 비릿한 냄새가 풍겨 나왔다.

'독?'

급히 사태를 인식한 유진룡은 고개를 돌렸다. 철사홍과 주애청은 계속해서 놈들을 쓰러뜨리며 달려오고 있었다.

"사형! 독이에요. 어서 호흡을 멈추십시오."

유진룡이 벼락같이 고함을 지르자 철사홍과 주애청이 급히 호흡을 멈추었다.

"단숨에 통과해야 합니다."

유진룡도 호흡을 멈추며 앞으로 치고 나갔다.

무기를 든 자들과 갈색 면구를 쓰고 온몸을 이상한 천으로 감싼 자들은 더 이상 싸울 의사가 없는지 옆으로 갈라섰다.

유진룡은 붉은 연기를 통과하며 안도의 한숨을 쉬었다. 중독도 되지 않았고 이젠 더 이상 앞을 막는 놈들이 보이지 않았다.

그런데…….

뒤따라오던 철사홍과 주애청이 갑자기 비틀거리기 시작했

다. 그리고는 바닥으로 무릎을 꿇었다.

"호흡을 멈추라고……."

유진룡은 고함을 치다가 입을 다물었다.

철사홍과 주애청은 호흡을 멈추고 있었다. 분명 그랬는데 그들은 중독의 증상을 보이고 있었다. 그 독은 호흡뿐만 아니라 피부로도 스며드는 독인 모양이었다.

독은 철사홍과 주애청만 중독시킨 것이 아니었다. 면구를 쓰지 않은 자들도 중독되어 휘청거리며 바닥으로 쓰러지고 있었다.

"사형, 사저!"

유진룡은 급히 뒤로 달려갔다. 그리고 두 사람의 상태를 살폈다. 두 사람의 눈이 초점을 잃어가고 있었다. 그건 철사홍의 품에 안긴 적아도 마찬가지였다. 다행히 백호는 면구인들을 가르며 앞쪽으로 치달려 나가 괜찮았다.

"정신 차리십시오, 사형!"

철사홍은 그 소리를 들었는지 못 들었는지 바닥으로 쓰러졌다.

유진룡은 급히 자신의 몸 상태를 살폈다. 자신은 아무런 중독의 느낌이 없었다.

갈색 면구를 쓴 인영들도 그게 이상한지 멀뚱히 유진룡을 쳐다보다가 독탄 하나를 유진룡 곁에 더 던졌다. 그러나 마찬가지였다.

“개자식!”

유진룡은 옆에 있는 돌 하나를 집어 들어 방금 독탄을 던진 자에게 던졌다.

퍼억—

머리가 박살나며 사내는 저만치 뒤로 튕겨났다. 그것을 본 면구인들이 기겁을 한 채 신속히 뒤로 물러났다.

“사형, 사저!”

유진룡은 급히 두 사람의 맥을 잡아보았다. 다행히 죽지는 않았지만 맥이 가늘어지고 있었다.

으르렁—

치달려 가던 백호가 포효와 함께 되돌아오고 있었다.

“거기 서! 절대로 이리 오지 마!”

유진룡은 고함을 질렀다. 적아가 저 지경이면 백호라고 해서 무사할 리 없었다.

백호가 우뚝 걸음을 멈추며 서성거렸다.

휘익—

휘익—

뒤쪽에서 옷깃이 날리는 소리가 들리며 또 다른 면구인들이 날아오고 있었다.

유진룡은 급히 철사홍과 주애청을 안아 들었다. 그리고는 경공을 펼쳤다. 이 상태에서는 놈들을 상대할 수 없었다. 최대한 빨리 빠져나가야 했다. 하지만 그것도 여의치 않았다.

두 사람의 무게 때문에 속도가 떨어졌다. 그러는 사이 면구인들이 더 가까워졌다.

또한 화탄을 던졌던 면구인들도 다가들며 포위망을 형성했다.

"죽일!"

유진룡은 두 사람을 다시 내려놓았다. 이대로 계속 달리다가는 두 사람이 칼받이가 될 가망성이 높았다. 되든 안 되든 모두 죽이고 갈 수밖에 없었다.

유진룡은 양손을 뻗었다.

펴엉—

두 주먹에서 권경이 뻗어나가며 제일 먼저 달려들던 두 놈이 나가떨어졌다. 그러는 사이 뒤에서 달려온 흰색의 면구인들이 사방을 둘러쌌다.

그들 역시 멀쩡히 서 있는 유진룡이 이해되지 않는 듯 잠시 멀뚱거렸다.

"제길……."

유진룡은 두 주먹을 가슴에 모았다. 내력 소모가 심한 격공보다는 이젠 접근전으로 싸울 셈이었다. 그런데 면구인들은 쉽사리 달려들지 않고 멀찍이서 포위만 하고 있었다. 아마도 시간을 끌며 중독이 되기를 기다리는 것 같았다.

"기다려! 그럴수록 우리가 유리하다."

한줄기 목소리가 울리며 저만치서 은색 면구인이 느긋하

게 걸어오고 있었다. 면구인들은 그쪽을 향해 길을 틔웠다. 하지만 은색 면구인은 유람이라도 하듯 더욱 느리게 걸음을 옮기고 있었다.

유진룡은 그놈부터 제일 먼저 때려죽이고 싶었지만 철사홍과 주애청을 갈색 면구인들 앞에 내버려 두고 달려갈 수도 없었다.

그야말로 사면초가에 진퇴양난의 상황이었다.

그때!

어디선가 이상한 노래 소리와 함께 나무를 두드리는 소리가 왁자하니 들려왔다.

유진룡은 얼른 고개를 돌렸다.

면구인들도 뜻밖인 듯 고개를 돌렸다. 그들의 면구에서 양광이 반사되었다.

"작년에 왔던 각설이가……."

노래 소리는 거지들의 장타령이었다. 그리고 나무를 두드리는 소리는 거지들이 자신의 동냥 바가지를 두드리는 소리였다.

"죽지도 않고 또 왔네……."

수많은 거지들이 타구봉으로 동냥 바가지를 두드리며 산속에서 모습을 드러내고 있었다.

그들은 본 은색 면구의 사내는 우뚝 그 자리에 걸음을 멈추었다.

그러는 사이에도 거지들은 온 산을 무너뜨릴 듯 노래를 부르며 꾸역꾸역 모습을 드러냈다.

그들의 고함 소리와 동냥 바가지 두드리는 소리에 백호마저도 주춤 뒤로 물러섰다.

"망할 놈의 거지새끼들!"

잠시 더 그 자리에 서서 상황을 살피던 은색 면구의 사내가 역정을 터뜨렸다. 거지들은 계속 불어나고 있었다. 불어나는 수도 엄청났지만 그들은 평범한 거지들이 아니었다. 하나같이 고수였고 뒤쪽에는 궁수들도 보였다. 여차하면 활을 쏠 기세였다.

은색 면구인은 마침내 손을 흔들었다. 그 손짓에 유진룡 주변으로 멀찍이 포위망을 형성하고 있던 사내들이 신속히 물러섰다.

은색 면구의 사내는 잠시 더 망설이다가 뒤쪽으로 몸을 날렸다. 다른 면구인들도 은색 면구를 쓴 사내를 따라 신속히 산속으로 사라졌다.

"더 이상 접근하지 마시오! 이 뒤로부터는 독이 있소!"

유진룡이 고함을 지르자 거지 떼들이 주춤 걸음을 멈추었다.

유진룡은 신속히 철사홍과 주애청을 안고 맞바람이 부는 앞쪽으로 한참 더 이동했다.

"이, 이놈! 네놈이 여기 어쩐 일이냐?"

거지들이 뒤쪽에서 놀란 목소리가 들려왔다. 칠결장로 백엽동의 목소리였다.

"가까이 오지 마십시오."

유진룡은 손을 내저으며 백엽동을 저지한 후 즉시 두 사람의 상태를 살폈다.

맥이 점점 더 약해지고 있었다.

유진룡은 다급히 진기를 흘려 넣었지만 소용이 없었다. 이대로 두면 머지않아 맥이 끊어질 것 같았다.

유진룡은 기가 막힌 심정이 되었다.

천신만고 끝에 그들을 구했는데 말도 몇 마디 못하고 사별하게 생겼다. 정말 그렇게 된다면 저승에 가서도 사부를 뵐 면목이 없을 것이다.

"사형! 사저!"

유진룡은 고함을 지르며 계속 진기를 불어넣었다. 그러나 두 사람의 약해진 맥은 돌아오지 않았다.

그때 문득 유진룡의 뇌리로 한 사람의 목소리가 울렸다.


"놈들의 독에 자유로울 수 있는 사람은 자네가 유일할지도 모르네."

석대세가의 대밭 및 동굴 속에서 만난 은자유림곡 사람들 중 한 사람의 목소리였다. 그리고 헤어지는 순간 만박노조가 준 호리병도 생각났다.

그것은 은자유림곡 사람들이 자신의 피 속에서 무언가를 추출하여 만박노조를 되살리고 남은 것을 담은 병이었다.

유진룡은 급히 품속으로 손을 넣었다. 그리고 작은 호리병을 꺼내 들었다.

유진룡은 그것을 두 사람의 입속으로 흘려 놓고 목의 혈을 두드렸다. 그리고 나머지는 적아의 목구멍 속으로도 흘려 넣었다.

잠시 후 가늘어지던 맥이 서서히 정상으로 돌아오기 시작했다.

'됐다!'

유진룡은 안도의 한숨을 길게 내쉬었다.

만박노조와 마찬가지로 두 사람은 해독이 되고 있었다. 적아 역시 마찬가지였다.

"대체 이게 어찌 된 일인가?"

두 사람이 해독되는 모습을 본 백엽동이 어느새 근처로 다가와서 물었다.

"괜찮으십니까?"

유진룡은 놀란 눈으로 백엽동을 쳐다보았다. 자신과 철사홍 등의 몸에 묻은 독에 같이 중독될 수도 있는 일이었다.

"이젠 모두 날아간 모양일세."

백엽동이 코를 킁킁거렸다.

"혹시 제게 해독약이 더 있는 줄 알고 이러는 것이면 얼른 피하십시오. 그건 이것 한 병뿐이고 그나마 이젠 한 방울도 안 남았습니다."

그 말이 떨어지기가 무섭게 백엽동은 섬전처럼 경공을 펼쳤다.

"이, 이 망할 놈. 그걸 이제야 말하면 어쩌자는 것이냐, 이 배은망덕한 놈!"

백엽동은 거지 떼들 뒤에서 고래고래 고함을 질렀다.

"노인장 덕분에 안전하다는 것이 확인됐습니다. 그러니 이제 걱정 안 하셔도 될 것 같습니다."

유진룡이 안심을 시켰지만 백엽동은 더 이상 접근하지 않고 고함만 질러댔다.

"쿨럭!"

잠시 후 철사홍이 기침을 토했다.

유진룡은 그의 맥문으로 진기를 조금 흘려보냈다.

얼굴에 혈색이 빠르게 돌아온 철사홍이 만박노조처럼 눈을 번쩍 떴다.

뒤이어 주애청도 기침을 했다.

"어, 어떻게 된 것인가, 사제?"

철사홍은 사방을 두리번거리다가 주애청을 쳐다보며 급히 다가갔다. 그때 주애청도 눈을 떴다. 그리고 적아도 마찬가지였다.

"독에 중독되었습니다."

유진룡은 두 사람에게 그간의 상황을 간단히 설명했다.

"도천극, 이 개자식!"

철사홍은 이를 부드득 갈다가는 얼른 자세를 고쳐 잡고 개방도들을 향해 포권을 쥐었다.

"인사할 필요 없으니 제발 가까이 오지나 말게."

백엽동은 여전히 뒤쪽에서 손사래를 쳤다.

"사백님도 참! 독을 묻혀 동료들 속으로 달려오는 건 무슨 심보십니까?"

뒤에서 한 중년인이 투덜거리자 백엽동은 겨우 입을 다물었다. 독이 남아 있었다면 중년인의 말대로 같이 중독되었을 것이다.

잠시 후 철사홍과 주애청은 적아를 안고 옷을 입은 채 냇물 속으로 들어가 혹시 남아 있을지도 모를 독을 씻어냈다. 유진룡도 백엽동의 고함에 냇물 속으로 뛰어들어 몸을 씻었다.

그제야 백엽동은 안심을 하며 다시 다가들었다.

"그, 그런데 저 흉측한 놈은 또 무엇인가?"

조금 여유가 생기자 백엽동은 백호를 가리키며 난리를 떨었다. 백호는 개방도와 멀찍이 떨어진 곳에서 배를 깔고 앉아 있었다.

"오다가 잡아서 길들였습니다."

유진룡은 농을 던졌다. 아랑곳없는 백엽동의 눈이 날카로워지고 있었다.

"네놈도 천산마존, 아니, 만수조종의 제자더냐?"

백엽동은 지금까지의 괴팍스런 행동과는 전혀 다르게 핵심을 짚었다.

"이런 흉물스러운 놈!"

유진룡이 부정도 긍정도 하지 않자 백엽동은 고함을 질렀다.

"그래, 맞아. 지고한 내력이 뒷받침되지 않고는 익힐 수 없는 무한십이수는 만수조종의 제자라면 가능하지. 그리고 저 백호는 만수조종이 길들인 놈일 테고……."

백엽동은 이제 모든 것이 훤해진다는 표정을 하며 유진룡과 철사홍을 번갈아 쳐다보았다.

"자네는 추풍신검 철사홍이겠군."

백엽동이 철사홍을 쳐다보며 말하자 개방도들 사이에서 웅성거리는 소리가 울려 퍼졌다. 칠웅의 한 사람인 철사홍의 이름은 거지들 사이에서도 잘 알려진 바였다.

"그런데 칠웅의 일인이라는 놈이 그깟 독 하나 못 이겨내고 큰 대자로 뻗었느냐?"

백엽동은 대뜸 철사홍을 향해 소리를 질렀다.

철사홍이 퉁방울 같은 눈을 굴렸다. 아무리 은인이지만 보자마자 이놈 저놈 하는 것이 적응이 안 된 것이다.

"그러는 노인장께선 그깟 독이 뭐가 무섭다고 그렇게 기겁을 하며 도망쳤습니까?"

유진룡이 철사홍의 역성을 들었다.

"가재는 게 편이라 그 말이구나, 이놈!"

백엽동이 아니꼬운 표정을 지었다.

"어쨌든 감사드려요."

주애청이 다시 한 번 감사의 표시를 했다.

"그러는 처자는 누군가, 저 곰 같은 놈 색신가?"

"푸훗!"

철사홍의 별명을 대뜸 부르는 백엽동을 보며 주애청이 실소를 터뜨렸다.

"제 선친이 바로 어르신께서 말씀하신 만수조종이라는 분입니다."

"으응? 그럼 만수조종의 딸?"

백엽동은 정말 의외라는 표정을 지었다. 다른 사람들과 마찬가지로 백엽동 역시 철사홍과 도천극에 대해서는 알아도 주애청에 대해서는 아는 바가 없었다.

"그런데 대체 어찌 된 일인가?"

인사가 끝나자 백엽동은 진지한 표정으로 돌아와 그간의 경위를 물었다.

"그걸 다 말하자면 며칠 밤낮을 꼬박 새워도 모자랍니다. 그러니 며칠 동안 재워주고 먹여주신다면 천천히 얘기해 드리겠습니다. 당장 배도 고프고……."

유진룡이 느물거리자 백엽동이 혀를 찼다.

"안 그래도 네놈을 찾으려고 백방으로 사람을 풀었느니라. 일단 총단으로 가세나. 그리고 그곳에서 자초지종을 들어봄세."

백엽동은 손을 흔들며 앞장을 섰다. 그러자 개방도들이 포위를 하듯 주변을 둘러싸다가 백호를 보고는 뒤로 물러났다.

유진룡은 백호를 불렀다. 이젠 도천극에게도 노출된 것이나 마찬가지기에 산속에 내버려 둘 수 없었다. 귀찮더라도 같이 다녀야 했다.

백호는 떨떠름한 기색으로 움직이지 않았다. 백호 역시 사람들 속에 파묻히면 얼마나 귀찮은지 잘 알기에 그러는 것이다.

"계속 산속으로 돌아다니면 도천극이 널 잡으러 올 것이다. 그러니 일단은 같이 가서 뒷일을 생각해 보자. 그 후에 가고 싶은 곳을 가려무나."

주애청이 부드럽게 타이르자 백호는 못 이긴 듯 몸을 일으켰다.

第五十八章
사형제들

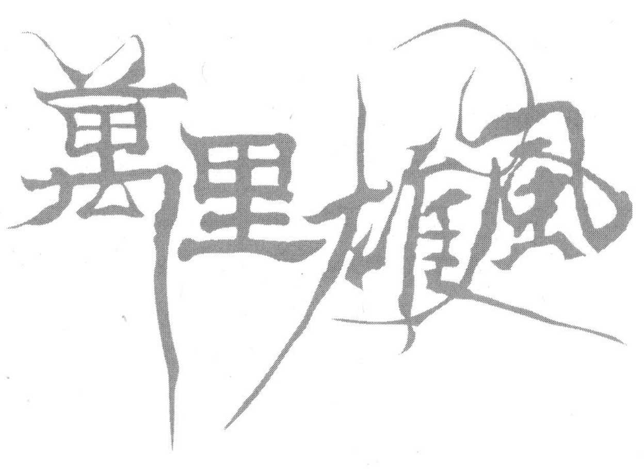

　　수많은 거지 떼들과 백호, 그리고 다리를
다친 늑대와 함께 개방 총단으로 향하는 유진룡 일행과 백엽
동의 행렬은 한때 개봉을 큰 소란에 빠지게 만들었다.

　　백호를 보고 비명을 지르며 달아나는 사람들과 정반대로
평생에 보기 드문 광경을 조금이라도 가까이서 보려고 하는
사람들로 북새통을 이루었다.

　　우여곡절 끝에 개방 총단에 도착한 유진룡 일행은 먼저 크
고 작은 부상의 치료부터 했다.

　　철사홍은 허리에 상처가 제법 컸고 주애청도 어깨와 허리
부근에 작은 상처들을 입고 있었다. 또한 적아는 왼쪽 뒷다리

에 큰 상처를 입어 까닥했으면 평생 절름발이 늑대가 될 뻔했다.

뼈가 허옇게 드러날 정도였지만 다행히 신경을 건드리지 않아 한두 달 요양을 하면 예전처럼 뛰어다닐 수 있을 것이라 했다.

상처를 치료하고 찢어진 옷가지를 갈아입은 유진룡 일행은 푸짐한 저녁을 대접받고는 오랜만에 포식을 했다. 백호와 적아도 생고기로 그간의 주린 배를 달랬다.

저녁 후 백엽동과 개방의 다른 장로들, 그리고 용두방주와 함께한 자리에서 차를 마시며 유진룡 일행은 그간의 일들을 자연스럽게 얘기하게 되었고 그 얘기는 새벽까지 이어졌다.

개방의 방주와 장로들은 철사홍과 주애청의 입에서 흘러나오는 기막힌 얘기들을 듣고는 도천극의 간악함에 같이 분개했다. 그리고 천산마존의 진면목을 알게 되고는 한숨을 내쉬었다. 또한 그간 유진룡의 행보를 듣고는 혀를 내둘렀다.

"그럼 소저는 이제 절맥이 모두 완치되었단 말인가?"

의학에 관심이 깊은 일장로 철장신개는 그 점에 제일 큰 관심을 가지고 연신 질문을 했다.

"그럼 자네는 자네 사부의 모든 것을 이어 받았겠구먼."

용두방주는 유진룡에게 깊은 관심을 가지고 이것저것 물어보았다.

철사홍에게도 여러 가지 질문들이 쏟아졌지만 상대적으로

질문이 제일 작았기에 그는 조금 편한 자세를 취할 수 있었다.

"이러다간 해가 뜨겠소. 손님들을 그만 쉬도록 해줍시다."

용두방주가 한참 뒤늦게 예의를 차렸다. 그때는 벌써 동녘이 밝아오고 있었다.

*       *       *

유진룡 일행은 해가 뜨기 시작할 때 겨우 잠자리에 들어 그날 오후 늦게 일어났다.

실로 오랜만에 아무런 신경을 쓰지 않고 세 사람은 깊은 숙면을 취했던 것이다.

늦은 점심을 먹고 나서 세 사람의 사형제는 비로소 자신들만의 자리를 가질 수 있었다.

"아버님의 마지막 모습이 어땠는지 얘기 좀 해줘요, 사제."

주애청은 젖은 눈으로 유진룡을 쳐다보며 말했다. 철사홍도 무엇보다 그것이 궁금한지 바짝 다가앉았다.

"서찰에도 적어 보냈듯이 사부님과 마주 앉아 대화를 나눈 시간은 모두 합쳐도 몇 시진이 되지 않을 겁니다. 언제나 호통을 치시며 수련을 시켰고 전 시키는 대로 하느라 수없이 죽음의 문턱을 드나들었으니까요."

"그건 십분 이해해. 나도, 아니, 우리 모두 그랬으니까."

주애청은 자연스럽게 말을 놓으며 고개를 끄덕였다.

"그러다 임종하시는 마지막 순간에 비로소 대화다운 대화를 나누며 사형과 사저에 대해서 말씀해 주셨습니다. 그때까지 전 사형과 사저가 있는 줄도 몰랐습니다."

철사홍과 주애청은 계속 고개를 끄덕였다.

"임종 직전 사부께서 사저께 전하라는 말씀이 계셨습니다."

사부와 어떻게 만났고, 그에게 수련을 받던 얘기를 조금 더 해준 유진룡은 사부의 마지막 모습을 떠올리며 말을 이었다.

"그게… 뭐야, 사제?"

주애청은 약간은 긴장된 표정으로 유진룡의 얼굴에 시선을 집중했다.

유진룡은 잠시 뜸을 들인 후 입술을 움직였다.

"먼저… 단 한 번도 아버지로서 다정하게 대해주지 못해 미안하다는 말을 전해달라고 하셨습니다."

유진룡의 말을 들은 주애청의 볼에 굵은 눈물이 주르르 흘러내렸다.

"그리고 그건 진심이 아니었다는, 어머니와 똑같은 체질을 타고난 딸을 어머니처럼 덧없이 잃지 않기 위해 피눈물을 머금고 어쩔 수 없이 행한 행동이란 말도 같이 전해달라고 하셨습니다."

유진룡이 사부의 마지막 말을 모두 전하자 주애청은 오열하며 탁자 위로 무너졌다. 철사홍도 고개를 뒤로 젖히며 연신 눈을 끔벅거렸다.

"난 엄마도 나 같은 체질로 먼저 돌아가신 줄 몰랐어. 엄마는 처음부터 없는 줄 알았어. 으흐흑."

어머니에 대한 사연을 처음 들은 주애청의 슬픔은 배로 더 커졌다. 또한 그 모든 것을 가슴속에 담아두고 피눈물을 삼켜야 했던 부친의 심정을 생각하자 가슴이 찢어지는 것 같았다.

"아버지… 흐흑!"

주애청은 한참 동안 통곡 같은 오열을 했고 아무도 그녀를 말리지 않았다.

"아버지의 임종은 사제가 끝까지 지켜준 게 맞지?"

한참 후 주애청은 몸을 추스르며 물었다.

"백호와 제가 같이 지켰습니다."

유진룡은 담담히 답했다.

"정말 고마워, 사제. 사제가 있어서 아버지는 걱정없이, 그리고 조금도 쓸쓸하지 않게 눈을 감았을 거야. 정말 고마워."

주애청은 거듭 고마워했다.

"쓸쓸하시지는 않았을지 몰라도 걱정은 많으셨을 겁니다. 제가 워낙 부족해서."

유진룡은 뒷머리를 긁적였다.

"그런 말 말게. 사 년 만에 이런 고수로 성장했다는 건 도저히 믿을 수 없는 일이야. 사부께선 오히려 감탄하셨을 거야. 그리고 사부의 간절한 바람대로 사매를 이렇게 안전하게 구했으니 이젠 저승에서도 편안히 쉴 수 있으실 거야."

철사홍은 씨익 웃으며 유진룡의 등을 두드렸다.

"도천극이 죽을 때까지는 알 수 없지요. 앞으로도 그놈이 어떤 짓을 할지 모르니까요."

"그렇긴 해. 하지만 가장 위험한 고비는 넘겼어. 모두 사제 덕이야."

철사홍은 상체를 쭈욱 폈다. 이젠 큰 걱정이 없고 자신 있다는 모습이었다.

"참! 한 가지 더 당부한 것이 있습니다."

유진룡이 갑자기 생각난 듯 주애청을 보며 말했다.

"그게 뭐야?"

주애청이 눈을 반짝거렸다.

"사저께서 소지하신 비단 주머니를 받으라고 하셨습니다."

"비단 주머니?"

주애청은 무슨 소린지 모르겠다는 듯 눈을 크게 떴다.

유진룡은 순간적으로 가슴이 철렁하는 기분을 느꼈다.

"모르시는 얘깁니까?"

"글쎄 무슨 주머닌지……."

주애청은 유진룡의 가슴을 한 번 더 철렁거리게 했다.

"아하, 이거 말인가?"

뜻밖에도 그 주머니는 철사홍의 품에서 나왔다.

"왜 사형께서……."

유진룡은 십년감수하는 심정으로 한숨을 내쉬었다.

"언젠가 사매가 계곡에서 목욕할 때 자기는 소지품을 잘 잊어버리니 목욕 끝나면 돌려달라고 나에게 맡겼지. 그리고는 정말 까맣게 잊어버리기에 골려주려고 넣어두었다가 나도 잊고 있었는데 비상용품 주머니 속에 들어 있었군."

철사홍은 비단 주머니를 꺼내 유진룡에게 던져 주었다.

"대체 그 안에 뭐가 들었나?"

철사홍은 기대감 어린 표정을 지었다.

"한 번도 안 열어보셨습니까?"

유진룡은 약간 어이없는 표정으로 물었다.

"잊고 있었다지 않았나. 나도 나지만 그걸 까맣게 잊어버리는 사매도 대단해."

철사홍은 고개를 저었다.

"쫓겨다니느라 바빠서 신경 쓸 겨를이 없었잖아요."

주애청이 옹색한 변명을 했다.

"사형께서 보관하신 것이 천만다행이란 생각이 듭니다."

유진룡은 씨익 미소를 지었다. 그리고는 서둘러 주머니 끈을 풀었다.

주머니 안에는 작은 주머니가 한 개 더 들어 있었다. 그건 필시 야명주를 넣은 주머니일 것이다.

"이건 사형과 사저 가지십시오."

유진룡은 야명주 주머니를 미련없이 주애청에게 넘겼다.

"이게 뭔데……?"

"보석이라고 들었습니다."

유진룡은 비단 주머니 안쪽만 주시하며 답했다.

보석이란 말에 주애청이 얼른 작은 주머니를 열었다.

실내가 갑자기 환해졌다. 물론 대낮이긴 하지만 창문에서 떨어진 실내 안쪽은 조금 어두침침했는데 주머니를 열자 열 개의 야명주에서 쏟아져 나온 광채가 실내를 바깥보다 더 밝게 만들었다.

"세상에……."

주애청이 입을 다물지 못하며 감탄사를 터뜨렸다. 철사홍도 커다란 입을 한껏 벌린 채 두 눈만 끔벅거렸다.

"대체 아버지는 이걸 어디서……?"

아직도 야명주에서 눈을 떼지 못한 주애청은 혼잣소리처럼 중얼거렸다.

"영약들과 바꾸었다고 했습니다."

유진룡은 그것이 도천극을 고쳐주고 그 대가로 어떤 노인에게서 받았다는 말 대신 그렇게 답했다. 만약 솔직히 답하면 주애청은 당장 버릴 것 같았다.

"이거 혹시… 아버지가 사제 준 거 아니야?"

뭔가 생각났는지 주애청이 문득 물었다.

“실은, 사저를 구해주는 대가로 저보고 가지라고 했습니다. 하지만 전 그런 게 필요없으니 사형과 사저 가지십시오.”

유진룡은 씨익 웃었다.

“착한 거야? 아니면 멍청한 거야?”

주애청은 유진룡을 한참 동안 빤히 쳐다보며 말했다.

“착하다고 하기도 그렇고… 멍청하다고 하기도 그렇고… 좀 애매하군요.”

“푸훗!”

주애청이 실소를 토했다. 그리고 주머니를 닫았다.

“이건 아버지가 사제에게 준 것이니 사제 것이야. 그러니 받아!”

주애청이 단호한 눈빛과 함께 주머니를 유진룡 손에 쥐어주었다.

“전 이런 게 필요없습니다. 보석은 여자들에게 더 어울리니 사저 가지십시오.”

유진룡이 다시 주머니를 내밀었다.

“아니야. 사제 것이니까 사제가 받아.”

주애청도 지지 않고 다시 내밀었다.

휘익―

갑자기 투박한 손이 주머니를 채어갔다.

솥뚜껑만 한 철사홍의 손이었다.

“이런 귀한 물건은 제일 큰 제자인 내가 가져야… 한다면 벼락 맞겠지. 그러니 공평하게 나누기로 하지. 지금은 필요가 없겠지만 나중에 결혼을 하고 가정을 이루고 나면 오늘 양보한 것이 뼈에 사무칠지 모르니까 말이야.”

철사홍은 야명주를 다섯 개씩 나누어 유진룡과 주애청의 손에 각각 쥐어주었다.

“자, 이젠 됐으니 싸우지들 말라고. 모르긴 해도 우리 세 사람이 제대로 고집을 부리면 끝이 없을 테니까 말이야.”

그렇게 야명주 문제는 해결이 됐다.

유진룡은 다섯 개의 야명주를 갈무리한 채 비단 주머니를 조심스럽게 찢었다. 자신에게 그것이 더 중요했기에 야명주는 양보한 것인데 다섯 개는 도로 돌아왔다.

주애청과 철사홍은 그 안에는 또 뭐가 있나 하는 표정으로 시선을 모았다.

사부 천산마존의 말대로 비단 주머니는 두 겹으로 되어 있었고 그 안에는 한 장의 양피지가 있었다.

유진룡은 조심스럽게 양피지를 꺼냈다.

“그건 또 뭔가?”

철사홍이 실눈을 떴다.

“이건 천산의 어느 지명을 그린 지도로 사부께서 변을 당하지 않았으면 이 지도의 지형 속에 있는 영약을 찾아 사저께 복용시키려 한 것인데… 이젠 시기를 놓쳐 사저는 소용없고 저보고 복용하라 하셨습니다.”

유진룡은 가감 없이 그대로 말하며 자신의 품속에 있던 다른 양피지도 꺼내 탁자에 올렸다.

한 장은 전체적인 천산의 모양과 함께 그 어느 부분에 작은 동그라미가 그려져 있었다. 그리고 또 한 장은 그 동그라미가 그려진 곳의 세세한 지형이 그려져 있었다. 두 개를 합치니 어느 정도 윤곽이 잡히는 것 같았다.

"어딘지 아시겠습니까?"

유진룡은 두 사람에게 물었다. 그들은 한때 사부와 함께 천산에서 살았으니 알지도 몰랐다.

"글쎄… 우리 역시 사제처럼 실내에 갇혀서 수련만 하느라 어디 둘러볼 틈이 있었어야지. 전혀 모르겠는걸."

두 사람은 동시에 고개를 흔들었다.

"그럼 이건 차후에 찾아봐야 할 문제로군요."

유진룡은 두 장의 양피지를 접어 품에 넣었다.

"혹시… 그걸 섭취하면 사제의 무공의 한 단계 더 성취하는 건가?"

철사홍이 의미심장하게 물었다.

"그럴 가망성이 높습니다."

유진룡이 솔직히 답했다.

"그럼 어서 찾아서 복용하도록 하게. 그래서 도천극 그놈을 박살내 버려!"

철사홍은 열을 내며 말했다.

"사형은… 욕심이 생기지 않습니까? 사형이 복용하셔서……."

"킥킥!"

철사홍의 대답 대신 주애청이 먼저 실소를 토했다. 철사홍도 계면쩍은 듯 입맛을 다셨다.

"난 영약을 복용할 때마다 매번 견디지 못하고 토해내다가 사부님께 죽도록 두들겨 맞았지. 그러니 더 이상은 죽어도 사양이야. 그런 무식한 짓은 체질에 맞는 사제가 하게나. 내 꿈은 중원제일의 숙수야. 하하!"

철사홍은 세차게 손을 흔들며 웃었다.

"하하!"

유진룡도 가볍게 웃음을 토했다. 그리고 내심 한없이 마음이 편해지는 것을 느꼈다.

두 사람 모두 자신보다 훨씬 더 욕심이 없는 사람 같았다. 순수하고 담백했다. 그러면서 따뜻했다.

만약 도천극이었다면 어땠을까 상상해 보았다.

만나본 적은 없지만 절대로 이런 식으로 행동하지 않았을 것이다.

사사건건 욕심을 부린다면 자신 역시 오기가 나서 그렇게 욕심을 부리고 감정이 상하거나 싸움이 벌어질 수도 있었을 것이다.

이들은 자신의 사형과 사저로 대접받을 만한 충분한 자격이 있는 사람들이었다.

아울러 목숨을 걸고 지켜줄 만한 자격 역시…….

"그런데 이젠 뭘 하지?"

철사홍은 갑자기 달라진 상황에 갈피를 못 잡겠다는 듯 말했다. 주애청도 그런 심정인지 대답을 하지 못했다.

"글쎄요… 앞으로 어떤 일이 벌어질지 모르겠지만 그때까지는 아무것도 안 하는 게 어떻겠습니까?"

유진룡이 제안했다.

"와! 그거 정말 멋진 생각이야. 어떤 바람이 불지 몰라도 그 바람이 불어올 때까지는 아무것도 하지 않기로 해. 여긴 생각보다 냄새도 덜 나고 너무 좋아!"

주애청이 한껏 팔을 벌리며 털썩 의자에 주저앉았다.

"아무것도 안 한다……? 내 평생 이런 날이 있을 줄 몰랐군."

철사홍도 주애청처럼 의자에 털썩 주저앉다가 외마디 비명을 질렀다.

육중한 체구를 견디지 못한 의자의 다리가 부러지며 뒤로 벌렁 넘어갔기 때문이다.

＊　　　＊　　　＊

와창창!

탁자 위의 다기들이 박살이 나며 바닥으로 떨어졌다. 그러나 누구도 그것을 치우려 하지 않고 정적만이 감돌았다.

"모두 놓쳤다고……?"

흰 얼굴을 한 청년이 나지막하게 말했다. 그 음성에는 한 가닥의 흥분이나 감정도 서려 있지 않고 어떤 때보다 평온하게 느껴졌다.

그러나 그런 때가 이 사내에게 있어 가장 위험한 때라는 것을 아는 사람들은 미동도 하지 않고 서 있었다.

"정말 믿을 수가 없군!"

사내는 앞에 선 부하들을 쳐다본 후 혼잣소리처럼 중얼거렸다.

"훼방꾼이 있었습니다."

제일 앞에 선 사내 하나가 가까스로 말했다.

"어떤?"

"한 마리 백호와 그를 부리는 청년이라고 했습니다!"

"백호?"

사내가 화살이라도 맞은 듯 벌떡 일어서며 고함을 질렀다.

"다시 한 번 말해봐라, 누구라고?"

사내는 재차 대답을 요구했다.

"백호와 그를 부리는 청년이라고 했습니다. 그리고 그 청년은 혈라전의 인원들이 뿌린 독에도 통하지 않았다고 합니다."

제일 앞에 선 사내가 내친김이란 듯 말했다.

"백호… 백호가 나타났다고?"

흰 얼굴의 사내 도천극은 잠꼬대처럼 중얼거리며 의자에 주저앉았다.

청룡검이 나타났을 때 이미 예상을 했었다. 조만간에 백호 놈도 나타날 것이란 것을……

그런데 그놈이 가장 중요한 순간에 나타나서 철사홍과 주애청을 구해가 버렸다.

그리고…….

백호를 부리며 같이 나타난 청년!

그건 최악의 경우였다.

백호 그놈은 결코 사람을 함부로 따르는 동물이 아니었다. 천산에서 같이 지낼 때 온갖 짓을 다해도 자신을 따르지 않았다. 오히려 걷어차기까지 하는 철사홍 놈을 더 따랐다. 그게 오기가 나서 더 열을 올렸지만 놈은 끝까지 자신을 따르지 않았다.

그놈은 이미 그때부터 자신의 몸에서 풍기는 배신의 냄새를 맡고 있었는지 모를 일이다.

그런데 그놈을 부리는 청년이 나타났다는 것은?

자존심 강하고 흉물스런 백호 놈을 수족처럼 부릴 수 있는 놈이라면 절대로 평범한 놈일 수 없다.

평범한 놈이라면 백호는 절대로 따르지 않을 것이다.

천산마존의 또 다른 전인!

가장 바리지 않는, 그러나 절대로 부인할 수 없는 사실이 눈앞에 도래했다.

푸스스—

움켜잡은 의자의 손잡이가 재가 되어 날렸다.

탈출할 때 천산마존은 그간에 모아놓은 영약들을 모두 챙겨서 사라졌다.

그건 자신이나 주애청, 철사홍 등에 투입된 것보다는 훨씬 진귀하고 가치 있는 것이었다.

배신을 하지 않고 그대로 지냈으면 그 영약들 중 대부분은 딸 주애청의 몸에 투입되었을 것이다. 그리고 일부는 자신의 몫이 되었을 수도 있었다.

그건 참을 수 없었다.

언젠가는 빼앗아서라도 모두 자신의 것으로 만들 생각을 굳히고 있었다.

그런 차에 그 늙은이가 파황옥패를 목격했고 실행의 순간을 앞당겼다.

하지만 천산마존도 죽이지 못했고 정작 빼앗으려고 했던 영약들마저 잃어버렸다.

땅을 치고 싶었지만 천산마존이 그 길로 죽어버렸으면 그런대로 안심할 수 있는 일이다.

그런데 백호와 함께 그의 전인이 나타났다.

눈에 불을 켜며 탐을 냈던 영약들은 필시 그놈의 몸속으로 모조리 흘러들어 갔을 것이다.

천인혈독(千人血毒)에 중독되지 않는 것만 보아도 짐작이 가능하다.

또한 만년석정수의 위치를 그려놓은 지도도 그놈 손에 들어갈 확률이 높다.

우지끈!

푸스스―

의자의 다른 손잡이도 가루가 되어 흩날렸다.

어쩌면 그놈은 자신을 겨냥해서 키워진 놈일 것이다.

자신의 몸을 가장 잘 아는 천산마존은 그놈을 철저하게 자신의 천적으로 키워놓았을 것이다.

그건 더욱 참을 수 없는 일이다.

"이 망할 늙은이……!"

도천극은 더 앉아 있지 못하고 의자에서 벌떡 일어섰다.

철사홍에게 청룡검을, 그놈에게는 영약들과 자신 몸의 결점을 찾아내어 부술 수 있는 힘을…….

온몸이 발가벗겨지는 기분과 함께 그 발가벗겨진 몸으로 독충들이 스멀스멀 기어오르는 느낌이 들었다.

"모두 물러가라!"

방 안을 서성거리던 도천극은 더욱 낮은 음성으로 지시를 내렸다.

사태의 심각성을 느낀 사내들이 황급히 뒷걸음질을 치다가 실내를 빠져나갔다.

"마음을 가라앉히십시오."

사내들이 빠져나간 공간에 머리에서 발끝까지 외투를 뒤집어쓴 인영이 나타났다.

"더 이상의 자제는 불가능합니다. 그러니 강요하지 마십시오."

도천극은 여전히 감정이 실리지 않은 메마른 목소리로 말했다.

노인은 잠시 말문을 닫고 서 있었다.

"무엇이 그렇게 두려운 것입니까?"

노인은 작심한 듯 질문을 던졌다. 도천극이 움찔하며 고개를 돌렸다.

"두려워하는 것으로 보입니까?"

도천극은 노인의 눈을 정면으로 쳐다보았다.

"따지고 보면 분노는 두려움의 소산이지요. 스스로에 대한 완벽한 자신이 있는 사람들은 절대로 분노하지 않지요."

노인의 말에 도천극은 낮고 긴 호흡을 이끌었다.

노인의 말이 다 맞은 건 아니다. 그러나 분명 새겨들을 여지는 있었다.

이렇게 감정을 드러내는 모습은 자신의 흉중을 간파당하게 될지 모른다. 언젠가 발목에 묶인 사슬을 단칼에 잘라내기 위해서는 자신마저도 속일 수 있어야 한다.

"듣고 보니 그렇군요. 스스로에 대한 완벽한 자신감이 결여된 것은 어느 정도 맞는 것 같습니다."

도천극은 흐릿한 미소와 함께 다시 의자에 주저앉았다.

"적응이 빠른 건 언제나 감탄할 정도입니다."

노인이 한결 부드러워진 어조로 대꾸했다.

"그게 제 장점이지요."

도천극은 이제 완전히 감정을 제어한 모습으로 짙은 미소를 지었다.

"진행 사항은 어떤지요?"

도천극은 말머리를 딴 데로 돌렸다.

"칠 할의 성과를 보이고 있습니다."

"칠 할? 여전히 더디군요."

"언제나 말했듯이 서두르다가는 모든 일이 실패로 돌아갑니다. 천천히 가랑비에 옷이 젖듯이 추진해 나가야 합니다."

노인은 단호하게 말했다.

"알겠습니다. 모든 수뇌부가 중독되는 그날까지는 조심에 조심을 해야지요. 그런데……."

"무슨 문제라도?"

노인이 눈 사이를 좁혔다.

"중독이 전혀 안 되는 경우는 어떤 경우인가요?"

도천극은 와락 눈살을 찌푸렸다.

"천산마존의 또 다른 전인이라면 가능할 수도 있겠지요. 모든 독에는 극성이 있고 천산마존의 영물에는 우리 천인혈독의 극성 성분이 있을 수 있으니까요."

노인은 긴장감 어린 표정으로 답했다.

"그놈을 잡으면 어떤 성분이 극성인지 가장 확실히 알 수 있겠군요?"

"그렇겠지요. 그전에 공동파의 늙은이부터 연구해 봐야지요. 중독은 되었지만 그렇게 오래 견디는 인간은 없었으니까요."

"공동파 내부에는 그 성분이 없었습니까?"

"이 잡듯이 뒤지고 있습니다만 아직은 찾지 못했습니다."

"그렇군요. 그걸 찾아내면 제일 먼저 연락을 주십시오."

"그렇게 하지요."

대화는 그렇게 끝이 났다.


『만리웅풍』 6권에 계속…